蜂抚百花，蜜酿一滴。
蝶舞咫境，缤纷世界。
在文学的小路上学步，
转眼已达五旬光景。
值本书出版之际，
谨向过往时光里，
关爱和帮扶过我的
所有师友致谢！致敬！

文情诗缘片片心

张庆和／编

民主与建设出版社
·北京·

文情诗缘片片心

目录

第一辑·议文

第二辑·说诗

第三辑·阅人

第四辑·读树

第一辑·议文

飞翔于梦想和现实之间

——略论张庆和的散文特色

罗思鼎

张庆和先生是以写诗歌为人所知的，他清新淡雅的诗风赢得了广大读者的喜爱。然而近几年他笔锋一转，由诗歌转向散文。他发表在许多报刊上的一些散文，不但将诗歌的特色发扬光大，而且以优美的描写展现了作家深厚的功力，让人们透过散文的窗口，看到了盎然的诗意和忧国忧民的赤子之心。

生活在碌碌红尘中的人，对自己周围的景色司空见惯，很难有新的发现和激动人心的瞬间。作为诗人，则时时刻刻被周围的平凡生活所吸引，用自己的笔构想憩息的田园，在那里或歌或舞，或纵情大笑。这自然决定着作家的散文充满着诗歌的夸张和肆意飞扬的意象。在《感受阳光》一文中，作家就以一日三时和春夏秋冬不同时节的感受，用多种独特的意象来感悟阳光：“清芬如帐，弥漫于大气之中，闻之则嗅见世界之馨香……”艺术手法上采用排比句的形式，用多种方式来感受阳光之美，读来琅琅上口，富于气势，堪称诗的散文、音乐的抒情乐章，同时又道出了人们在阳光中的心声。阳光可嗅，香甜味美，这既是生活的真实，但更多的是作家的心灵之悟，所以这篇散文堪称作家代表作之一。《海边，望着浪花》是作家站在虎门炮台上的遐思。海涛阵阵，风起云涌，作家独自沉思于炮台，透过百年惨烈的岁月，仿佛看到了令人屈辱的一幕。作家为之义愤填膺，然而冷静反省民族的历史，他更真切地感受到：杀死中华民族英雄男儿的不是外部的力量，而是腐败的王朝！真可谓一语中的。文中三处穿插诗歌短章，如“浪花呀/疾首顿足/不停地拍打岸的胸脯”，更把诗化散文的特色渲染得恰到好处。作家在《关于狼的记忆》《问候心情》《哄哄自己》等作品中，无一不体现了诗人的本色。

作家时刻向往纯真无瑕的自然界，也许在那种精神家园中，作家才能捕捉到美的诗境，于是一瓢水，一缕月光，都构成作家散文的最好的意境。“清纯的月光水能涤去污浊，幽谧的月光水能洗去烦忧”（《坝上月》），这种感受与置身于月光中的人的感受是一脉相承的，但把月光与李白、苏轼之豪饮的景况联系起来，这就需要一种跨越今天与古代的高远境界方可。作家能看透古今的月光就是一种很高的审美情趣，可以说作家在提升自然界的价值取向的同时，提升了读者的美感，使读者为之感动。《峭壁上那棵酸枣树》就集中体现了这种作家与读者互动的艺术特色，作家描写的是峭壁上毫不起眼但仍然顽强生存与命运抗争的酸枣树。那棵小小的酸枣树，是一个常常被人忽略的意象，然而作家却敏锐地发现了这点，把酸枣树的命运与普通百姓紧密相连，从而引起了阅读者的感情共鸣。在我们的生活周围，无数普通人明知道自己成不了栋梁高树，却还是努力地生活着；明知道自己渺小，但却热烈地热爱着生活。这种精神，不正是中华民族顽强不屈、生生不息地追求理想境界的真实写照！

作家想象中的世界是丰富多彩和富于浪漫情调的，然而作家生活的周围却与幻想有较大的反差，于是作家在憧憬世界飞翔时，他的目光亦投向现实，散文的风格也由诗意化的笔调转向朴实。他在随笔《当官的朋友这样说》《跑官者说》《贪官预报》《准贪犯》《贪官求“升”三窍》《奴才对话》《无题》等文章中，以嬉笑怒骂的风格把削尖脑袋钻营、四处跑官的贪官丑态刻画得淋漓尽致，我们不能不为作家尖刻嘲讽的写作技巧而感叹。作家写自己生活周围的日常琐事也充满情趣，在《我落伍了》一文中，作家写了与女儿的代沟、父亲与他的代沟，并深深感悟到自然规律不可违背。看似浅显，实则有深刻的哲理，文字质朴，读来真实、亲切、自然。《我说“小石头”》则是写“我”与部队作家石钟山的友情。石钟山因小说《父亲进城》被改编成电视连续剧《激情燃烧的岁月》后声名鹊起，然而作家只写未出名的石钟山，写他们在部队创作笔会的故事，写他们转业后交往不多，但记忆深刻的友情。文章娓娓道来，别有意趣，平和的文字中却饱含不寻常的内容，以真实力量感染着读者。

飞翔于梦想和现实之间的作家是幸福而痛苦的，唯其如此，作家才能向我们呈现出一篇篇精美的散文；才会永不停步，富于创新。我们有充分的理由相信，在未来的日子里，拥着诗意入眠的作家一定会写出更多让人眼睛为之一亮的好作品。

拂去尘埃后的闪光历史

——读张庆和报告文学《卡尔巴拉岁月》

罗并乡

阳春三月，万物争艳。在江南桃红柳绿的日子里，我欣喜地读到了作家张庆和的长篇报告文学《卡尔巴拉岁月》（2005年2月28日《中国建材报》），内心仿佛有一股春风激荡。该文不但真实地再现了建材人首次走出国门，在伊拉克卡尔巴拉水泥厂艰苦创业的历程，而且以真挚的感情描写了建材人为民族争光的崇高的爱国主义情操，让我们看到了20多年前那一段令人难忘的可歌可泣的闪光历史。我认为这篇在建材文学创作史上具有重要意义的报告文学具有如下两个方面的特点。

叙述流畅，剪裁精当。报告文学最大的特点就在于在真实事件的基础上的文学性，没有文学性必陷于杂乱无章的叙述和一大堆罗列的事实之中，该文的文学性就妙在取材的详略得当，很好地处理了人物、事件纷呈的题材，整个事件的叙述流畅而传神，显示了作家对题材很好的驾驭能力。该文取材于20多年前中国建材工业劳务人员在伊拉克卡尔巴拉水泥厂进行生产调试和生产管理的真实事件。这项中国水泥史上史无前例的工作前后历时7载，涉及建材行业科研、生产等部门近40个单位约2000人。在时间跨度大，单位人员繁杂的一大堆素材面前，作家并没有沉湎于生活中芜杂的琐事，而是像蜜蜂采花般吮取了生活中最有营养价值的芬芳，在取材上既借用了古典章回小说的特点，章目清楚，线条清晰，又采用了电视剧跳跃式的写作方法，并且每一章都采用一个醒目的标题，前面辅以引文，使读者很快就抓住文章最精华的部分，饶有兴趣地读下去。每一章的内部结构上，作家又采取了电视剧的推出拉回等手法，使人在阅读中有一种快慰。如在“陌生的土地上”一章中，作家就从2003年年初，第二次海湾战争爆发写起，已经担任国务院参事室副主任的蒋明麟格外关注那一场战争，因为他曾和同事们工作、生活在那片土地上——卡尔巴拉水泥厂。作家在这里用一种文学性的描写，从电视剧里的近镜头推向了20多年前，中国建材人首先踏上那片陌生土地的情景，由此点出了本章的精华所在，凸现了在条件艰苦的情况下，干部们用体贴，用真情，用一个个无微不至的爱去关心职工，去爱护职工的感人事迹。本章中选取的豆腐宴的故事，其中还有一段有人喜好讨好上司，擅自把豆腐装上车运往巴格达送给领导食用的小插曲，但负责人李景星知道后断然决定把运出厂门的豆腐车追了回来，为此他不知不觉中得罪了领导，他这种关心群众、体恤民情之心跃然纸上，今天读来仍然格外感人。文章中这样取材巧妙的例子比比皆是。在“卡尔巴拉的咏叹”一章中，作家描写了1990年我国600多名建材人因海湾战争的战火撤回中国的情景，队伍的领导者梁超群是最后一个通过关卡的。把镜头从远到近推出了梁超群一个令人难忘的回望镜头，镜头外的旁白将这个雕塑般的镜头推向了极致："望什么？是依恋那块曾经战斗过的土地？还是要再看看身后有没有掉队的同胞？反正他是望了。直到现在，他依然在不断地回首眺望，眺望那段难忘的卡尔巴拉岁月，回味被那艰苦岁月酿制出的一腔热血和奋斗的激情……"这段描写在全文中属于为数不多的诗化语言，但很好地渲染了中国建材人对卡尔巴拉深厚的感情。因为作者有高明的驾驭文字的能力，剪裁巧妙，所以洋洋洒洒的3.5万字的报告文学在读者的眼中并不显得冗长，反而让人有一种一气读完、畅快淋漓之感。

用事实说话，以情动人。作家是著名的诗人，对于这类场面宏大的题材是完全可以用较大篇幅渲染情感的，然而作家在抒情上却惜墨如金，采用了让事实说话的写作方法，对人物的描写恰如其分，不溢美，不贬低，对事件的叙述平实自然，真实可信，作家将自己的全部情感倾注在人物和事件之中，即使不直抒胸臆，读者也能感受到隐藏在文字背后的那种巨大的感情冲击力。我读该文数遍后，印象最深的就是作家对建材人爱国主义精神的真实描写。在选材的方式上，作家在众多的事件中撷取了几个令人难忘的镜头，一是写中国建材人舍小家、为国家，远赴伊拉克时的动人场景。建材行业的高级英语翻译陈莲英赴伊时已是40多岁的人了，丈夫工作忙，孩子还小，没人照顾，自己身体又闹病，她可以有一千个理由不去伊拉克，然而她不但愉快地去了，而且工作得很出色。当年的一大批建材精英就是在爱国主义的旗帜之下，为了中国建材工业走出国门，仅仅是一个电话、一个通知，很快就从祖国的四面八方汇集成了一支意气风发、斗志昂扬的队伍。二是写中国建材人面对大漠荒烟、趾高气扬的外国人，在可怕的"破坏战争罪"的恶劣环境中面对当时还没有接触过的现代化设备，努力学习，终于用一流的技术使外国人为之叹服的真实事件，体现出了中国建材人崇高的爱国主义情操。在“发生在‘小联合国’的故事”一章中，作家客观地记述了在卡尔巴拉水泥厂德国人打中国人并嘲笑中国人的事件，这看似偶然的事件，却包含着西方发达国家对中国劳务人员的蔑视，在强烈的民族自尊心的驱使之下，中方负责人有理有节地处理了此事，使那位曾经蛮横的德国人不但诚挚地赔礼道歉，而且被中国人的大度和宽容所感动。因为大家明白在这场斗争中能取得胜利，最根本的原因就是每一个建材人的背后站着一个叫中华民族的巨人，所以建材人要为中华民族争光，要用技术一流的实际行动来证明自己的实力。于是，我们看到了作家笔底下的中国建材人在庞大的成套生产设备上，在迷宫般的中控室里勤学苦练技术的身影，尤其是生产线的篦冷机传动部分发生故障，挪威技术人员无力处理，中国建材人却很快排除故障的一幕，作家在描写上没有过分地渲染，而是通过具体真实的事件，让读者领会到包含在事情之中的深深的爱国主义之情。一位陶瓷厂的退休工人看了《卡尔巴拉岁月》一文后，不由双眼湿润，深有感触地说，文章写得太好了，与我们当年在伊拉克的情景一模一样。赴伊之初，所有的劳务人员中，德国人地位最高，中国人地位最低。他在砖厂工作，稍有过失，即会遭到监工的皮鞭，但是，中国建材人凭着为国争光的志气，通过自强不息的努力拼搏，后来终于成了在伊劳务人员中地位最高的人。三是通过对艰苦环境的客观记述，体现了中国建材人历经艰辛，饱受磨难，爱国之心矢志不改的民族气节。卡尔巴拉水泥厂像大海中的孤岛，厂区用铁丝网围圈，还有伊拉克的武装人员看守，稍有不慎，动辄以“破坏战争罪”论处，或遣送，或监禁，加上干燥高温的气候，中国建材人的心理压力可想而知。但是，在这种恶劣的环境中，人们念念不忘的是祖国，每逢佳节想念远方的亲人时，举杯痛饮和蒙头大哭时，牵动梦魂的仍然是祖国。在那些远离祖国的日子里，他们对祖国的思念之情并不是一种空洞的口号，而是一桩桩具体的小事情，通过从国内带来的亲人的信件，通过负责人对职工的具体关心体现出来。从对“荷尔蒙”事件的妥善处理到成功地撤回祖国，爱国主义的精神在中国建材人的身上得到了完美的体现。最感人的是高长明谢绝德国人月薪6000美金，并且全家移民的诱人条件，义无反顾地回到祖国的举动。正因为在卡尔巴拉水泥厂工作过的中国建材人有一种为国家利益和为实现民族理想服务的奉献精神，这些人大都成了建材系统的骨干，成为一面面旗帜，让建材人为之兴奋和鼓舞。

卡尔巴拉的岁月已经远逝，拂去尘埃，昨日的故事新鲜如初。仰望窗外的满天繁星，卡尔巴拉闪闪发光的历史正灿烂地闪耀天穹，我不由向远在北京的作家张庆和致以由衷的敬意！我衷心感谢他为全国的建材人再现了那一段闪闪发光的历史。

2005年4月于湘潭

感受心情的力量

——读张庆和随笔《问候心情》

郭宗忠

“心情需要问候。”张庆和是这样说的。心情是一个瞬息万变的内心世界，高兴时激动万分，失意时闷闷不乐，害怕时惊慌失措，平和时和风细雨，暴烈时疾风暴雪，忧愁时无精打采，愧疚时羞愧难言，失望时黯然神伤——阴晴圆缺朔，记录着一个真实的现实天地；喜怒哀乐愁，幻化出一个五味杂陈的内心世界。读张庆和的随笔《问候心情》深得其中三昧。

“坏心情和好心情一样，都可能因时、因地、因人，因是否得到了理解和尊重而改变方向。”把心情物化或者拟人化或者人性化，是张庆和直接思考的问题。心情依附于人，但它显然又有自己的个性、自己的规律和发展运动轨迹。张庆和显然在把握着心情的尺度，寻找着打开心情好坏的钥匙，探索着心情发展的路径。既然心情如此能决定一个人的作为，我们为何不多些“理解和尊重”心情，对心情进行人文关怀和呵护，在千变万化的现实中，调试出对自己有利的好心情，对他人有益的好心情，对社会有助的好心情？从而能够开心生活，与人和谐相处，快乐地为社会工作。

无疑，张庆和是这样做的，他也做到了。在与张庆和的交往里，他的平和、细心和认真，他的悲悯、亲和与无微不至，他的对工作的热情和热爱，对社会的责任，待人接物或是他字里行间所表达的，已经体现得淋漓尽致，体现出一个大度、重感情、与人为善的智者。作家孙德全先生在写的《好友张庆和》一文中说："第一次接触他，递过来的肯定是善意的微笑，然后是客气得让你不好意思的待人方式。即使你是不速之客，我想他也不会让你难堪，他对人的尊重在心里。我们熟了以后，我觉得跟他在一起待着、聊天是最随意最自在的了，不必在意说错了，说得不合适，说走了嘴。"朋友们在一起时，常常把孙先生的这篇文章改为《好人张庆和》，可见表达的更是一份对张庆和做人的品格的赞美。因为他有一份自己给别人带来快乐的好心情，给人了快乐，收获的也一定是快乐和幸福，也一定是沉甸甸的热乎乎的好心情，是温暖在人心里的力量。

在心理学上，许多学派给心情或者情绪下了定义，有人曾这样认为："心情起源于心理状态的感情过程的激烈扰乱，它同时显示出平滑肌、腺体和总体行为的身体变化。"他把心情标定出感情过程的扰乱，暗示了情绪同有机体的利害关系和联系。但它更强调心情的"干扰"性质。同此说法相反，罗伯特·利珀则坚持主张："心情是一种具有动机和知觉的积极力量，它组织、维持和指导行为。"而张庆和却把它们不经意间结合了起来："它（心情）有如身体内部的软组织，有如行走在肌体里的气血津。它协调平衡，它抵御疾患，它为生命的健康不知疲倦地工作着。"可见张庆和在认知心情时达到的高度和境界。而这一变化和境界也在范仲淹的《岳阳楼记》中浸淫着：淫雨霏霏给人带来了去国怀乡、忧谗畏讥、满目萧然、感极而悲的心情；春和景明则带给人心旷神怡、宠辱偕忘、把酒临风、其喜洋洋的心情。而张庆和也一样追求的是范先生心情的大境界："不以物喜，不以己悲，居庙堂之高则忧其民，处江湖之远则忧其君。"这样的心情才是积极的力量，才能展开人生最美的境界。

回望历史是为了展望未来

——解读张庆和散文《海边，望着浪花》

孙武臣

作家张庆和一篇1500字的短散文《海边，望着浪花》多次被福建省以及好几个城市的中学选作考题或编入教辅，凸显了文学的力量。真正的文学理应有灵魂有内涵，能够含纳时代风云，能够把握社会脉动，是可读又耐读的文字。富有生命力的文学才能进入历史。

“探访这片中国近代史的始源地，祭祀在这里为国殉难的英雄儿女，曾经是我许久的心愿。”作者以一个作家的赤子情怀，以诗意的笔法，复活了第一次鸦片战争中我们那段耻辱历史，那截腐朽的清末社会，那场丧失尊严的人生。

作家以“浪花呀/疾首顿足/使劲拍打岸的胸脯”的情感抒发，将全文分为“大海在倾诉”“大海在恸哭”“大海在叩问，历史在嘱咐”三个部分，即从三个思维层面为一个世纪的中国屈辱历史做出了至情至性的表达。

“大海在倾诉”，倾诉了鸦片战争的历史事件，使逝去的历史又变成看得见的历史，那是我们永远无法抹去的集体记忆……1840年，英国发动侵略战争，见林则徐在广东防守严密，乘隙北上，终于破门而入，迫使清王朝签署了继《广州和约》之后中国近代史上的第一个不平等条约，这就是包括割让香港，赔款2100万银元等在内的震惊中外的《南京条约》。它是中国开始步入半封建半殖民地社会的标记。从此，一个世纪的中华民族最屈辱的历史开始了。全文“倾诉”历史事件并非重点，但能让我们感受到那泣血的历史之痛。作家让战火在他安静的纸页里燃烧，让它发出了回响，“火光冲天，炮声隆隆，数千将士正殊死格杀；浓浓硝烟弥漫着，遍地尸体纵横着……”它让我们刻骨铭记昨天的痛苦，提醒我们应正视人类文明史上曾有的仇恨与黑暗、愚蠢与野蛮，从而促使我们不能不以良知和理性进行深刻的反思，因为那是绕不过去的认识历史的门槛。

“大海在恸哭”，为那段历史悲剧恸哭，为在这场悲剧中献出宝贵生命的中华英雄儿女而恸哭，其中包括民族英雄林则徐。这位清末爱国政治家，曾作为钦差大臣赴广东查禁鸦片输入，将缴获的237万箱鸦片在虎门当众销毁；并积极筹备海防，倡办义勇，屡次打退英军进犯。久攻不下的英军只好北上另择突破点。然而，曾作诗“苟利国家生死以，岂因祸福避趋之”以明志的林则徐也受投降派诬害，被革职充军大西北……英雄的土地上留存了历史的遗迹：“墙皮剥落的石堡，被高岭土死死堵住‘嘴巴’和被强盗的利刃砍断‘手脚’的岸炮；还有那座仿佛被挖掉眼球、正木木地瞪着天空的销烟池。”作家写道：“仰望着眼前的一簇簇雕像，触摸着被战争的牙齿啃噬留下的斑斑伤痕，我的目光不觉抛向了那个浴血拼杀的战场。”恸哭是回忆历史灾难时的情感抒发，但仍不是全文的重点。

重点在“大海在叩问，历史在嘱咐”。当作家的目光集中到那弯曲着的长长的虎门炮台的物象时，立即生发出自己强烈的时代责任感的心象。于是那弯曲的炮台便幻化成了“宛若一个大大的问号，在问天，在问地，似乎也在问来到这里的每一个人”。

唐代诤臣魏徵对唐太宗李世民建言：“思所以危则安矣，思所以乱则治矣，思所以亡则存矣。”这不仅告诉我们要从忧患意识、大局意识和政治意识去铭鉴“思危则安”的历史经验，而且还告诉给我们面对历史资源时所应持有的价值取向。

历史理解的真正对象不是事件，而是事件的意义。其意义应该涵盖哪些超越时空的方面呢？

首先是总结历史事件的经验教训。散文中有一段文字：“虎门的布防，不谓不周；清军将士不谓不勇。然而他们却失败了，败得很惨，数千忠勇无一生还，全部壮烈在了这里。”但是，“从根本上说，杀死他们的，不是英军，也不是英军的坚船利炮，而是清王朝自己。是朝廷里那些吮尽人民骨髓的昏庸的权力持有者，是那个喂养着无数蛀虫的腐朽污浊的社会渊薮和那个极不合理的社会结构”。每一个历史事件都是一面镜子。鸦片战争这面“镜子”映照出的是清王朝社会制度的黑暗腐朽、朝廷官员的奢靡腐败，国力必然羸弱。于是，只有溃败衰亡的命运悲剧。这是历史之必然。当我们回想中华民族这次永远的泣血之痛时，我们才能明白什么叫作“今是而昨非”。经过30年的可歌可泣的伟大凝聚，中国人民站起来了；又经过30年可歌可泣的伟大凝聚，中国人民走向了繁荣富强，赢得了全世界的惊叹与尊敬。“换了人间”，是否定不了的历史事实。一个近14亿人口的国家生存不易，而赢得和维持她的尊严则更难。

创造和利用好一切良好的机遇，把自己的事情做得更好，变得更强大，为人类做出新的贡献，就是我们回望历史，启示现实和未来的目的。

再有，思考历史事件的启示意义时，还不能忘记在“镜子”中认识自己的影像。中华民族历经五千年，遭受无数的灾难，屡遭侵略，却总能劫后重生，生生不息绵延至今，尤其在最近30年里还能在复兴中重现青春活力，真的见证了恩格斯的话：“没有哪一次巨大的历史灾难，不是以历史的进步为补偿的。”当我们从这一精神层面去回望历史时，我们就能感悟：苦难是我们民族最宝贵的“财富”，它带给我们一种民族精神和人生态度，那是我们民族的自我意识与自我认同，是我们民族的集体人格。毫无疑问，中国传统文化融进了我们过往的岁月中，使我们做到了最难的事：认识自我，并从历史的重量中获得了挫折历练后的豁然和达观、坚强和自信。海明威的名言：“人可以被毁灭，却不可以被战胜”，也适合中华民族，因为中华民族大写了最难写的“人”字。

历史观决定了作家在这篇散文中的价值取向，决定了他在铭鉴历史时充盈着的使命感和自豪感。散文结尾，作家描写了海边一道彩虹般的风景线：“海潮退去了，岸边走来一群捡拾贝壳的少男少女。他们嬉笑，他们追逐，他们不时地弯腰拾起一枚枚喜悦，或者扬手放飞心中的满足……”我们从中读出了作家心中的一个悖论：我们奋争的终极目的就是为了孩子们不再经历我们遭受过的灾难；但又多么希冀他们不要忘记历史的灾难啊！前事不忘，后事之师。在后来人身上理应有我们民族精神的传承的脉络。

作家的忧虑不是多余的。当下，历史有被淡忘的倾向。比如，中学的历史课，课内变异成了应试教学，课外被“戏说”“歪说”“野说”成娱乐素材，这对青少年的爱国主义精神是有害的。无怪历史学家大声疾呼：中学历史课堂不能“失守”！要发起一场“保卫战”！因为历史课对学生培养正确价值观太重要了，它可以使学生懂得中华民族的历史文化传统，懂得爱自己的祖国。从这个意义上说，《海边，望着浪花》为教育教学界所看重绝非偶然。它提醒人们：只有记住昨天的苦难，才能更好地拥抱和谐美好的明天。

这篇散文弥散着作家的理性与情感的智慧，呈现出他的理性和充满诗意的艺术风格特点。诗人将“意象”的诗性移植到散文中，是散文写作成功的关键。作家把“石堡”“岸炮”“销烟池”“雕像”“炮台”“花”“草”“海潮”“贝壳”等物象都作为他的哲思与情感抒发的载体，并通过他的艺术想象力，都化为了他的心象。自然，在意象原则与方法的运用中，拟人、比喻等修辞方法都为散文创造了“意象美”和“意境美”。

但愿这样的散文多起来。

精准、本真的散文自选集

——评张庆和散文自选集《漂泊的心灵》

良木

选本，这是一种特殊的文本组合方式，与文本最初结集的样式相较，它是二次重组创造或多次重组创造的结果。究其原因，大概都是在特殊的需要、作者本人的特别思考以及出版者的特殊考虑安排等积极因素左右下，灵感突发而编就的。很显然，选本既然是选本，那就已经超越了最初版本的原初意义，而具有了特殊艺术韵味的再次凝聚。因为篇目的组合不同、排列顺序迥异，整体韵味也就一定大不一样了。张庆和的名家散文自选集《漂泊的心灵》是出版人李声笑、总策划李继勇等先生从华语文学100年广阔审美背景下全景回望与梳理、分三辑将70位散文名家集中展示的突出成果之一，其创造的内在精准、更本真厚重耐读的意蕴就更表露了这种美学根本特征。尽管文本中加了一些新的，但数量不多，所以我们定位在重新组装出版是合理的学术判定。相比而言，我们觉得对名家的特殊特定约稿更起了关键的前推作用，可见张庆和先生的散文影响力是很大的，其散文著作已经成为一种文化资源。作为优秀的散文一定不是简单的平铺直叙，仅仅停留于一般的寡淡陈述，一定是具备丰富“外要比德，内含畅神”的审美特征的；也就是说，当万物进入优秀散文家的艺术审美视野时，它们已成了散文家表情达意的工具，它们固有一般物的属性以及物的一般关系已经丧失，已演变为别种样式，承载了新的艺术转换。深入阅读《漂泊的心灵》和深层次地辩证后，我们觉得自选之后的张庆和先生的散文更多集中了“比德”“畅神”以及外物审美关系的深度再调整，而且这种“调整”大多是非单向的，是多向而且稠密的，这是给予读者最大的审美感受：“月亮是一位不知疲倦的登攀者，她没有因为对它的种种赞美和感叹而沾沾自喜，而止步不前。月亮继续上升。月亮开始以她银色的光芒涂抹坝上之万物、装饰物中之灵魂了。”“月如鼓，振聋发聩；月如号，邀群呼众；月如花，芬芳四溢；月如醇，令人陶醉……”其实，作为一般物的月亮，其自然属性我们是很清楚的，它无声无息并不具备更多的附会意蕴，但到了张庆和先生笔下，却转换成了“不知疲倦的登攀者”，“没有因为对它的种种赞美和感叹而沾沾自喜，而止步不前”，而且“月如鼓，振聋发聩；月如号，邀群呼众；月如花，芬芳四溢；月如醇，令人陶醉……”由此读者不禁想到朱自清的《荷塘月色》，那月光如牛奶，如歌声，但也仅此而已，与张庆和先生的演绎创造相对而言，显得有些狭窄了，可见对万物的艺术审美创造是没有止境的，真是长江后浪推前浪。再看白桦林。“白桦林的栖息地是有选择的，它必须在海拔八百米以上地域才能生长。白桦能在这里成林，足以说明它的脚步已经踏上了一种高度，无论它是怎样才攀爬上这高度的。”“占据了高度者，总是希望能够被仰视。”这里用了贬义的“攀爬”二字，与张庆和的“酸枣树”、茅盾的“白杨树”、陶铸的“松树”的正能量恰恰相反！“反正它轻浮浅薄，风中摆首弄姿，飘飘然张扬自己的那副做派和伪君子模样……只觉得白桦林未免也太世俗了些，太小家子气了些。”“也许，正是由于我对这陌生的白桦林过于奢望了吧，所以才如此地遭遇了它的冷漠和无礼。”“面对狂妄傲气的白桦林。”“白桦林是一道栅栏，它上遮天，它下蔽地。停步这里，生命就会被它禁锢，自由就会被它扼杀。”而其实，自然状态下的白桦林只是自然生长，是不可能具备这些“不白之冤”的，这就是作家的艺术审美创造，而优秀散文离了特定的有意“比德”“畅神”，也是不可能完成艺术实现的！

外物“在文艺创作领域，人们主要是从‘比德’的观点去欣赏它们，表现它们。……自然物的美丑，不是决定于它自身的价值，而是按其所比附的道德情操的价值来评定。这种以自然物的自然属性比附人的德行的观点，虽然并没有真正感受到自然美，但它却标志着人们在欣赏自然美的时候，已与实用感相分离，而转为道德情操的满足，表现了审美意识的进步。《诗经》以鸟兽草木比兴，作为抒发情意的借用物。《离骚》以香草喻君子，以萧艾喻小人，说明‘比德’观念对于艺术创作具有广泛的影响……”“与‘比德’不同，‘畅神’强调的是自然美的欣赏可以使欣赏者的情感得到抒发，得到满足，从而使精神为之一畅。它所尊重的，已不是外加给自然物的道德伦理价值，而是它自身的足以令人舒畅怡悦的审美价值。”（见《美学概论》221—222页，李戎主编，齐鲁书社1992年2月第1版）比如顾恺之的“以形写神”、谢赫的“气韵生动”、宗炳的“山水质有而趋灵”、王维的“山之秀丽”“树之精神”、司空图的“象外之象，景外之景”等皆是审美主体与审美对象之间的有机交融，所谓“情来神会”“心会神融”“神机凑会”指的就是这种艺术境界。艺术美对于自然美的创造并不是机械地简单地相加，而是积极地能动地有意调整，是主体对万物“心灵化”（黑格尔语）导致的，单靠对自然的被动描绘，并不能创造出新的艺术生命。像如此这般的“比德”“畅神”在《漂泊的心灵》中比比皆是：“太阳踏上了云层的顶端，把瀑布般的光芒倾尽泄下。”“太阳继续上升，像一个悬浮的红气球。它扯着一道道五彩霞云，宛如一条条迎宾的彩带，于半空挥舞；刹那间又突掷草原，蒙太奇般绽放成一簇簇婀娜的舞姿。”“从草原升起的太阳可是那个亘古走来的大英雄吗！是谁，为什么要把它熔铸成金质的勋章，如此煊赫地缀在了蓝天的胸脯上！”“这里的人们认认真真地种植楼房，所以楼房都生长得很高很大很茁壮。它昼间和白云缠绵，它夜里和星星攀谈，一个个美丽的梦就在这温馨的楼房里孵化繁衍。繁衍成歌唱的鸟，繁衍成翱翔的鹰，繁衍成一个个现实的理想，飞向辽阔和遥远……”“善良的棕榈树”“那拄着拐杖的老树嫉妒吗？”“山是硬件，水是软件，丰厚的文化是它的内存。山，诠释宏伟；水，演绎太极。……水无言，山捧出花朵向它致意；水隐忍，山举起绿荫把它颂扬。”“老张家的人走了，那枣树有点不太情愿地便归属到了老李家的门下。”“在植物界，毛竹真的是一个值得赞美，值得骄傲的家族。它不像峡谷里那些藤藤蔓蔓，喜好攀附高枝儿以炫耀自己的高大威风；也不像那些枝枝杈杈，喜好是是非非地叽叽喳喳。而毛竹，独立正直，向上向善，要求的很少，奉献的很多。”尤其《心灵是一片土地》更是这种艺术转换的高潮，令人目不暇接！

散文集《漂泊的心灵》精准厚重，无论散文榜样的参照、隐含的学术档次，还是信息量、文化含量以及愈来愈浓厚的诸种价值都是难以估量的，挖掘的必要性与必然性一定会越来越明显。

2020年1月1日 于山东莱芜

快乐阅读知人见心

曹怀新

第一次见到张庆和大约是在一次笔会上，人很多，对他印象并不深刻，只记得瘦瘦的、很精干的样子。以后常常能读到他的散文和他的诗歌，他本人的样子也逐渐在记忆中加深起来。

打动我并让我能常常想起张庆和，缘于他的一篇散文——《哄哄自己》。这篇散文并不长，却写出了人生的悲凉，它让我掉了泪。能用文字让人掉泪的作家，相信谁都会对他有深刻的印象。此后，我更加注意出于庆和之手的文字，直到现在，读到他的这篇报告文学《远方传来的戈壁壮歌》（《中国建材报》2008.7.15），这也是我见到他的诗歌、散文以外很少的其他文体的作品。

有人说张庆和是一位横跨诗歌和散文“两岸”的两栖作家，无论诗歌还是散文，张庆和都融入了饱满的情感。《远方传来的戈壁壮歌》也同样如此，散文化的叙述，穿插着诗化的语言。透过文字，我看到了那个瘦瘦的、很精干的叙述者。

据我所知，庆和的报告文学写得并不是很多，比起他的诗歌和散文创作来说，在数量上决不占优势，但他的报告文学却并不亚于他的散文。《远方传来的戈壁壮歌》取材于中建材集团进出口公司总承包的沙特北方水泥厂的境外工程建设。一批来自中国建材行业的建设者们，在张庆和的笔下，从鲜为人知的幕后走到前台，告诉人们一个发生在异国他乡的中国人的故事。

中国人大规模在阿拉伯半岛登陆，大概首推600多年前的郑和。这位明朝的航海家带着100多艘船只和2.8万多名船员组成的庞大船队，最早在中东留下了中国人的足迹。郑和七下西洋，也开辟了中国人打开国门走向世界的先河。改革开放以后，走出去的游子们遍及世界各地。《北京人在纽约》《上海人在东京》等电视剧反映了许多留学生和求学者在国外的艰辛和生存状况，让国内的人们了解了国外的生活，也为那些国外的中国奋斗者立了传。如果把迈出国门的人群做一个统计的话，相信那里面会有很大一个比例是出去做工程的。但是，直至目前，却很少有哪位作家为那些出国从事施工的人们写过什么文字，张庆和的这篇报告文学，把文人落儿了空的地方给补上了，也给那些身在异国默默工作的建设者立了一个小传。

这篇传记在整体上使用了一个比喻，这支踏上沙特阿拉伯王国的建设队伍，在进入作者视野的时候，被看作一个分工细致、各司其职、技术精湛、整齐划一的乐队。乐队的指挥者就是沙特北方水泥厂现场总经理陈学明。在诗人眼里，世界的样子幻化多彩：

“望着沙特北方水泥厂1800米生产线上酷似竖琴、长号、圆鼓、金钟样的一件件机械设备，聆听着时紧时缓、抑扬顿挫的动人旋律，我一下子想到了日本著名音乐指挥家小泽征尔。很欣赏小泽征尔的音乐天赋，他能在一支80人的乐队里准确地辨出某个演奏者半个音符的差错，并且立即当众予以指正。正是缘于此由，他所指挥的乐队，才一次又一次地赢得了世界掌声。”

在“开始曲”的铺垫之后，这位陈学明首先被作者“请”了出来。从结构上来说，这是一棵大树的主干，是一支乐曲的华章，随着作者的步步深入，陈学明从书面的墨迹之中“走”了出来，来到我们中间，伸手可触。他的忍让，他的睿智，甚至他在指挥之中发的脾气都让人感受到了这是我们中国人的现场总指挥。随着他的出现，作者的笔触如同一个慢慢摇动的镜头，乐队的演奏者们在镜头下一一地展示在读者面前。现场总经理助理张学坤和他的妻子牛所芝的生离死别，像是被重重拨动了的大提琴琴弦，震颤了每一个人的心：使人流泪，使人慨叹。张学坤在南方一家民营企业辞职后，与他同在一个企业的妻子——牛所芝工程师便被辞退了，而且被人不容商量地收回了他们的住房。牛所芝失去了工作，没有了住房，只好带着未成年的儿子回山东老家，在张学坤的妹妹家栖身。她生病之后，为不影响丈夫在沙特的工作，不准家人向张学坤透露半点消息，直至她病重、住院、病逝，这位令人尊敬的女性始终没有拖累丈夫一天。

作品中这样的灵魂势必要打动读者，首先被打动的是张庆和。他抑制不住自己的激动写道：

“一个妻子，一个女人，为了丈夫，不，那也是为了国家和企业啊，甘愿承受这样的牺牲，真是太了不起了！沙特的天在哭泣，沙特的地在默哀。工地上每一位得知情况的同事，都在向牛所芝默默致敬！”

《远方传来的戈壁壮歌》展现的不只一两个人，作者把中建材集团建设者们的群像推到了我们面前：中建材集团进出口公司总经理黄安中，公司常务副总经理、项目部总经理王勇，沙特分公司总经理何滨，现场上善打能拼的6部门经理——金忠先、安志杰、葛全军、张健、郭文刚、司马麟，以及后方保障工作的技术部总经理刘方方、电气工程师陈志刚、物流部副总经理范玉英、行政部总经理马鑫……张庆和像是在弹钢琴，都一一地给了他们相应的笔墨。从行文的点点滴滴，看得出庆和的采访十分扎实，像他本人的性格，认真而周到。他掌握了大量翔实的第一手资料，信手拈来便是感人的事迹：

“有一位中年师傅为防止自己的慢性阑尾炎‘惹事’，免得给现场领导添麻烦，临行前，自己专门做了阑尾切除手术。

“来自山东的英语翻译唐连志爱喝酒，一次就能喝一斤半。可沙特法令禁止喝酒，也根本买不到酒。怎么办？入乡随俗，忍着呗。去年他曾回国探亲，到家后的第一件痛快事，就是先让自己大醉了一场。

“由于远离家乡，久不能归，有的交了很久的女朋友，说吹就吹了；因施工赶进度，有的原定的婚期只能一推再推；是那缕醉人的熏风吹的吧，还有的竟惹得后院红杏出墙……面对如此无法回避的窘境与尴尬，我们的现场施工人员却能够坦然面对，不能不说这是一种境界和修炼。”

生活中的张庆和很会照顾人，为别人想得很周到。一群朋友在一起，他不会疏漏了谁、怠慢了谁。文如其人，《远方传来的戈壁壮歌》对那些没有提到名字的人，庆和也给予了深情的关注：

“在沙特北方水泥厂现场，我接触过一些普通工人，他们曾被以为是为了挣钱才出国的。但从我所了解到的一些情况看，却并不是这样。他们说，临出国前，乡亲和家人送行时说得最多的一句话就是：

出去好好干，别给咱中国人脸上抹黑。”

《远方传来的戈壁壮歌》中有这样一段描写：“沙特北方省的沙尘暴也凶得很哟！它们连个招呼都不打，说来就来。来了就赖着不肯走，一待就是好几天。有时它简直就像故意为难我们，考验我们这些汉子们的意志到底硬不硬。一旦刮起来，真是昏天黑地，一米之外，让你什么都看不到，即使关紧了门窗，拉上了窗帘，也呛得难受。晚上睡觉要戴口罩，耳朵里要塞上棉球卫生纸什么的。即便如此装束，第二天早晨起来，那鼻子、耳朵、嘴巴里还是躲不过那纷扬沙尘的亲密接触。

“在进行圆库滑模施工时，本来判断天气会给个面子，起码能友好上几天的，没想到一场几乎掀起沙尘暴的七八级大风又不告而至。风再大，施工也不能停。怎么办，我们的施工人员就捂上口罩，戴上风镜，再把自己捆在架子上。唉，这样的作业方式，也算是奇迹了……有人说，现场的同志确实很辛苦，能在那里呆上半年，只要能顶住那沙尘那风暴，能抗住那炎热那干燥，能耐住那孤苦那寂寞，就是好样的。”

作家的描述，让我们走近了他笔下的建设者。庆和的这篇3万多字的《远方传来的戈壁壮歌》为我们展现了一幅中国人在海外从事建设的图景。庆和以他自己的生命体验方式为人为文，其中常常能够感受到他诗人的情怀。

“能收获第一，就是创造了奇迹。是谁创造了这奇迹？这奇迹的背后有着怎样的千山万水？揣着无数个好奇和问号，我踏上了沙特北方省那片古老而神秘的土地，触摸到了建设者们的气喘和心跳。”

这是诗化了的语言，是诗人情感的外溢。通篇随处都可以找到这样的语言：

“每逢佳节倍思亲，思亲是对根的一种眷恋……是根的能量在释放、在延伸的结果……饺子煮成了片汤，思亲的心却得到了滋润，美好的心瓣上便有不少清露晶莹。”

且看：“这是一种优秀组合，这是一座灿烂星池。每颗星星都在那里默默发光，互相映照，互相致意。天空因它们而更加美妙绚丽。”

再看：“而当我转身采集曾经开放在公司后院里的那一簇簇芬芳和鲜艳时，那被谦逊和奉献长久滋润的美德，却让这里的主人们都吝啬地掩起了往日的美丽。”

构成文学的最基本要素首先是语言。有人把作家比作春蚕，每一只蚕吐出的丝，都来自同一个地方。作为诗人的庆和，用他来自同一个库存中的语言写就了这篇报告文学，无疑，它有着浓重的诗意。

交友和阅读是需要选择的，有些人的文字，无论他获了什么奖，被吹嘘成什么样子，你拿到手里，读下去是很困难的，使得你不得不对那奖项重新审视。而读张庆和的文字，就像读他本人，会产生“阅读快意”。

历史深处的一簇风景

——《面对草地》赏析

苏艳霞

目前，各种美文实在太多，但是能真正引起人们心灵震撼的美文又有几何呢？我们早已厌倦了那些矫情化、滥情化，以及富于煽情和伪圣的所谓美文。而《面对草地》却是一篇难得的真正的美文，读罢令人如醉如痴，感怀不已，别有一番滋味在心头。

面对草地——红军长征中一段艰难的征程，几乎每个中国人都从小说或电影里看过。如果你联想到金戈铁马、浩浩荡荡，那不过是历史的再现；如果你歌颂革命先烈的英勇悲壮、艰苦卓绝，那不过是一般意义上的讴歌。而本文，避开了常见的选材方式，另辟蹊径，独出心裁，别具异彩，真可用“独特”二字来形容。

独特的感情。首先，作者给草地以极高的审美定位，草地是“历史深处的一簇风景”。是啊，这平凡的草地包含着多少历史的、人文的内涵啊！紧接着，作者又认识到，草地“辉煌灿烂”，草地生长出“崇高”“景仰”“伟大”“不朽”，草地是“历史的档案馆”“革命的资料库”。草地走出了精神的富翁、不朽的灵魂，走出了名垂青史的革命前辈。尤为可贵的是，我们感受到了作者那面对历史，面对革命圣地复杂的、细微的、与历史血肉交融、息息相通的哲思感悟。作者认为，如果仅仅为寻找先辈的足迹而来，仅仅为采集华章丽句而来，那就干脆不要来，因为那样会踩痛历史，冲昏头脑，掏空心灵。在这里，作者展现给我们的是灵魂的震颤，表露给我们的是神圣的情感，显示出的是无声的敬畏、沉静的思索、静默的崇高和无语的慨叹。

独特的联想。作者有意避开了雷同化的联想方式，即红军过草地时怎样的艰难困苦，险象丛生，以及一个个悲壮感人的故事，而是采用了典型的“发散式联想”。作者联想到小学课本、鼙鼓金号、熊熊火光、一座庭院、一群前辈、一张铁弓、一支利箭；作者联想到一条线，这条线牵动着天安门、新中国、灿烂的笑容、飘扬的旗帜，以及轰轰烈烈的现代化……作者在对原有材料深刻认识的基础上，引发情思，浮想联翩，将一系列有关的事物剪接、整合在一起，使文章雏形扩展，思路开阔，表象再现，意蕴饱满，血肉丰盈。

独特的结构。为了很好地架构串接本文的联想，本文所采用的结构是典型的“喷泉扩展式”。这种结构方式有利于打破时空的界限，天地广阔，包容极大。本文只有850余字，却用了14个自然段，层次感极强。文章由草地的一花一草、一枝一叶起笔，最后以草地的青翠碧绿、肥沃辽阔而收笔，纵横开阖，时空交错，活泼恣肆，文思急促而不显浅薄，意蕴丰厚而不显散乱，给人一种疏密错综、挥洒自然的美感。

独特的语言。本文大量使用比喻和排比等修辞手法，如把草地比作“历史深处的一簇风景”，比作“历史的档案馆”“革命的资料库”，比作“庭院”；把红军走过的路比作“一张弓”“一根弦”；把草地的历史作用比作“一条线”等。这些比喻，新鲜而富有质感，准确而富有张力，还具有诗一般的审美意味，充分展现了语言的内在美质。又如，描写草地，“那些盛开的花，那些衰败的草，那些挺拔的枝，那些枯萎的叶……”议论草地，“这里才生长出崇高，生长出景仰，才生长出那许多的伟大与不朽”；赞美草地，“这里种植下许多年轻的生命，这里所以才如此青翠碧绿；这里埋下的忠骨永不变质，这里所以才永远肥沃”。这些排比，使文章语气奔放，语意畅达，语感和谐，还很好地体现了语言的音乐美，情蕴于内，理充于中，声振于外，音乐神气，相得益彰。这些修辞手法的运用，使本文语言翰墨喷香，新奇迭出，文采斐然。

最后，还要谈一谈本文独具的诗的意境美。作者笔下的草地，鲜花盛开，枝叶挺拔，青翠碧绿，空旷辽阔，间或也有衰败的草，枯萎的叶，这种自然意义上的景色是壮观的境界。而在这种境界中，又熔铸了作者的热爱、赞美、庄严、肃穆，而不乏深沉凝重的思想和感情，真正做到了情景交融，形神兼备，虚实相生，化理为象，象外传神，使这篇文章自然产生了诗一般的审美意境。

是诗意，使本文产生了无穷的魅力。是诗意，使本文焕发出熠熠的光辉。是诗意，使本文呈现蓬勃的生机！

亮一盏心灯

——张庆和散文集《哄哄自己》读后

岳洪治

庆和是著名的诗人。在他出版过的多种诗集中，记得有一本是《颠簸红尘》，很醒目的书名。如今，打开他这部新出版的散文集《哄哄自己》，在《曾经“著名”》一篇里，读到了如下的句子：“……真想有一天能彼此相逢，以聆听师长的教诲，倾诉世道的颠簸，感叹人生之路的坎坷。”——“颠簸”二字，又一次出现在了他的笔下。

据说，一个人使用同一词语之频率的多寡，是会于不经意间泄露其身世与情感的秘密的。这个话是否靠得住？先前，我从没有认真思考过。然而，今天把这部散文集读过了一遍之后，我基本相信了这样的说法。眼前的几十篇文章，使我大体了解了庆和颠簸红尘的命运；因而，也就懂得了他为什么要“哄哄自己”。

兄弟姐妹几人中，庆和是排行最小的一个；本应是最受父母宠爱的，然而，他很不幸，年纪还很小的时候，就失去了母亲。“没妈的孩子像根草。”失去了母亲温暖的怀抱，他小小年纪就只好独自踏上了充满风雨的人生长途。生活的大门敞开了，但是，那迎面而来的不是李白所描绘的“看花饮美酒，听鸟临晴山”，而是刘长卿所咏叹的“岭猿同旦暮，江柳共风烟”。因此，他记忆中最美丽的风景，是“勇敢地抗争过，战斗过，没有倒下，经过和山洪的几番搏斗较量之后，顽强地存活下来”的“一棵站立的树”。（《荔波一棵树》）这棵根须裸露于乱石之上的“奇树”，在贫瘠的环境下，“泰然地活着，活的壮硕，繁茂的枝叶障天荫地”。《峭壁上那棵酸枣树》一文所记述的，则是一棵生长在作者故乡的悬崖峭壁上的小树。“云缠它，雾迷它；风摧它，雨抽它；霜欺雪压，雷轰电击。大自然中的所有强者，几乎都在歧视它，虐待它。”然而，它并没有被征服。“它不低头，它不让步，于数不尽的反击和怒号中，练就了一身铮铮铁骨，凝聚了一腔朗朗硬气。”作者向荔波的“奇树”献上了由衷的祝福：“你于劫难中涅槃，你在平凡中巍峨。”他以欣赏的口吻，赞颂那棵在自己的记忆里摇曳了三十年之久的酸枣树：“依靠了自己的力量，长成了那堵峭壁的生命，让人领略那簇动人的风采。”

自然界的树木，何止千百种。它们或高耸入云，或婀娜多姿，都未能牵动作者的神经。唯独生长于峭壁上的一棵酸枣树和一棵在劫难中幸存下来的“奇树”，却打动了作者的心；在多种自然景物中，作者唯独注意到了这两棵不起眼的树、两个命途多舛的生命体。创作中，由于作者能够用心地观察、感受他的描写对象，能够发现两棵树各自生命的奇异之处，因而，他的想象力和表达力也能够得到最好的发挥。在把握两棵树的个体特征的特殊性的准确性方面，表现出了他不凡的功力。其作品之所以写得血肉丰满，能够给人留下深刻的印象，不仅因为作者具有精致、细腻的艺术感受力，能够精确地描绘出事物的细部，更是由于作者从两棵树的生长形态和生命历程中，隐约看到了自己的影子。正是因为作者自己与那两棵树，有着非常相似的命运，所以他才会对那两棵树产生一种特殊的感情，并能够借助于对描写对象的奇妙的感觉和知觉，而写成了这样的美文。这两篇作品既是对树的称颂，也是作者对自己的肯定。那棵“在夹缝中生存，在磨难中挣扎，在逆境中巍峨的酸枣树”，那在艰苦的环境里，却能够“泰然地活着，活得壮硕”的荔波的“奇树”，不就是作者人生命运的生动写照吗？

之所以先把两篇写树的文章拿出来评说，是因为这两篇文章乃系全书的根本。——文章看似写的是树，是树的命运，实际上写的是作者自己，是作者对自身命运的观照与吟味。而其他篇章，不过是生长于这个根本之上的枝叶与花果；是在一个特定的环境与时代成长起来的“这一个”作者生命的闪光，和内心情致的投影而已。鲁迅先生说过的“倘要论文，最好是顾及全篇，并且顾及作者的全人，以及他所处的社会状态，这才较为确凿”（《且介亭杂文二集·“题未定”草》），也是这个意思。

《哄哄自己》这个集子中，有不少赞美祖国美好风光的作品。然而，在每一幅风景画中，都隐约可见作者那自勉自励、不屈不挠的奋进精神和崇尚自然、纯真的审美追求。如《坝上月》所写，作者眼里的月亮：“月亮是一位不知疲倦的登攀者，她没有因种种赞美和感叹而沾沾自喜，而止步不前。”如《原始的魅力》写西双版纳风光，带给作者的心灵震撼：“最令我留恋的还是那闪射着纯正自然光辉的原始景物。”“正是这些具有原始野性、不带任何修饰与矫情的真实，使我的心灵受到了一种震撼，得到了一次沐浴。”于是，作者不由得感慨“这个民族生存的顽强与奋斗的坚韧”了。

集子中更多的篇幅，是属于“合时而著，合事而作”的文章。

譬如《关于“水的职称”说明书》，以自然喻人间，通过对泉水、溪水、河水、江水，以及池塘、湖泊、大海、汪洋等水的不同载体与不同形态的生动描绘，形象地表达了作者的一种“不争不抢，不离不散，各司其职，精诚合作，实乃和谐有序”的人生观和社会观。其他还有《闲扯“用人”》《跑官者说》《由一个电话说起》《邻居家的狗》等篇，也无不寄托着对于祖国前景和社会进步的关注，表现出作者平和本分而又坚毅豁达的性情与正直坦诚、勇于奋进的精神。

在《哄哄自己》一篇中，作者这样写道：“无论在任何挫折面前，都要设法哄住自己。这样才能最终做到，自己把握自己的命运，自己拯救自己。”进一步解释说：哄哄自己，不是要人放弃原则，知难而退，而是“不断总结，以教训磨砺自己，以成功激励自己，以经验提升自己，使人变得逐渐聪明起来”。如果没有经历过生活的磨炼与摔打，如果不是对生活冷静地叩问过、深入地思考过，我想，大约是说不出这一段话来的。事实上，这段话正是出自作者的人生体验，正是作者人生经验的总结。在《曾经“著名”》一篇里，作者说，一个人“应该有一盏自燃的心灯时常照亮自己的五脏六腑，以免让灵魂不小心落进泥沼，或者误入黑暗的角落”。那么，以上这段人生体验与经验总结，就是他拥有的那一盏“自燃的心灯”吧。

生活在世上，每个人心里都应该有一盏自燃的心灯。不同的人，由于世界观、人生观的不同，其“心灯”自然也不会一样。一个人应该怎样面对生活？一个人怎样活着才不枉此生？——你要为自己燃亮一盏怎样的心灯？读过了《哄哄自己》之后，也许这是每个读者都不得不思考的一个问题吧。

灵性丰沛的文字

——《关于“水的职称”说明书》赏析

大卫

喜欢读那种有灵性的文字，仿佛文字可以像燕子一样飞起来，像河水一样流起来，像云彩一样飘起来。无疑，这是一篇灵性丰沛的文字。语言灵动。想象灵动——对，特别是想象，作者是个诗人，他把诗人的想象力应用在散文方面绰绰有余。没有想象力的文字，如枯木，如沙漠——当越来越多的人没有想象力，文章写得像黄土高原的流失，当味同嚼蜡是一篇文章的同义语，那么，想象力当是对这种文字荒漠的绿化。爱因斯坦甚至认为：“想象力比知识更重要……它是一切知识的源泉。”当然，想象力不是无根之木，再合理、绮丽的想象，都要紧贴文题。“水的职称基本可分为动态、静态和气态三大系列。在各自的系列中，又分为初级、中级、副高级和正高级四个档次。”——这种想象力，恰当、妥帖、新鲜、独到，让人眼睛为之一亮。然后，紧紧围绕水的不同状态，作者发挥了独属诗人的、丰富而合理的想象。

除了想象，本文另一个鲜明特点是题目“另类”——说它另类，只能说明我们平时读到的文章标题太平实了。文似看山不喜平，标题是文章的门面，是招牌，甚至广告。俗话说，题目好文成半。题目起好，文章就成功一半了。水与职称，原来是风马牛不相及的事，作者却巧妙地把它们放在一起，职称是个多么生硬、冰冷的词，但这职称却不是人的，而是水的。水一旦有了职称，立马就鲜活起来了。这还不够，作者又加了“说明书”三个字，这让文章标题就更有意思了，看到这样怪怪的另类标题，相信是会吸引你读下去的。好的标题，就是药引子。

光有想象力和好的标题，也不能说明妙文就手到擒来了。写水其实是写人。人间评个职称，有时闹得不可开交，而水，却宠辱不惊，心平气静，和水相比，人类真该羞愧。作者显然是借“水”发挥：“它们不争不抢，不离不散，各司其职，精诚合作，实乃和谐有序。不像人世间的有些蹊跷，人为的因素太多太多。”想一想，难道不是吗？人间确实如此，人之浑浊越发衬托了水之清澈。

另外，这篇文章采取夹叙夹议的写法，又因想象力点缀其间，读起来妙趣横生。作者的高明还在于，在这妙趣横生中，把道理点明了。

一招鲜，吃遍天。普天之下，什么样的题材都被写得死去活来了，一篇文章要想跳出来，就得下点功夫，比如，标题要合理而另类，想象要鲜明而独特，比喻要妥帖而别致……如果再加一点点写作者的独家观点，那么这样的文章如果不成功都是伤人自尊的。当然，写文章也不必面面俱到，我个人最欣赏的，是那种有想象力的文字。其实，不仅写诗作文要有想象力，日常生活也要有想象力。这种想象力，可以用到一日三餐的烹调、家里的装修、外出旅行，甚至人与人的交往等。话题扯远了，回到本文，这是一篇写水的佳作，笔者也有另一篇写水的文章，名为《一滴水》，也用到了想象力，今放在此，以作这篇赏析文字的结尾——

一滴水，伸长了脖子，就变成了河。扩了扩胸，就变成了海。再做几个俯卧撑，波涛就澎湃了、汹涌了。

一滴水站直了身子，就是喷泉。

一滴水，长了翅膀，就变成了雨。

一滴水，在草尖上，叫露；在额头上，叫汗；在眼角，叫泪……

诗意的散文播向远方

——品读张庆和散文集《漂泊的心灵》

王贤根

湛蓝的封面映衬洁白的书名——漂泊的心灵，给人一种淡雅、宁静的美学镜像。这是“名家散文自选集”中张庆和的一部，套封正面是一帧庆和清晰的图像，目光温和、沉静，透射着慈祥、睿智。他是位著名的诗人，然而，在散文创作上又呈现繁茂丰盈的气象，已出版数部作品集。这一选本，收入八十余篇，精短，凝练，鲜明地凸显了他饱蕴诗意的创作风格。

一

诗意，是文学的高境界。长期从事诗歌创作并卓有成就的张庆和，在散文的书写中，依然保持了他创作的激情和深邃的思索。

《坝上月》《草原日出》等，是自然界瞬间的景致，这瞬间变幻的景象，诗人、散文家以敏锐的目光收入心囊，澎湃起赞赏的诗文，这种对大自然的亲近、亲切，在观赏、欣赏间升腾的情怀，既是对人类赖以生存的大自然的无尽赞美，又是对大自然变幻的瑰丽景象的由衷辨识与感悟，从而升华为精神的抒发与图腾。仰望明月，禁不住盘点自己："看走过的途径有几多曲折，数身后的脚印是否端正，望前方的陌路该如何选择！""我相信自己会走向一片莹洁与美好，因为坝上月已经高高地悬挂在我心的天空，永不陨落。"草原日出，绚丽多彩，暗红，鲜红，如生命走出之门，"诞生就是新生"，"诞生就是创造"，"诞生就是美丽的，生动的。但分娩的过程却是痛苦的"。由此，作家想到了前途，想到了人类共同求索的前途；想到了事业，想到了千千万万人所从事的伟大事业；想到了母亲，想到了千千万万母亲的痛苦和辛劳。他以凝重、追索的言语，有力地烘托和映照所要表达的意境，让读者的心绪，随着他"漂泊的心灵"，飞向远方。

诗的意境在庆和的笔下弥漫成一道道亮丽的景色。《坝上月》《海边，望着浪花》《面对草地》等，皆是一首首精美的诗性的篇章，激越如鼓点，敲击读者的心扉。《峭壁上那棵酸枣树》是以诗化的语言，将那棵"在夹缝中生存，在磨难中挣扎，在逆境中巍峨"的酸枣树坚强挺立、不屈不挠的形象，生动描绘成文，深刻的寓意，久久在读者心中萦绕。这分明是从农村走进军营、走向社会的作者灵魂的寄托与写照。这篇散文与他另外几篇散文，曾被多地选入中考、高考的语文试卷、模拟试卷和中小学"语文课外阅读"等，不少语文教师还将《峭壁上那棵酸枣树》剖析成讲义，教授学生。这是一篇经典式的文章，几十年过去，时间验证了它历久弥新、意韵深长的文学价值。

二

散文大致可分为抒情类和记事类。庆和是位情感丰富、细腻且具想象力的作家，他作品中的诗意，有如涓涓的清泉，自然、亲切地流淌，这也是他情感抒发的一种方式。

他的借景抒情的散文，情感浓烈、厚重，而记事性的篇章，这种浓郁的情，蕴藏在文本的背后，看似质朴、平实，却浸润人们的心田。《姐姐出家》《每逢中秋思母亲》如此，《烧掉的情书，今天补给你好吗》《撩开情诗的面纱……》更是动人心弦。身为青海高原上一名军人的作者，当时是两年才有一次探亲假，与在北京二哥家仅仅见过一面的“她”，在建立起“恋爱”关系的漫长思念的日子里，情书成为沟通两颗青春年华心灵的唯一表达方式。“现实中短缺的，只好去向往的‘情境’里寻找，于是我的第一首爱情诗隆重诞生。”几十年后，当北京广播电台邀请张庆和录制节目，主持人请他讲述爱情诗背后的故事的时候，当山东电视台邀请他和爱妻做客录制《一封家书》访谈节目的时候，作者对爱情诗的创作过程才稍有吐露。然而，这种吐露，在面向几十万上百万的听众，面对电视镜头前的众多观众，仅仅是“一问一答中稍有透露”，而在这散文中，他却娓娓讲述，引导读者渐入佳境。行文仿佛是首叙事诗，让我久久沉浸在他们那种纯净、真挚的爱情所富有的美妙之中。

三

文化是有其根脉的。庆和饱含诗意的文章，是他长期接受中华民族古老悠久的传统文化的熏陶，并吸取外来诗作经验的结晶。他的部分作品，在某种程度上也诠释了这种文脉的传承与深化。

李白的《梦游天姥吟留别》，我是20世纪60年代中期始读的，那是1957年1月人民教育出版社出版的高级中学课本《文学》第二册中的首篇。有位学长将这称为《文学》的课本赠我，我好奇又珍惜，至今藏在身边。庆和是循着李白天马行空的想象而吟作的诗句走进天姥山的，古人众多的优秀诗词，已经融入他的血液。当他欣赏连天纵横、云霞明灭的天姥山，再回过头来重温先贤的这首诗篇，《天姥山间踏诗行》就成为他信手拈来的酣畅笔墨，“梦缘，梦境，直至梦醒，实乃见心见性，情由志生”的感识，自然天成。

当庆和走近被我国世代人怀念和景仰的柳宗元时，柳宗元一心为民的品格和他不朽的散文诗歌，在他胸中激荡，《魅力柳祠》欣然而就。“一个把人民装在心里的人，人民把他举在高处；一个为中国文学做出杰出贡献的人，历史珍存了他的遗墨。”“柳侯祠，无疑成了一条激励人们奋勉向上的文化根脉；柳州——这座古城也因他而平添了几分诱人的魅力。”《观山思古在武夷》中的柳永，人们记着他的“衣带渐宽终不悔，为伊消得人憔悴”。在庆和的笔下，一个才华横溢而不得志、四处流浪乞讨为生、为宋词昌盛做出巨大贡献的人物，跃然而出，令人钦敬又惋惜。《走向崇高》是作者走进瞿秋白被囚处的感慨与思索，人在囚室，诗人的心，作家的心，一位坚定革命者的心，犹如长了翅膀，翱翔在天地之间。瞿秋白的从容、慷慨、大义凛然，在作者的心目中，是“走向历史，走向崇高，走向闪耀天宇的一颗星辰”。

从李白、柳宗元、柳永、瞿秋白等诗人、文化人的文脉延续，作者的心中自有“安能摧眉折腰事权贵，使我不得开心颜”的铁骨与气节，自有“相侯为州，不鄙夷其民，动以礼法”“欲投章甫作文身”的悯民、爱民情怀，自有“忍了浮名，换了浅斟低唱”的文人气质与胸襟，自有“人爱自己的历史，比鸟爱自己的翅膀更厉害”的洁身自律、至善至美的品格与精神。这既是诗意文脉的传承，又是人格魅力的羽化。难怪，庆和兄的为人为文受到那么多朋友、作家的称颂与拥戴。

诗意地触摸历史根脉

——读张庆和散文《魅力柳祠》

程晓逊

以诗驰名的张庆和，似乎从来也没有放弃他倾心散文的志趣与倾力而为的探索脚步。

20世纪90年代，正在崛起的散文园地，张庆和的进入是一种典型。他集数十年的诗歌实绩和报刊文学编辑经验，调动全身的创作激情，以诗韵为脉，以哲思为络，在努力追求艺术价值提升与体裁扩延的结合上苦心开拓，写出了一系列脍炙人口的散文作品；在较短时期完成了许多人梦寐以求却又难以企及的华丽转身，为自己的文学生涯撑起了一片美丽的天空。

写于2008年秋天的散文《魅力柳祠》，一经《人民日报》《海内与海外》等多家报刊发表，便引起多方关注和好评，并且分别入选《气质柳州》《2009年中国精短美文精选》《新课程语文导报（七年级）》等书、报刊、选本中。

柳州，广西腹地的一座城市。与中国许多“上了点儿年纪”的城市一样，要么依山要么傍水，相貌上大约相似。20世纪以来，人们在以“生命的增长与脚步的延长”为特点的景况下，出行游观一下，顺便写点“到此一游”式的花花绿绿的应景文章，已不成为难事。然而，真的文学毕竟是作家的心血结晶，在生活与艺术之间还有一个漫长而艰难的升华过程。

《魅力柳祠》是作家代表性的作品之一，在保持其质朴、清丽、大气风格的同时，更加突出作家的理性与触及社会人心的艺术特点，处处彰显着作家正直、善良、坦荡的社会良知和热情以及豪放、简约的审美追求。

“一川秀水，浩浩汤汤。来到这里倏地张开两臂，把一座城市揽进了怀里。这水便取名柳江，这城就是柳州。”这里，作家饱含激情大开大合，以诗性的笔触把一个“山奇水隽，地净天蓝”的千载古城推至读者面前，使地理上的柳州绽放夺人心魄的魅力，禁不住心生羡慕，以至很想在那江水臂弯中的城中徜徉、栖息、梦醒一回。

“柳州四日，我曾两度走进柳侯祠，只为寻觅那光之源；只为朝那光之体——柳宗元的‘封土’，再深深地鞠上一躬，以慰我景仰已久的向往之愿。”这个愿望的产生，不只缘于15年前永州浯溪碑林的那一次游访，而是生发于作家遥远的幼年，初闻柳宗元那首名之《江雪》的小诗所产生的强烈的艺术冲击。由此可见，童年之不朽，无论于日常生活中的每个人，也无论于文学事业中的每个作家。

唐朝是一个诗的国度，隐身其间的诗文大家不胜枚举，他们以各自卓越的贡献，构筑了我国文学灿烂的星空。可是“有什么能比人民的热爱和拥戴更伟大呢。柳宗元拥有了，所以他的诗文和政绩才一起成为一种摇撼人们心灵的力量和珍贵遗存，被世代念念不忘”。跟随作家笔墨，拨开云遮雾罩的历史风尘，我们触摸到了历史的根脉，在深深的叹息之余，对生活在1200多年前柳宗元的坎坷境遇无比同情，又对其广阔的胸怀以及在逆境之下成就文学伟业心生景仰！

柳宗元20岁入进士，积极用世，踌躇满志地推行改革。由于皇权更迭，反对派复辟，两度被贬，先永州司马后柳州刺史，凡14年，那是他政治生命的低谷和人生命运的黑暗年代。当时，柳州地处偏远，瘴气弥漫，虽说不上是子规啼，悲鸟鸣，猿猱跃，猛兽磨牙，长蛇吮血的蛮荒时代，但落后破败，人民生活、生存十分艰难却是不争的事实。为此，“柳宗元和当地人民曾一起栽柳，一起植柑，还去偏僻地方调查民俗风情，和少数民族群众交谈，了解他们的疾苦。听不懂他们的话，就找人翻译……”

主政4年，苦心经营，成效显著，社会稳定发展，人民安居乐业。“民业有经，公无负租，流逋回归，乐生兴事。宅有新屋，步有新船，池园洁修。猪牛鸭鸡，肥大蕃息。子严父诏，妇顺夫指，嫁娶葬送，各有条法，出相弟长，入相慈孝。”柳侯祠碑上所镌刻的不正是一个大道之行，路不拾遗的理想社会生活景象吗？然而，这一切都是他用“一身清贫，死后连下葬的花费都是朋友和亲友凑集的”廉政代价换来的。

这样一代世俗良臣，人民公仆的亲民“公务员”形象，开始在作家笔下显影，并洞开时间阻隔，从历史远端，踏着虹霓祥云携着他的生命诗文、厚重的《柳河东集》，缓缓地一步一步向我们走来。他还将向更远的未来走去。

读着张庆和的《魅力柳州》，感知柳宗元命途多舛的一生，我依稀听到有一个声音一直在耳畔萦绕，久久挥之不去：“一个把人民装在心里的人，人民把他举到了高处；一个为中国文学做了突出贡献的人，历史珍存了他的墨迹。”是啊，这发自肺腑的良言，又多么的振聋发聩，让一些人慰藉，让一些人汗颜，也一定会让一些人猛醒。不管今天或明天，也不管文学之外的人或文学之内的人。

说说《该说不该说》

王野

《该说不该说》是著名诗人张庆和的一部刚刚出版的散文随笔集，一经问世，便引起社会的关注。有的篇章，如《海边，望着浪花》《仰望雪山》，被一些地区和学校选为中学生语文试题应用散文；《狼牙山祭》等还被长江文艺出版社选入《2008年中国精短美文精选》。《该说不该说》一书共收入76篇语言鲜活犀利、风格清新明快的短文，分为三辑。第一辑“该说”，的确该说；第二辑“该说不该说”，也该说；第三辑“不说白不说”，说了真的不白说，启人心智，开人心窍，是亮闪闪的思想火花。

作为诗人，他著有诗集《山野风》《美丽的梦》《颠簸红尘》等，但却有一篇散文《峭壁上那棵酸枣树》产生了巨大影响。他发现一家出版社在2003年10月出版的《2004年全国中考试题（语文）》一书中，选用了此文，没有署作者姓名。一查，结果是全国各地已有31家出版社出版的35种图书中皆有此文，大多没署名，或署的是别人的名字。中国作家协会权益保障委员会帮助调查后，引起法律界和文学界、新闻界的关注。《法制日报》《中国新闻出版报》《检察日报》《文艺报》《北京青年报》《今晚报》《新民晚报》《广州日报》《法制文萃报》《中国律师》等数十家报纸杂志做了详细报道，北京人民广播电台以《一篇散文的漂泊经历》为题，播发了30分钟专题节目，转发、报道的国内网站近百家。

到2004年8月，作者已查到使用过《峭》文的有48家出版社共55种图书。作者把维权得到的4000多元稿费捐给了希望工程，并写了一本散文集《哄哄自己》。这一是说明作者有较高的文学创作水平；二是体现他有较高的思想境界。这在《该说不该说》一书中都时刻闪现出来，所以，这部书值得一读，我读了也是大有收获的。

开卷第一篇是《狼牙山祭》，是千余字的散文游记。从少年时看电影《狼牙山五壮士》起笔，写出了在细雨霏霏的日子之所见所思所想，写出了五壮士面对多于自己数十倍的敌人，选择了“前进”，“一直前进到无路可走的高峰”。

“那是惊天地泣鬼神的一跳，是震撼亿万心灵的一跳，是让生命和青春瞬间升华的一跳。那一跳，如雄鹰搏猎，让一股英雄气激荡神州。那一跳，若流星闪烁，把光明播洒进天下人心中，勇士们以自己青春生命的凋谢，让祖国收获了胜利的果实。”

这样的抒情与升华，入情入理，令人荡气回肠，不由想起激情燃烧的岁月。

登上五壮士舍身跳崖处，仰望五勇士纪念塔，心生感叹。举目眺望，又有“不远处清西陵似隐约可见”。又把皇帝为了不朽，修造奢华之陵墓和勇士相比，“他们生前无所求，死后无所取，为祖国、为人民义无反顾的英雄壮举，已经成为一种精神，浸入中华文化的血脉之中，营养不屈不挠的民族之魂”。这又是一次精神境界的升华，读了这些妙笔生花的文字，怎能不同作者登山一样：“拂去蒙在心灵的浮尘”？

像这样有文采、有境界的精华篇章，全书甚多，不一一列举。

在“该说不该说”的那部分中，多是针砭时弊的短文。作者也说：“即使此小文，也许一些人看了会感觉不舒服，说不定也要弄出个什么说道摁在言者身上呢。人心炎凉，无孽不有，由人家说去好了。”正是如此，你把“不该说”的，也说出来了，能不招惹是非吗？但我以为，“不该说”的也得说，这才是一个作家应有的使命和责任心。例如《一个乡下妹眼里的城市男人》一文，无疑是乡村女孩进城打工当保姆的指南，但也揭了“他们很坏，总想占你便宜”者的短，这种人自然就不舒服了。像《奴才对话》《贪官“预报”》《“感谢”腐败》《只缘有贪官，国人才忧天》《真“衙内”假“衙内”》等，让贪官看了能不心生恶意吗？

书中有很多篇则是诗或散文诗，如《春的絮语》《不说白不说》中大部分作品，都是诗意的精华，也许那是思索中的一闪念，却是永恒的智慧之光。你读了，学了，也许在脑子里的“锁就打开了，门就敞开了，人就通行了，脚下就有路了”。

这是我读后的一点心得，故拟题曰：说说《该说不该说》。

塑造灵魂的月光曲

——《坝上月》赏析

李胜华

月亮，自古以来中国人就对它情有独钟。

有人把月亮比作美人，而思念万端。《诗经·月出》："月出皎兮，佼人僚兮。舒窈纠兮，劳心悄兮！"（月儿皎洁呀，美人多俊俏啊。慢慢地走动，姿态多窈窕啊。想念她我心焦啊！）有人把月亮当作知己，而结游永远。李白《月下独酌（其一）》："举杯邀明月，对影成三人。……永结无情游，相期邈云汉。"

可我总觉得这样的文字只是从"身外"来感知认识月亮，似乎它只充当一个人们宣泄感情的角色。而张庆和的散文《坝上月》则别出心裁，视坝上月为建筑灵魂的材料，从人受震撼和陶冶的"内核"波动来讴歌赞美月亮。

一开始，作者就先声夺人，赋予月亮以巨人般的形象特征。它是宇宙的宁馨儿，满载着慰藉，有天籁般的呐喊声，无与伦比的气势。一扫旧文人强加给月亮的脂粉气，而代之以孔武刚毅、威猛凛然的堂堂正气。目睹此月，谁人灵魂不被震撼，不被唤醒！

接着从内质的超凡来描写月亮的清纯柔情。它有清醒的认识，负有“装饰物中灵魂”的任务而不知疲倦地攀登上升。这任务是什么呢？那就是涤去污浊，洗去烦忧，泡掉浮躁，让人心袒露原色，还其晶莹剔透，焕发活力，共同打造一个冰清玉洁的朗朗乾坤。

所以，这月能挣脱云丝的羁绊，站在生命的制高点上，成为坝上夜色的主宰者。它敲起振聋发聩的鼓声，吹响邀群呼众的号角，撒下芳香四溢的鲜花，捧出令人陶醉的甘醇。

难怪作者禁不住要认真地盘点一番自我，一种用纯洁修饰自己的向往油然而生，让永不陨落的坝上月照耀自己“走向一片莹洁与美好”。

文章倾注满腔热情、独辟蹊径地来写坝上月，使其形象熠熠生辉、光彩夺目，形成洋溢恣肆而又空灵澄澈的意境。不仅因为其立意的深刻、主旨的高迈，还在于其构思的严谨、结构的巧妙、语言的优美。

作者以坝上月是建筑灵魂的材料开篇，开门见山；以坝上月带给赏月人灵魂的震撼和陶醉为主线，脉络清晰；以坝上月对自己的照耀和指引结篇，首尾呼应。

结构全篇的语言材料，看似松散不整，实际上作者在行文时采用双线并进。一条是赏月时感情的变化：起初震撼于月亮的气势，继之沉浸于月光的圣洁，接着击节高歌，最后倾诉心曲；这感情的律动如浩渺的湖水，涟漪阵阵，涤荡着读者的心怀，滋润着读者的灵魂。另一条是月亮上升的变化过程：“今晚的月亮和夜色是同时闯入坝上的”“月亮继续上升”“月亮不断上升”“仰望此时的月”这样的叙述句子如一条金线，将读者的思维触角紧紧连缀于文章的情感之中，与作者的感情脉搏一齐跳动。两条线索，使文章开合自如，从容进行，真正做到了“形散而神不散”。

读了细腻描写的坝上月的形象，有一种诗情画意的美感享受。这与作者综合运用新颖大胆的想象、联想和繁复错综的比喻、排比是分不开的。全文比喻句如焰火升空，异彩纷呈，把读者的感官神经全都激活起来，时而热血沸腾，时而心荡神摇。如“月如鼓”的比喻，强调了震撼之大；“月如号”的比喻，强调了召唤之劲；“月如花”的比喻，强调了影响之美；“月如醇”的比喻，强调了陶醉之深；“月如水”的比喻，强调了净化之纯；“月如丝”的比喻，强调了感染之柔。凡此种种，不一而足。

“青天有月来几时？”李白曾发出如此天真又深刻之问。那么让我们随着作者，一起到“草原坝上”，伸开双臂，拥抱这“晶莹如珠玉，明亮似宝镜”的月亮吧！

岁月留痕

——张庆和“日志”点评

胡玉枝

与其说喜欢看报，不如说喜欢看它的副刊。那韵味无穷的美文，那启迪灵慧的诗歌，还有那点点滴滴的语丝，无不在我的视野之内。今年以来，某报纸副刊每月刊登的张庆和先生的“日志”，把那些繁纷的琐碎思绪，用诗一般的语言凝结成了一朵朵涌动的浪花，每一句、每一篇都很精彩，使人领悟、警醒。这里仅撷取点滴，就教方家。

一月：大地在冰封的寒冷中期盼着春的到来。作者以“点”开启新的一年，以哲思的高度翻开扉页，指点着生活的艰涩，有如白雪里知春的琼枝寒梅，使人眼眸一亮。

“错误本身并不是错误。错误是一个新的起点。对于这个‘点’的态度，将决定人生的不同走向，即：是从此‘点’走向正确，还是继续走向错误；广而言之，亦预示走向明亮，还是走向晦暗。”

当人们在为自己的错误懊恼自责时，是否都能意识到这个错误或许正是人生的一个转折点呢？“日志”告诉人们，要站起来把握“错误本身并不是错误”这个“点”，作为航标尺度，让人生或人的精神这一叶小舟驶向明亮。

“没有信仰和信念的人，等于没有方向的人；一个没有方向的人，就难免会被诱惑所引诱。在一个充满诱惑的世界里，没有信仰和信念，往往会像一只无头的苍蝇到处乱撞。也许，这就是当今世界为何浮躁如此之多的缘由之一吧。”

在繁复的当下，缺失了可以引领人们精神的信仰与信念，金钱成了某些人顶礼膜拜的至高需求，使其趋之若鹜，信念只能成为冥冥中暖暖的企盼，信仰也只能是暗夜里遥遥的心灵感应。

二月：乍暖还寒，春在六九的枝头萌芽，带着人们的翘望。庆和先生的话似丝丝细雨，为这热闹的人间二月再洒甘露，温润干渴的心田。

“善者，往往是弱者的别名。弱者也往往企图那‘善’能够来保护自己。然而，当面对贪婪、凶猛的食肉动物时，比如豺狼，又有谁肯认可这‘善’的实际意义呢！”

弱肉强食是自然规律，当人类用懦弱的“善”面对凶恶的豺狼虎豹时，“善”就是纵容。而真正的善良者，不会一任地被欺，最终会在沉默中爆发。

“诗人的奉献是为干渴的土地下一场雨，而不是只去浇一朵花。但愿诗，能够砍掉尾巴，挤出水分，擦去斑点，成为一个婷艳玉立的美女。这样的诗，谁能不喜爱呢？”

诗是心灵的绽放，是神思的凝练，晶莹剔透如一朵冰花。诗人是拂拭心尘的智者，是润物无声的春雨。

三月：烟花满天，那一叶驶向扬州的小帆，在迷离中飘摇。庆和先生在这满眼的诱惑中，手持拂掸，轻拂着人们的心性。

“乡情——借你的躯壳安放灵魂；乳名是走向你的通行证；故乡的小路是弯曲的炉钩；炊烟是娓娓诉说的归乡的序言。”

别离的三月，暗夜是心灵停泊的港湾，炊烟是思念缠绕的枝蔓，多么美好的意境。

“如果认为自己是发光体，就不要企图在阳光下明亮。勇敢地奔赴黑暗吧，也许只有那里，才更能显现自己‘亮’的存在和价值。”

不能在阳光下明亮地发光，总认为自己比太阳明亮，然而星星与月亮依旧从容地在黑暗里，只要不被乌云遮住。

大道自然，是人的最高境界。却总有人自以为横空出世，忘记那一根根微弱的羽毛，才是翅膀的根。

四月：人间芳菲尽，山寺桃花开。庆和先生在斑斓中打开心扉，倾吐四月的芳菲。

“四月：你召集了挺身而出的秀嫩，聚合起争相绽放的花朵，以不可抗拒的力量，彻底否定了冰封的季节。四月：你美丽，美丽似亭亭少女，穿过闹市洒下一路诱惑；你可爱，可爱如隔叶黄雀，痴情地唱着醉人的歌。四月：人们曾好心留你常驻，你却掷碎花瓣拒绝：不可，不可！——我要去参加森林的歌唱，我要去接受金秋的检阅。”

四月，岁月的匆匆过客，落雨与飞红一样展现笑颜，带雨梨花却碎在了心瓣上，难忘的是那一汀寒杏花的清明雨。

“不贤而嫉贤，无能而妒能，是一些无能、无贤者贬低贤者、能者的习惯做法。”“一般情况下，干事的人‘闲事’都少，不干事的人‘闲事’才多。”“利益是人类共同朝拜的一件圣物，所以，人们才不约而同地把它奉上了祭坛。”

嫉妒，人类与生俱来的天性；或是动力羽翼，或是堕落的魔咒。在人们把私利拜为圣物的当今，人心不古，即使孔明再世，也难亲贤而远小，只好存一份道肠而善其身。这谧迹在春深处的心绪，留与知者信语。

五月：槐花十里香满路，杜鹃声声啼春落。庆和先生在春夏之交的子规声中，揭示着真善美与假丑恶，使人明心净性。

“那一天，那位诗人讲，‘冬天来了，春天还会远吗’。这一天，有人这样说：春天来了，花儿能不开吗；花儿开了，蜜蜂能不采吗；蜜蜂采了，能不去酿蜜吗；蜜酿多了，生活能不甜吗；生活甜了，心里能不乐吗……”

蜜蜂岂止是采花酿蜜，成功是辛勤的积累。蜂儿在心上酿蜜撒盐，腌渍甜甜的亲与苦苦的痛。天才的聪慧失落在凋零的心性上。文学撒播的种子，生根发芽于任何地方，而人间的凄哀总是完美地根植于心。那千年断桥下修来的同渡船，演绎着别离的哀婉；茔冢间梁祝幻化的舞蝶，言说着无法企及的向往。

六月：芳菲歇去何须恨，夏木阴阴正可人。而那火红的石榴花却绽放于枝头，“日志”亦火热地燃烧着，驱逐着灵魂的灰暗，使正气如仲夏之木阴阴成林。

“蛀虫：一种专靠啃噬自己身边物件而存活的微小动物。如果它是躲在梁柱内，那厅堂、殿宇就有倒塌之危险；如果它是躲在橱柜里，那衣帽物件，就可能被它蛀之为残品；如果它是躲在书籍中，即便是经典，也有可能沦为不可卒读的垃圾。”

千里之堤毁于蚁穴。那些如蝼蚁般养胖的灵魂蛀虫，摧毁的不只是楼堂殿宇、衣帽典籍，坍塌的将是一个民族、一个国家。荡涤吧，火红的先哲！流水不腐，户枢不蠹。

“在一群矮子中间，高大者不仅是少数，而且也往往是备受指责的一族。灵同于肉，那种精神的高大者、思想的先驱者、意识的超拔者的处境，又何尝不会如此呢！比如被车裂的商鞅，比如受宫刑的司马迁，比如坚守‘日心说’的布鲁诺，比如……”

头鸟总被暗枪击中，那些阴暗者惧怕高大，惧怕光明，所以他们才要撕碎光明，迫害高大；然而智者的高大与光明是撕不碎打不垮的，是永垂千秋的不朽。

半载，岁月长河中一朵小小的浪花，这朵浪花，因庆和先生的“日志”而璀璨在我的心中。涓涓细语，翩翩思绪，启迪心智，撷来与人同觑。

七月：山谷间，溪水不停地流淌着，即使在寒冬，也能在冰下石隙中，听到溪水的涓涓潺潺。庆和先生的日志，也似这不停的溪水，涓涓潺潺地流淌着。读庆和先生的日志，给人以激励与鞭策，高度凝练的语句与智思哲想，晶莹似玉，剔透如冰，升腾心智，掸拂灰埃。

紫薇浸月逐流火，木槿朝荣卷心梭。庆和先生用童年的蒲扇，蒲摇七月的燥热，丝丝凉风，掠过心迹，开启打结的心梭。

“对过去知道得很少，对现在知道得不多，对未来想知道一点，所以，人要学习；学习很劳累，累在要用眼睛看，要用耳朵听，要用嘴巴问，要用手勤写，更重要的是要用脑子想；想是学习的钥匙，想明了，想通了，锁就打开了，门就敞开了，人就通行了，脚下就有路了。路是供人行走的，行走在路上的人才有价值。”

学然后知不足，智慧开启愚钝，用心行走，用足思考，真理便是人生的风景线。那支久久荡在心底的摇篮曲，流淌着暖暖的亲情，夏夜里，蒲扇摇曳的古朴与清纯，再难清澈五彩濡染的童心。庆和先生用智思行走的七月流火，通亮灰暗；那羽蒲扇摇曳的思绪，微风里燎原久息的清古。

八月：广寒木樨点鹅黄，明河浮云任舒狂。在疏朗的八月，庆和先生以智思品解人生百态。

“只有肯于吞下今日生活中的酸甜苦辣，才有明天对自己生命历程丰富而美好的回味。

“水贵有源，山贵有脉，物贵有用，人贵有志，情贵有真，心贵有善，真善贵恒，恒出大美，美美相叠，便成和谐。

“每个人的心灵深处都埋藏着一颗等待发芽的种子。那拼搏的汗水，那痛苦的泪水，正是滋润、浇灌并且催使这种子生根、发芽、长叶、开花、结果，直至长成蓊郁大树的能量。”

人世间百味杂陈，命定无私的馈赠，丽彩生命的里程碑。稀为贵，贵为尊，人心崇向。源脉溯本，天性泉涌；志真善恒，纯然之至。心的种子，若禅花瓣上的泪珠，晶莹五彩轮度。

“在一个单位或集体里，人和人总要形成一定的关系。这关系，如果是‘利益’关系，又处理得好，它是有益的、健康的，是商品经济时代所能接纳和容许的。但如果其所形成的是一种‘利害’关系，就另当别论，甚至需要警惕它的存在和发展了？”

利益与利害一把难持的“双刃剑”，寒刃着人与人的剖白。

谎言，圆难为之言，刻意遮迷本相。然而，恶谎一句世难容，善谎百言情可原，不若此怎得超然呢？

九月：东篱植菊开正黄，茱萸柴桑笑凝霜。当秋霜写满大地时，那一抹羞红，微凉里，展演天地人心的交错与浮虚。庆和先生以旷达之怀，俯释着谶语般的苍茫。

“天有三宝，日月星；地有三宝，水火风；人有三宝，气血津；世间三宝，好人善事讲文明。

“皱纹是个无赖，一旦被它缠上了，就赶不走，打不掉，捏不扁，搓不碎。”

天地人，构就宇宙凡尘，而天时地利人和，为万事运行之契机，缺一则失衡偏执。日月精华凝练的浪花，在容颜上逐戏，盛满故事。

“贪婪是个庞然大物，谁拥有了它，谁的胸腔里就会膨胀得难以容下别的什么；贪婪是只装满财宝的背囊，谁背起了它，谁就压上了卸不掉的沉重；贪婪是座无岸的海洋，谁跳进了它，谁就涉入了随时被淹没的凶险。”

贪嗔痴，俗世间难以摆脱的业障，羁绊着魂性度脱。

“人和人需要交往，更需要交流。交往是表面的，虚浮的，礼节的；交流是本真的，深刻的，心灵的。交往只是推开了交流的门扉，交流才是心灵的触摸。每个人内心深处都藏着一个斑斓的世界，想欣赏那里的万千风景吗？那就举起交流的旗帜，向着心灵的高地，大大方方地出发、挺进。

“十字路口的红绿灯，是一排让城市运转的电钮开关。开了这边，那边就要禁行；关了这边，那边才会畅通。因此，城市才得以日夜不停地转动。一种人想企图两边的开关都打开，结果闹出了‘混乱’；一种人企图把两边的开关都关上，结果弄出了‘堵城’。就这样，开开关关，关关开开，一个关于哲学、社会学的伟大理论，被这十字路口的红绿灯阐释得晓畅、分明。”

心灵之门，只有心的信语才会打开。十字路口，迷引人的向志。红绿灯，人设的操纵，井序由心。

十月：芳草为薪掩凉亭，风姿不著度太清。十月的金黄挂满树梢，淡然着流年间的云卷云舒。庆和先生散淡地梳点人间，力透纸背。

“不可低估了真诚和善良的力量。谁亵渎了它们，谁就会为它们付出惨痛的代价。

“人的一生，不要企望只是在高点上行走。须知，那有高有低的生命历程所形成的曲线美，才更生动、更有魅力。”

真诚和善良为人之本，而此下已极为珍有；丢失了本性，迷途的羔羊，难寻回家的路，跌宕起伏，人生的馈赠，一帆风顺，痴人之梦。

“那些把官场当成美容院的人，他们从那里很认真地学会了化装各种面孔的本领。职务，职称，说到底它也只是一个人的封面。关键是看其内容，看其是否有可读性；读出的是真善美，还是假恶丑。”

官场是熔炉染缸，炼钢也染心，尽看各自把持，总有的人把一时之职之位，看作高悬的霸主之鞭，以为可以永世在握。卸任解职时，则如丧家之犬，过街之鼠。

“名人，伟人，无疑他们应该是时代行进中的里程碑。但如果把他们摆错了位置，就会成为路障。”

名人，伟人，历史镌刻的丰碑，绝非此下哄炒而成，转眼即逝的流俗。

十一月：初冬寒鸦栖枯树，江南枇杷行绿舟。冰莹的纷飞中，那从绿水涤荡着尘垢，使本相濯濯于天下。

“机会是个会使隐身术的家伙，它从来都不会大摇大摆地出现在广众面前。所以，只有那些具备了慧眼的人，才能发现它；只有那些腿脚勤快的人，才能跟进它，才能抓住它。”

机遇是冥冥中的命定，是晃晃中的操纵，有备之则，不过是依附的装潢。

“正义是一把利剑，清明廉正是坚固的盾牌。谁持有了它们，谁就拥有了进击和防守的力量。勇敢地向假恶丑宣战吧！进击吧！坚信其身后将会有一大群同样真善美的力量簇拥着你，一同去冲锋陷阵。

“把上司当成老子，奉之；把下属当成孩子，哄之；把群众当成傻子，戏之。如今已成为某些头脸人物，特别是一些贪官们为人、做事的处世之道。”

正义之剑刺向邪恶，耀清明之光于人间，国之不国必将倾于如此柄重权而奉舔上司愚贱百姓之庸官；载舟覆舟皆为水，当下某些官人，无论品位，只若坐上龙舟，就会仪态万端，颐笞恒秋，哪里还记得舟行水上。

“在有些人心里，那些写杂文、弄杂说的人，简直就是一群唠叨虫，直扰得他们心烦意乱、坐卧不宁；抑或视为长在眼里的结石，让他们总是很不痛快、很不舒服地望着这个世界。

“反腐败者害怕搞腐败者，甚至害怕到只能以‘匿名’的方式进行‘反腐’，这就有如猎人害怕野狼一样，是一种极不正常的社会现象。

“那种靠跑官、贿官而得官者，其行径实质上就是一种‘文明政变’；有的又如同假冒伪劣产品，总是让人难以放心地信之、用之。然而，跑官得官者，其名声虽然不好，却很实惠。所以，它往往就成了卑鄙者走向卑鄙的通道。因而，官场也就成了一些寄生者赖以生存的渊薮。”

杂文的锐利总会刺痛心有淤结者；狼有枪，虎做后盾，徒手的猎人只有惧之；颠倒了的乾坤，虚假充斥当下，利欲熏通官道，殃及黎民。

“法律一旦成为面具和用来粉饰的涂料，那面具和涂料后面的真实就可想而知了。

“唯利是图者，视那种能为自己行小惠者为好人，于是便有了一些慷国家之慨、慷集体之慨，投其所好者的生成；唯国家、民族、集体利益是图者，视行大义者为好人，于是便有了崇尚英雄豪杰者的出现。”

法为愚民之绳；唯利者互利，唯智者互智；唯利者，小人得道，众庶涂炭；唯智者，仗义天下，苍生有幸。

“不要过分地羡慕和崇尚聪明人，特别是那些‘太聪明’的人……”“每个人都拥有灵感，有如拥有生命一样地客观存在着。它就像一颗颗流星，会突然从天外飞来，一旦落入脑海就会溅起朵朵浪花；它又如一粒粒种子，一旦把它播洒在思想或忧虑的土地上，就会生根，就会发芽，就会长叶，就会开花结果，有的还会长成蓊蓊郁郁的大树……所以，只有珍惜和善待灵感，它才能为我拥有，才肯为我所用。”

总有自持智商过人者，把玩玄机，殊不知机关算尽太聪明，反误了卿卿性命，其愚耶？聪明耶？

灵感，触及心灵的闪电，四溅的火花。

十二月：六瓣玲珑舞仙姿，九片暗香吐芳芬。在那雪寒的腊月里，总有些些温润，剔透着春的讯息。

“所谓爱情，其实就是一个男人和一个女人之间，由于心灵和心灵的撞击而发生的一次严重交通：事故。所以有人才这样说，真正的爱情只有一次。那言下之意是说：伤一次就够了，何必再第二次被撞伤呢。

“人之气，是一个人的软实力，它无处不在，它无时不有。一个人，如果能以灵气为种，以志气为本，以骨气为芽，以胆气为干，以豪气为冠……而运气，便是人之气逢时而绽放的花朵或结出的果实。”

人生的圆满，那抔黄土掩埋的沉浮；爱情，灵犀相遥的风铃；气，命行之迹，聚天地之神，笼四野之华，铸灵、志、胆、骨、豪等气之运。

十三月：岁尽延沿青满枝，春来悄翘娥眉梢。在年轮的转弯处，洞天别开，翔鸟引来武陵之溪。

“媚上者必欺下，其原理是：一个人的能量有限。比如笑脸，送给上边的多了，递给下边的必然就少；再如爱心，为上边献得多了，留给下边的必定就少。所以，这就是人们经常看到的：有一种人为什么总是以两种姿势、两个模样、两副面孔做人的根本之所在了。”

尘心蒙垢，仰鼻息于权势，奴靥可掬，俯鄙弱萍，自持于云界，转颜如色龙之变，实为司马之叵心。

“所有的规矩都是领导者制定的；所有的规矩都是领导者破坏的。制定规矩时，领导者要的是秩序；破坏规矩时，领导者讲的是创新。所以，正确的一面就总是在领导者一边。

“有人说，官场上的话假的多，真的少；朋友间的话真的多，假的少。所以，想听假话的，就到官场去混；想听真话的，就到朋友中来。”

秩序与创新皆为权柄者一欲之念，把弄于股掌，假话充斥满耳，真话如天籁之语，难寻于至朋。

“请注意！那些为了向上‘攀登’而千方百计寻找台阶的人，所需要的恰恰就是那些最正直、最稳固的支点。……

“一个瞎了眼睛的人，他既看不到这世界的色彩，也看不出一个人的美丑，他所具备的功能只有‘听’。所以，当有人把黑说成白、把白说成黑时，他信；当有人把美说成丑、把丑说成美时，他也信。这就是当下有些人为什么会黑白不分、美丑不辨的根由。”

悲壮成就攀登者的攀爬，支撑的脊骨承载脚踏的痛。烦嚣的当下，听虚见实似已徒名，虚，为话外之谜音，难辨其真伪；实，则为作秀之表演，难观其美丑；唯握自洁之心，让那盲眼之人睁开无珠之目，别再枉听误断，还世界于本真。

庆和先生的日志，潺潺小溪般，流淌在岁月的长河里，冰隙间的波波涟漪，浸润着枯草落叶，也浸润着迷惘的心性，翠染人生的苍黄。

文盗的无耻

吴志实

近日看报，得知朋友张庆和又陷入烦恼事。要说朋友真是“不幸”，这之前，他的一篇散文《峭壁上那棵酸枣树》被人剽窃后，又被数十家出版社结集出版，他不仅不知道，甚至询问出版社时对方还装聋作哑，百般搪塞。不得已，朋友只好委托中国作协作家权益保障委员会出面为自己讨一个公道。然而此事未了，却发现又有文章《面对草地》被人剽窃，而且是几乎一字不改地窃为己有。对这等事，我支持朋友“较真”，在我看来，这不仅是朋友的事，对盗贼宣战，每个人都有责任。

可讨伐文盗，却有相当难度，不像抓住小偷那样只要人赃俱获，便可让你抵赖无门。文盗窃你作品，偷你心爱之物，撒谎的技巧比小偷高明得多，抵赖不过时他们甚至还会倒打一耙。就说盗窃朋友文章的这位“马丽”吧，虽然也想舞文弄墨，却不讲一点“盗亦有道”，从这点看，其德行连小偷还不如。对此等无德的文人（如果也算文人的话），也只有揭发他，蛇打七寸，是不能留什么情面的。

据知情人讲，剽窃别人作品据为己有，在现今已是司空见惯的事，甚至还有了一帮以此为职业的文盗。他们把别人的文章改头换面，换换标题，动动结构，改改情节，于是乎就成了自己的大作。他们认为，以中国之大，报刊之多，他们的行径是不会被轻易发现的。因此，侥幸的心理和名利双收的回报便使他们的胆子越来越大，以至大得就像“马丽”其人那样，剽窃别人的文章连题目都懒得改，他的劳动只是把别人的名字换成自己的就算了事，无论谁的文章就轻轻松松划到自己名下。无耻到如此，也让人瞠目结舌。

自打文章被大量侵权，朋友也开始仔细起来，不仅认死理，也不再惧怕打官司，为了维护自身权益，这回非要弄个水落石出。可“马丽”其人也老辣得很，你告我剽窃，我拿出证据。不看出版社寄来的复印件倒好，看了复印件朋友的鼻子差点儿没气歪了。朋友的文章写于8年前，而“马丽”方面提供的复印件上，文章发表的时间还要早一年。如此一来，朋友倒成了剽窃者。不过复印件中的破绽也明显，朋友承认白纸黑字不假，但强调复印件不能算数，因为复印件是可以造假的……对此，朋友到图书馆去检索相关资料，结果，正像朋友所认定的，对方提供的报纸复印件是拼贴的产物，某年某月某日那家根本就没有出版那张报纸。

可恶的是，剽窃者远在新疆，而被剽窃的文章的出版者是内蒙古的一家出版社（出版社也许是无辜的），可这时根据出版社提供的线索再找剽窃者，其人却像忽然蒸发了一样再也没有了音信。为一篇文章，你怎么找上门去？这官司该怎么打？文盗的无耻，由此也可见一斑。

文美质正　庄谐相宜

——读张庆和新著《哄哄自己》

石英

张庆和同志是一位诗人。他的诗，素以感情真挚、风格清新而著称；以前，偶也读到他的散文与随笔，但比较集中而大量地欣赏他的这方面作品，还是他新近出版的散文随笔集《哄哄自己》之后。我详加拜读后，觉得比预想的还要好，总括一句话：我很喜欢。至于此集的取名倒也其次，我只理解为作家的微带戏谑的一种谦虚。实际上，本集的风格是亦庄亦谐、非常耐读的。

首先我认为他的散文和随笔常能将正气蕴于美文之中，气正而不概念，文美而其质淳厚。这种较好的融合应该说是非常难得的。是一种资质，是一种风格，也是一种功夫。譬如他的《峭壁上那棵酸枣树》，长不过千余字，却取材不俗，角度峻峭（与那棵酸枣树一样峻峭），文笔凝练而不粗疏，文凿深邃又易于为人理喻，是一篇比较典型的美文与范文。故而被许多散文选本所选中，并作为一些省市的中考语文试题，应属理所当然。另如《面对草地》《坝上月》等篇，也是值得称道的。这些篇章的共同特点：其文固然典丽，然其质纯正，丽而不失自然，正而倍感亲切。作者是将文美与质正一起“融”进读者心中的，读者在审美过程中欣然接受。可以理解的是，这类篇章亦分别入选了初中、高中学生语文课外阅读的图书，可谓慧眼识珠。

与上述相联系的是，庆和同志始终能将浓重的诗质元素贯注于为文之中。我的意思并不是指表面化的“当诗一样写”，不是的。而是说那种内在的诗的气质、诗的格调，因而喷溢而出的诗的氛围。这一突出特色不是许多为文者所能创造出来的。当然，他很可能并非完全是有意为之，而是作为诗人之移情，一种诗意钟爱者的自然流露，长期熔炼的诗的语言的本真表达。且看：“对于心灵干涸的人，它是一池清水；对于沉寂的人，它是一枚唱盘；对于乏味的人，它是一幅多彩的画卷；对于寡谈的人，它是一地醉人的芬芳；对于走进它抑或穿越它的人，它赐予的会是人生的一番生动的感悟或激励。”（《穿越白桦林》）“诞生就是新生，是一种不可逆转的走向；诞生就是创造，是一切创造的始元。所以，诞生是美丽的，是生动的。但分娩的过程却是痛苦的。”（《草原日出》）

这种浓重的诗质元素的贯注，便使文章提升至一种美学的层面，诗意与哲理融而为一，相得益彰。由此，又引申到一个重要的课题上：其实凡为真正的文学作品，纵然它并不冠以诗的名目，其内蕴往往含有一种诗质的东西。必如此才能达到一种厚度，一种耐人品咂的韵味，一种充分彰显文学特质的品位。如与此相悖，至少在耐读上、情味上，乃至品位上，则难免露出疏薄味寡之弊。我觉得，提到这一易被忽略的问题并非多余。可贵的是，庆和的散文比较充分地具备了这一品格。

还有，上面提到庆和为文气正而思无邪，并不意味着他总是蹈袭已有的规范而少独立思考。在这点上，我同样要说：不是的。假如只懂得循规蹈矩而不根据情况的发展有所创新，乃至适时打破陈规而做积极的探索，那样即使是“思正”也非大正，这样的思考结果至多是流于一般。庆和当然不满足于这些，因此他的随笔性文字常能另辟蹊径，斜出旁逸，每每生出新意。例如，作者在《武夷山的慨叹》一文中，对北宋词人柳永因受当局冷落与排挤而亲狎青楼，迹近潦倒，为之不平又深以为憾，他提出了一个个“假如”，这虽出之于作家的推论和想象，却也道出了一个古今贯通的命题，即人在受挫时需振作而不应沉沦，宜迂回而不可自暴自弃。当然柳永在词的创造上亦有所贡献，这主要从客观效果上着眼是这样，而作者无疑还希望他能留下更多的具有积极精神价值的遗产，也不能不说是另一种思考吧。再如，作者在《反腐不能只盯着“官”》这篇随笔中提出了一个很多人感觉得到却没有说出或没有条件写出的问题，即腐败问题并非官们的“专利”。事实如此，所谓腐败，实质上是某种社会风气的必然反映，是精神价值滑落而在经济领域或社会其他方面强烈的折光。当然无可否认，官们由于手中握有实权，一旦趋向腐败影响会更大，恶果更明显，然而这并不意味着腐败的霉菌就不向社会其他角落播散与渗透。如作者所提到的一个交通协管员，不仅非官，连“衙役”也不是，却能利用手中的那一点儿权力大施威风，将有限的制人之“宝”发挥得淋漓尽致，必欲榨干他所榨取的对象而后快。这种发现与揭示，才是摆脱一般化而直抵本质真实的深刻性；也才更具警示作用和认识意义。不是吗？

最后，我还不能不说，庆和的散文与随笔无不篇幅较短而容量较大。其“奥秘”不外乎是立意精粹而文笔凝练简洁所致。在当前散文创作以“大”为高、以长为胜的势头下，他能坚守文学之根本、散文之要义，不以炫目的强势潮流所惑，这应当视为又一可贵之点。虽然，我并不一概反对散文随笔之长，但仍坚持认为，散文随笔还是以精短为最爱；同时，窃以为也最难得。凡有识者当然懂得，为文绝不可以长短决定分量之轻重，而是要具体情况具体对待：如短而精，不亦为真珠乎？

文体形态的刻意多变

——再读张庆和先生的杂文、随笔

许庆胜

从古到今的杂文随笔，我还真读了不少，无论庄子的《逍遥游》《秋水》、孟子的《齐人》，还是荀子的《劝学》、韩非的《说难》，一直到现代林语堂的《励志·人生》以及鲁迅的战斗式杂文等，他们的思想性尖锐深刻自不待言。但是仔细观照他们的艺术外装，大多惯常于就事论事，严肃的面孔基本严肃，历来没有多么大的改观，也就是说在艺术外在形式上不去刻意自觉变换，给人一种很僵化的阅读感觉。最近读了著名作家张庆和先生的很多杂文、随笔，感到他的文体形态经常灵活多变。

我们还是以事实说话。比如《贪官"预报"》，采用的是类似"天气预报"短剧电视节目的形式："时间：是年夏天的一个下午。地点：某住宅内的电视机前。人物：某电视节目（虚拟）女主持人（简称主持人），观众甲，观众乙，以及甲乙两位男嘉宾。主持人：各位观众，大家好！现在播送贪官'预报'……"于是观众甲："愕然。什么什么？有天气预报、空气指数预报，甚至地震预报，从来没有听说过贪官预报呀！”主持人开始像煞有介事地说：“从西边吹来的浊风……”对人、对动植物“都会造成不同程度的损害”，观众甲说：“讲的还是天气”“和贪官”粘不上呀，更有观众乙气呼呼的一个电话打进了节目室：“你拿我们开涮哪！”（《该说不该说》）。主持人与嘉宾甲、嘉宾乙围绕贪官开始对话，追述贪官从原始社会末期一直到当今的历史，贪官的基本特征：“他们都很自私，甚至自私得不可思议”“他们以自己为中心，一切都围绕‘我’转”，搞“同盟”“总要给自己垒个乌龟壳，以便能攻能守，能进能退”“玩弄两面三刀，言行不一，甚至阳奉阴违，是贪官使用的又一法器”，而且“他们大都是些‘女色爱好者’”，指他们的专有情人，“为了情人，他们可以不顾自己的身份，不顾群众舆论，给情人金钱，给情人位子，给情人所要的一切”。“说起要”贪官们都是“厚脸皮和黑心肠”，“对于群众的舆论，对于法纪法规，他们视而不见，听而不闻，我行我素，毫无羞耻感可言”。“他们什么都能做得出、干得来。有的同时又是个笑面虎。”主持人最后说：“也许有人会问，听嘉宾讲了这么多，还是没有听到贪官是怎么‘预报’的。其实，以上嘉宾所述，只是为我们识别贪官提供了一面镜子。你不妨用这面镜子也照照周围的某个人，或许有些贪官的形象，就会自然上镜了。”至此短剧节目结束，观众甲、观众乙恍然大悟，鼓掌。这与其说是剧本，更准确本质的界定应是一篇借助短剧而出的犀利杂文，给人们的阅读感受是，去除了一般杂文的老套与审美疲劳，显得清新、独到，极有接受的新鲜感。从《贪官“预报”》的整个气脉感觉，我们可以判断出张庆和先生的初衷应是有意为杂文而不是其他，只是借助了新的形式，而且这种形式“借用”也是自觉有意的。

再就是《奴才对话》采用的是时空硬性拼贴式，故弄玄虚说是“阿Q被杀头之后，灵魂一直东游西荡的没得归宿”而“晃晃悠悠地飘到了一个洞穴前”就进去了，遇到了历史上的奴才高力士、魏忠贤、李莲英在对话，他们不在一个朝代，都是些作恶多端的贪官，但是他们看看如今的贪官惊觉自己也成“小字辈”了，“新生奴才”“干得一点不比我们差”，觉得冤枉，要求“平反昭雪”，于是阿Q听了出现在他们面前，正是来送达“昭雪书”的。更深刻犀利地指出：“因为，当今人世间的奴才们的所作所为，相比起你们来，一个个简直有过之而无不及！”于是三个老奴才感激不尽地谢阿Q！真是艺术转换得精彩至极！

作家站在了一边，让讽刺对象直接走到了前台，讽刺力度更加强烈，更多了文体形式上的愉悦审美！霎时让我忆起了钱锺书先生《魔鬼夜访钱锺书先生》中，魔鬼对钱锺书说的话：“你房里竟黑洞洞跟敝处地狱一样，不过……比我那还冷！”这就是形式翻新表达得绝顶聪明！自觉躲开一般，匠心独运出另种尖锐！还有《无题》的口语化，去除了一般杂文的呆板、过于严肃，接地气，易于普通民众理解而嬉笑批判，如“想想这些人也怪不容易的”“噢，至于鸡犬升天的裙带事”“哎呀呀，你的比如怎么如此之多”“这是怎么了？”等等。这些语气词的加入，更增强了杂文的幽默感、亲切感，拉近了与读者的心灵距离，讽刺效果非常好。《官贪的逻辑》《点击“腐败”》《世象乱弹》《2007：我的日志》等，皆是零星的格言式短句组合，这些短句之间没有明显必然的顺序关系，肯定也不是在一个时间段之内全部完成的，而是灵感可能瞬间突至，捉笔即记而累积的结果。严格的学术判断，这才叫真正的随笔，真正符合随笔最初本义的文字，随笔，随笔，就是随时“记”下来的意思，不需要长时间的构思。这样零星的格言式短句组合随笔，因为短小精悍、意味多元、兴味无穷，读了还想读，不存在长篇文体带来的审美疲劳。除以上四种，还有寓言类的，如《小羊后传》《小羊又传》等。

“我创造，所以我生存。”“一切生命的意义就在于创造的刺激。”（罗曼·罗兰，《内心的历程》）张庆和先生的小品文、杂文、随笔文体形态不断变换，清新多样，而且他这种文体形态多变是自觉刻意的，不是“不小心”而出的，这功夫是只有成熟作家才有的艺术选择，因为他们除了运用知识储备，艺术实践也比较丰厚，避同求异的艺术审美追求自觉而强烈。张庆和先生的成功创造，对于去除当代小品文、杂文、随笔文体形态的一般呆滞化，或许有一定的榜样作用。

笑看世相百态

——读《张庆和纪实文学选》有感

佳雯

和有虚构传统的纯文学相比，纪实文学更看重的是一份贴近生活的真实感。而一篇优秀的纪实文学作品，又绝不仅仅是对历史经验或者画面的简单重现（不管这些经验和画面是个人体验式的抑或是借鉴他人的），它往往能够通过对一些真实的素材原型进行艺术化的加工，让读者在读到它的时候，不仅是对作品中那些有血有肉的鲜活人物与事迹感同身受，更有对作品背后所折射出的精神主旨的高度共鸣。读《张庆和纪实文学选》一书，便深有这样的感触。

全书分为上下两篇。上篇整整半部的篇幅，谱写了一曲来自远方的戈壁壮歌——记述我国改革开放初期，一批优秀的中国骨干群体奔赴伊拉克承包水泥生产管理，以及近年来我国水泥界承建沙特水泥厂的故事。他们背井离乡，远离祖国，在异国他邦不怕困难，顽强拼搏，在陌生的土地上打了一场为中国建材工业增光添彩的硬仗。上半部的文字，让人深受鼓舞，通过它，我看到的是中华儿女的踏实作风与进取精神。岁月可以慢慢平息曾经的心痛与血泪，却难以抹去那史诗般的辉煌与壮丽，人们将永远怀念那段充满艰辛和磨难的岁月与成就。

我想重点分析的是下半部。《360度婚姻世界》可以算作其中的主打歌，唱的是结婚—离婚—复婚的三部曲。俗话说，家家都有本难念的经，其实，人人也都有首难唱的曲，最难唱的莫过于这集中在一个人身上的三部曲了。这段发生于夫妻双方的进行曲可以说是最让人感怀的心路历程之一。从结婚到离婚应该说是一种无可奈何的选择，往往是从彼此间的相爱转向彼此间的背叛，从一种令人羡慕的状态到招人非议，受人唾弃。本来难以弥合的感情要重新画上等号，当然是难上加难，但还是有相当部分人破镜重圆了，也确实可喜可贺！可这其中的曲折离奇恐怕难以用一两句话就能说清的吧！我记得一篇题为《迷信的婚姻》的文章，很令人咋舌！讲的是一位女性因做梦克夫，经算命人点拨说她此生注定要有两次婚姻，由于难以割舍对丈夫的那份挚爱，最后导致她精神分崩离析，卧床不起。心病还须心药医，后来干脆来了个藕断丝连，婚是结了两次，只不过嫁的是同一个男人罢了。如此这般折腾，让人忍不住感慨一句：这究竟又是何苦？佛家有一句话："命由我作，福自己求。"我们姑且不去理会人生到底有没有定数和宿命，即便是有，一个人的命运最终还是掌握在自己手中的。《了凡四训》中说："但惟凡人有数，极善之人，数固拘他不定，极恶之人，数亦拘他不得。"人生最大的福田就是自己的心田，好好耕耘它才是最关键的。可笑愚痴众生，枉自痴迷。也正应了那一句话："世上本无事，庸人自扰之。”再回过头来看看作者写的这一部三重唱，着实有趣！作者在结尾一语道破，这曲中，有爱的纯真、和谐，也有爱的愚昧与可笑。正是“可爱之人，必有可恨之处”。接下来的那一幕更出人意料，竟然为了个排场问题大费周折。男方因为女方的扶持而发财致富。为了弥补对妻子的亏欠，男方提出要跟妻子离婚，然后要像附近其他人那样再风风光光地娶她一回。呕心沥血，做的却是婚姻的形象工程，这本身便具有很强烈的讽刺意味。对于婚姻而言，两情相悦是最关键的，只要彼此感觉在一起幸福，有没有排场又有什么关系呢？

痴情女与痴心汉讲了个更荒唐的故事。这位女同胞天生丽质，本来婚姻生活和和美美，可因为一曲《一把火》，燃起了她心中的追星梦，并且焚毁了她美丽的婚姻殿堂。与丈夫离婚后，由于疯狂的天性使然，她过激的行为导致了精神失常，最后竟走上了结束自己生命的绝路。痴心的丈夫不改往日的一片痴情，依然对她恋恋不舍。在痴心汉无微不至的照顾下，妻子终于被拉回了正常的人生轨道，两人已然复婚。这又算得上一部可歌可泣的爱情进行曲吧！它唱出的是一个不小的社会问题。说实话，心中有偶像是件正常的事，偶像的存在寄寓了人们对美好事物的喜爱和向往，喜欢偶像可以，但若是因此而产生了狂热的崇拜情结，那就是一种妄想症了。毕竟，人最终还是要立足于自身，脚踏实地地追求心中的梦想。

从整个下半部文选来看，反映的都是一个个不正常的社会情态。从开篇描写的裹挟在时代潮中的中国少女开始，我们可以深刻体会到，生活就像打翻的五味瓶一样，酸甜苦辣，百味俱全。摆在少女面前的这幅折射出社会各个层面千姿百态美丑善恶的“清明上河图”，使她们或迷惘，或顿悟，或苦闷，或张扬，从而催生出一支支五光十色的生命之曲。第一段列举了几个旧观念与新意识相冲突的佐证，讲的还是从古至今沿袭下来的男尊女卑、重男轻女的社会陋习。其实自尊人人都有，不分男女，我们不能因为一种沉重的社会陋习而戕害到女性的利益。男女在机体和生理上尽管有所不同，或许在对理性和感性的认识上也有所差别，但男女的基本利益是一致的，因为大家都是人。男与女这两种社会角色的和谐是整个社会和谐发展与文明进步的基础。第二段的追星问题就不多说了。第三段又是应该敲响社会警钟的有关少女伦理道德的心理情结问题。像恋父情结啊，恋师情结啊等，在少女弱小的心灵深处，存在这种依附的情结其实是可以理解的，尤其是对于她们信任和钟爱的人产生的这种朦胧的感情。但“情”这个字往往跟伦理和道德相左右，对自己的长辈产生“爱情”的女子自古以来都被视为异类，属于违背伦理的“乱伦”，但我们毕竟无法否认的是，这也是人类隐形的天性之一。对异性这种美好向往我们应该正视，而不是唾弃。末段讲述的是少女经商的现象。这其实又可以理解为她们对美好生活的一种向往。马斯洛需求层次理论告诉我们，一个人只有满足了初级的需求，才会向往更高层次的追求。物质基础是生活的保障，有了钱，生活才会变美好，她们的想法其实很简单，也很符合人之常情。作为朝气蓬勃的新生代，她们编织着一个个美好的人生梦想，她们希望踏着青春去实践这些梦想，而不是像一些迂腐的成人所教化的那样等到将来“如何如何”。作为师长应该以理智的心态对待孩子心理发展的这种新趋势，并且用正确的方法去引导他们。

最后我们再把目光转移到文身的人身上，来细细地窥探一下他们的心灵轨迹吧。有人曾把文身戏谈作梁柱文化、壁画艺术，但从作者的角度来看，艺术是追求真善美的东西，与其说它是艺术，倒不如把它看作一种浅薄和无知酿成的苦果。现在究竟有多少人文身，占人口比例多少，恐怕不得而知。但究其成因，或许可以分为以下几类：第一类，是被用作黑帮入行结义的符号，像开篇就提到的一个以扒窃为营生的团伙，他们在胳膊上刻上老鼠图案后就自称为“五鼠”，到处滋生闹事，贪婪的欲火最终将他们推入了罪恶的深渊。这类人是属于无知型的，由于缺乏教育，平时游手好闲，于是乎便慢慢误入歧途，堕落成性。第二类属于一种象征意义。“文革”期间就有很多人在胸前刻上了个“忠”字，以示忠诚和热爱。现在还有部分小青年为了海枯石烂之盟誓，不惜在身上烙下对方的名讳，借以诠释双方亘古不变的爱情宣言。这一类基本上是属于个性的宣扬和体现。第三类，便是基于审美意识的图形艺术。说白了，就是纯粹为了好看，或者说是赶时髦，追求流行趋势。文身对于他们而言，就是美的因子。不管如何，应该要看到的是，今天的社会，文身确实已经日趋艺术化，也更加普及，对于一些年轻人而言，文身不仅仅是一种美丽的标志，更是一种个性前卫的标志。所以，人们的观念或许也要适当地更新一下、与时俱进了……

人间万千气象，我们应该以何种心态来对待之？我题为“笑看世相百态”，这个“笑”字或许可以表达我的观点，它不是简简单单地一笑了之，而是说我们应该以更宽松平和的心态去看待周围所发生的一切事物。不管是上篇国人为所担负的对外承建工程中的付出和奉献，还是下篇的万千气象，都可以营造出一种对美好事物不懈追求的心态。我们应该在平时的日常生活中时刻保持这种心态，以大智若愚的气度去包容世间的种种美丑态势，还世间一番绚烂缤纷，也还心灵一片清风明月。

一本书就是一个方阵

——读张庆和散文集《记忆不敢褪色》

那朵

经过一段时间的积淀，张庆和老师的又一本散文集《记忆不敢褪色》问世了。毫不夸张地说，这是一本励志散文集，是汇聚了真善美、人间真性情的一个方阵。

这本集子分为两辑，共55篇文章，记述了庆和老师的记忆中永不褪色的那些人、那些文、那些事，读来让人倍感亲切，好似夏夜的一丝清爽的风，让人惬意，又似冬日的一束暖照，温暖无限。

这本集子以访谈为主，兼有文学评论，文字大气、流畅，形象生动，既可当散文读，也可当评论看。如诗如画的文笔、诗意般的语言，绝无枯燥之感，让读者愿意读、喜欢读。

在访著名作家肖复兴这篇文章中，张庆和写道："商念疯涨，真情枯萎。有人说，人心已经麻木。莫非肖复兴有什么魔法，不然，怎能把那么多各式各样的'心'，一下子泡进由他挖掘出的感情的清涟中接受浸润呢！秋日，一个阳光普照的下午，我登门拜访了他。"以疑问带动线索，一步步拉开序幕，写法新颖、别致，语言富有诗意。

庆和老师的文字洗练，是经常写诗的结果，诗歌让语言更加精致、凝练。庆和老师说，诗是什么？窃以为，它是“悬挂在人类脸颊的一颗泪珠/是建筑在心灵深处的一间小屋/是风雪中摇曳枝头的一束斑斓/是黑暗中难以排解的一份孤独”。无论是泪珠，还是孤独，都是一个人真情的流露，只有真性情的人才能写出好的文字来。庆和老师正是如此，他写评论从不牵强附会，更不是为了“应酬”，而是遵从内心的想法，有感觉的、能够让内心深处发出感慨的文字才写。

这本集子可以说包罗万象，采访的既有显赫的文学界名人，也有犄角旮旯里的普通人；既有诗人，也有画家，还有歌者。但无论是谁，都是让庆和老师感动的人。愿意将其付诸笔端呈现在更多的读者面前，让更多的人知道，这个纷繁世界的角角落落里，还有着可以让我们感动的人、文、事。而庆和老师仿佛就是一位善于挖掘和发现千里马的伯乐，不遗余力地用手中的笔墨让一匹匹千里马为众人认知，从而发挥其价值。

书中处处可见张庆和老师充满智慧的语言。在《超越躯体的拼搏》一文中写道：“爱情是燃烧在灵魂深处的一炬生命之火，任何阻止和扑灭它的企图，都注定是枉然。”又如，在怀念诗人张志民时写道：“其实，这好人的说法只是一种美好感觉，是人际关系中一种滤去杂质后最纯正、最朴实、最直接的褒奖态度，也是对一个人生命价值的综合评断和认可。不必问他好在哪里，他的好就在于平平常常、润物无声的点点滴滴之中。”在记述著名花鸟画家王挥春这篇文章中，他写道：“人们知道，绘画是画家调动各种手法在二度空间上表现自然物体的幻象、表述人的审美感受的艺术，遵从自己心灵的呼唤，描绘自己眼中的世界，几乎成了所有画家的人生要义和艺术准则。因而画家贵在创意。为此，王挥春苦苦追求了大半生。所以对艺术他才能从无法到有法，有法则不拘泥于法；他的画才老而不旧，新而不怪；笔酣墨饱，自由组织，线纹飘洒流畅；落笔时的徐疾轻重，逆顺枯润，皆缘于自己的个性和当时心绪的境况而起伏变化；暗示性颇强，感情色彩颇浓；让人既领略其情致意韵，又可窥其精髓内涵。可以说，他的每一件作品都各有千秋，各领风骚，处处皆见其情、其心融入的笔触在搏动。”

所有这些感悟都是庆和老师在与人物接触采访的过程中，自然而然地从心底激发出的灵感。通过访谈和接触不同行业、不同领域的人物，以及不同的作品，如同一个博览群书的人，阅历大长，智慧大增，因而语言文字的见地也随之更加深刻，而真知灼见恰恰就是在这当中迸发而出的。与此同时，他又能给人以中肯的建议，让人有所启迪。在胡玉枝诗集《紫陌禅心》研讨会上，庆和老师就给出了这样的建议：“以诗集中的高作为看点，一些诗的艺术性尚有提升的空间，比如一些诗的构思、个别诗中多余的诗句以及诗句中尚需商榷的用字等，要舍得割爱，直说易尽，婉约无穷。”

读《记忆不敢褪色》，如同赴一次文学的饕餮盛宴，又仿佛是阅览一部百科全书，让我增长了知识，拓宽了视野，境界得到了提升，尤其是一些见解和专业知识让我受益匪浅：在访歌曲《我的父老乡亲》词作家石顺义时，写道：“如果诗是通过视觉切入内心世界、心照不宣或曰可意会不可言传，从而引发人们心灵共振的艺术，那么歌词则是首先能够引发作曲家产生乐感，再通过演唱，从而感染听众，即由作词、谱曲、演唱、传播诸多因素综合而成的大众听觉艺术。”

在为诗人万玫诗集《寂寞清秋》作序时，庆和老师写道：“我认同这样一种说法，诗人写诗的过程，就是一个不断地寻觅美、追求美的过程；就是要把属于诗人自己发现的美呈示于世，让人们去品味、去甄别、去鉴赏，去和读者一起共同完成一次塑造美的过程。”这些见解，让我大开眼界，收获颇丰。

“法乎其上，得乎其中。”庆和老师这本散文集中所谈及的一些人物，无论人品和文品都值得我们敬佩。他们聪颖、智慧，各有所长，思想境界与见解均异于常人，读这本书时，就仿佛跟这些智者谈心。尤其是庆和老师在访著名作家陈建功时一段话更让我记忆深刻：“有的人‘文人相轻’，陈建功不然。他敬佩那些对社会、对人生有独到见解的人，不管他们与自己的文学观是否相同，只要对人类的情感宝库有所贡献，他都赞成。所以，他才总能客观、公正地对待每一位作家和他们的作品。他说：无论沉浸在对文明进程的讴歌里，还是沉湎于对消失的传统的挽歌中，不同的作家会以不同的情感方式把握这个世界，从而为读者重新铸造出一个个具有不同色彩的文学天地。作家们千奇百怪、千姿百态的情感呈示，足以称为人类情感的百科全书。不管某些感受是否能引起我的共鸣，它们都是人类情感汇集而成的长河中一朵闪耀的浪花。这就是文学对人类文明的进程所做的、其他学科所无法替代的贡献。”

这部散文集中的每一篇文章，都是庆和老师深思熟虑、精雕细琢的上乘之作；每一篇文章都能让人心生感动；每一个人物的背后都有自己熠熠闪光的亮点。他笔下的人物，不管是名人还是普通人，无论地位显赫还是平庸，庆和老师都好似一位心灵手巧的裁缝，拿文字当衣料，以笔作剪刀，用灵感穿针引线，为每一个人量身做衣，天衣无缝，精彩绝伦。而正是这些精彩的文章，鲜活的人物，生动的故事，组成了一个方阵，感染读者。

《记忆不敢褪色》具有很强的画面感，诗意的语言、大气的人物描写、多年的沉淀与积累、常年的笔耕不辍，使他的文笔越发厚重而有质感，让我更加由衷地敬佩庆和老师。我想，一个人是否大气，一个人的文章是否大气，跟自身的修养与心态息息相关，只有一个人活得明白了，顿悟了，心胸开阔，目光长远，才能写出如此大气的文字来。读罢《记忆不敢褪色》，我深信，庆和老师正是如此。

在小文章中坚守大情怀

——张庆和诗文读感

邢海珍

张庆和是我多年来一直喜欢和关注的作家，他的小诗小文总能以质朴、深切的语言和文思打动我。他的两本新书，就在我书架最方便的地方，成了我常常翻看的书籍，一本是诗集《灵笛》，一本是散文集《记忆不敢褪色》。读他的诗文，如沐春风、如饮甘露，总有一种沁人心脾的感染力，让你在亲切愉悦的氛围中听一位厚道的朋友谈心说话。古人有诗说道："名心退尽道心生，如梦如仙句偶成。天籁自鸣天趣足，好诗不过近人情。"就是这些小诗小文章天趣自足，有着充沛的人性人情雨露，以自在的"道心"润泽读者的心灵。他的这些优美、干净的文字，始终坚守着良知和道义的大世界；在流逝的时光中，张庆和默默笔耕，文风质朴、情怀高远，他是一位以小文章写出大境界的好作家。

不论是诗歌还是散文，张庆和都体现出一种重视抒情的特色，立足传统，面对现实人生，对生活经历的境遇进行深入的思考，提取人生命运中的体味与感悟，是情感的因素在他素净的话语中洋溢着韵致和风雅，给人以足够的艺术美感和享受。抒情是文学不可或缺的要义，即使进入现代或后现代，文学的本质不会决然改变，也不过是形态或方式有所不同。文学评论家南帆在《文学的维度》一书中说过："相对地说，进入精神空间的抒情话语具有长久的效果。至今为止，人们还在为许多抒情诗的经典之作而感动。这些抒情诗意味无穷、历久弥新，甚至成为人类灵魂的永恒守护。"可以看到，凡是优秀的文学作品，几乎无不是以抒情的魅力感染读者的。

《记忆不敢褪色》虽是散文，甚至还有一些评论式的随笔，但文中都是情感充沛，读起来让人感动。这些文章体制不大，篇幅较长的不多，但都可以说是张庆和的心血之作。不是那种信手随意写下的感怀之文，更不是为敷衍别人的"任务"文字，而是反复打磨、尽心尽力，把笔下的每一个文字都当成事业来追求。

短文《闩姑，你在哪里？》虽然篇幅很短，却写得从容自如，没有空话大词，蓄得满满的是真情，有绕梁的余音，让人久久回味。闩姑是作家的救命恩人，但自作家懂事时起就从未谋面，成为人生的一大憾事。文章的结尾这样写道：

> 在闩姑温暖的怀抱里，半天我才有了哭声。我得救了，是好心的闩姑救了我。后来我长大了，也只是听说了闩姑这个名字，知道她虽然也姓张，却早已出了五服。后来又跟随她的父母迁移到东北定居，几乎就没有回来过，很多人都模糊了她的模样。
>
> 我算了一下，如果闩姑还健在，她也是快七十岁的老人

了。要是知道了她的下落，不管路有多远，我一定要赶去看望她，还要跪倒在老人膝前，感激她当年的救命之恩。

这是一种深切的纪念在白纸上，尤其是在心灵上留下的文字，是张庆和性情之人写下的性情之文。对于生命之初的一个有着救命之恩的相遇者，他写到了人心的柔软处，把人间的善性和悲悯发掘出来，是对人性的一种追怀和洗礼。文章小，题旨不小，小体制，大情怀。

《记忆不敢褪色》一书中的一篇长文是报告文学《超越躯体的拼搏》，写的是残疾青年张海涛不屈服于命运，与不幸的人生境遇抗争的故事。他被评为“北京市十大青年先锋”之一，在诗歌和歌词创作上取得成就，并且获了奖。文中描写了张海涛的曲折人生经历，重点表现了他在爱情方面的努力，克服了常人难以想象的人生困境，终于同心爱的人携手，修成了爱情的正果。这一类有些新闻性质的文章，张庆和也力求文学的纯度，写得有文采，做到以情感人。虽然是长文，但读起来不觉得长，不知不觉地就进入了情境之中。

值得一提的是，张庆和不仅是诗人、散文家，还是一名优秀的报纸编辑，在多年的编稿往来中，与许多诗人、作家以及文学爱好者结下了深厚的友谊。我可以写下这样一串名家的名字，他们是葛洛、张志民、张同吾、张承信、肖复兴、陈建功、石顺义等；还有许多来自基层工矿企业的普通作者，张庆和也为他们的图书出版写序作评。一个有情有义的张庆和，总是记得住朋友，记得住帮助过自己的人。在悼念葛洛先生的文章中，张庆和深情地写道：“‘航到无涯天作岸，登上绝顶我为峰’。这是去年春天葛老亲笔书赐予我的一幅字的内容。葛老一生中为人题字很少，不管这是不是他的最后一幅字，我都将永远珍藏，以此缅怀这位德高望重的文学前辈，以此砺我之心志，觅我之所求。”他的这类文章，都能写得言之凿凿，情之切切，读来让人心中久久感动。

在我的心目中，张庆和本质上是一位诗人，是一位非常优秀的诗人。他具有深厚的传统文化底蕴，又有足够的创新精神。他的诗多是抒情短诗，在几行、十几行的篇幅中情思深切，尽力去追求哲理和思辨的境界。在《回答》一诗中，诗人比较直接地表达了对于虚假爱情的愤慨之情：

真情被你的表演否定
我不再仰望天空
即使星辰弄眼雨戏彩虹
也无法愈合我受伤的神经

你把贪婪作为追求
自私成为你生命的内容
浅薄本是命运的贡品
你却拿来装饰人生

轻浮如云，缠缠绕绕
最怕心谷卷起狂风
但愿人造的幻影随风飘去
还我那片灵魂的宁静

我想这首诗一定是诗人早期的诗作，诗中的情境应是20世纪六七十年代青年人谈情说爱的场景和方式。诗的主体是采取内心独白的陈述来表达纯洁的爱情理念，基本属于新诗传统的范畴。但从总体看，诗人以纯熟的语言方式无不传递出深刻的意境和美感，确实算是一首和谐蕴藉的好诗。《月路》写月色中的“约会”，环境的描写和心境的描写映衬、交汇，几近一幅天然纯美的风物人情画：

趁月色正好
请放慢你匆匆的脚步
好让掀动衣角的风儿
仔细瞧瞧咱俩的肺腑

话语都很珍贵
如玉似珠
澎湃的心潮
却大海般起伏
既然
两颗心已经走到一起
就不怕前边没有道路

让我们就这样行走吧
把坎坷走成坦途
让心情走出迷雾

一直走进生命深处。

传统的意境和情感心语可说是美不胜收。“月路”是一个时代年轻男女的青春之路，是当时社会人生的情感写真。

不管是传统的手法，还是现代的方式，只要写出了新意，只要有自己的感悟，就是一首好诗。张庆和的诗歌创作追求是坚持表现自己的内心所思，表现人生的纯净之美，在清新、明媚的话语中蕴含富有深度的诗意。那首篇幅较长的《梁山好汉》是张庆和的力作，思想的深度或艺术表现的力度都是十分出色的。诗人应当用自己的方式写自己的诗歌，而不是学别人的样子去赶风头。诗人的写作方式是“畅快淋漓”的方式，挑战封建皇权，为人民的反抗助力：

他们来自农民
一群被历史注册的好汉
好汉们选择梁山
是选择一种高度
站在这高度上
俯视天下
什么朝廷皇帝
都渺小得成了小不点
所以他们才敢于
把骑在人民头上
作威作福的贪官污吏
连同那些欺男霸女

祸害人间的魑魅魍魉
一个个掀翻在地
踩在脚下
甚至踏成肉饼
踩成烂泥
就像大碗喝酒
大块吃肉一样
踩成心中的畅快淋漓
因而也便
垫高了好汉们的脚下位置
直至被后来的人
以仰视的姿态望着

以上是诗的开头部分，诗人有些激愤的情感极具现实性，借历史和小说人物来表达对于腐败之风和贪官污吏的声讨与不屑，寄托了对于时代和历史的忧患之思，充分体现出一个有良知诗人的责任感和正义感。诗的语言和结构都有浑然自足的成色，大气舒展，表现出率真、爽利的成熟之风，应是一首充满血性精神又定力十足的优秀诗作。

在当今风云变幻的文坛上，各种时髦、时尚的潮流总是不断涌动，让人眼花缭乱。多年来，张庆和一直是低调写诗著文，坚守自己为人生、重感悟的基本原则，力求表现人情人性之美，并在生活、生存和生命的独特感受中找到了一条属于自己的写作之路。他的许多小诗小文有一种淳朴厚重之风，总能以小见大，蕴含着他对人生世界的许多思考，以艺术之美的质朴风格走向读者的心灵。在众多的中国当代作家中，张庆和是一位安于写作小文章的作家，他的小文章坚守着文化精神的大世界，他的高远的人文情怀为文学的地平线平添了一抹动人的亮色。

壮歌礼赞新时期中国工人

——读张庆和报告文学《远方传来的戈壁壮歌》

杜卫东　曹威

张庆和是诗人。作为诗人的庆和，留给我们的印象是儒雅而又有些柔弱。不过，那种儒雅也不乏大漠长烟的壮美，柔弱中也有着小桥流水的精致。那么，换了一种笔墨的庆和将会给我们展示怎样的风采？读了诗人最近推出的报告文学《远方传来的戈壁壮歌》，不禁遐想联翩。

对一篇报告文学是否优秀进行考量，首先要看它是否具有经验的层次，即依据我们的生活经验，选取最适合报告文学表现的题材。小说不能没有故事，故事是小说的基本层面。而报告文学则不一定要有一个完整的故事，它的描摹对象可以是一件事、一个人、一个集体、一个问题，抑或是一种观念、一种氛围，但无论如何，它选取的题材应该是最能反映时代特性的，同时最贴近时下的社会生活。《远方传来的戈壁壮歌》以建造沙特北方水泥厂的过程为线索，呈现了整个项目从签约到建设到完工的诸多细节，溯源地谱写出这一曲壮歌的所有脉络。整部作品既叙述了异域创业的艰辛与成功，又礼赞了中国工人一系列可歌可泣的感人事迹，以作家的语言和诗人的情怀，将一幅波澜壮阔的画卷徐徐展开，深深地打动了我们：无论是总经理黄安中高瞻远瞩的思考和运筹帷幄的才情，还是陈学明在"现场"披荆斩棘的魄力与策马驰骋的勇气，或者是张学坤和孙承梓等人为大家舍小家的责任心与使命感……一幕幕、一处处，无不折射出新时期的中国工人睿智、勤奋、坚韧的精神风貌。作者将他们身上老一辈创业者血性的延续，中华民族健康求真、向上、向美的精神品质在异域的天空下进行了升华，使之大放异彩，让我们在开卷的那一刻，就对他们油然而生出崇高的敬意，从而怀着一种温暖的心情走近并触摸到这个可爱而可敬的群体。

无疑，这样一个题材具有鲜明的时代特性，为报告文学的写作提供了广阔的空间，由此，折射出了诗人敏锐的目光和睿智的思考。

一篇报告文学成功与否，仅仅停留在经验层次还是不够的，它应该上升到理论的层面。我们知道：21世纪的世界经济格局，全球化趋势得到了迅猛发展；21世纪的中国战略选择，将"引进来"与"走出去"紧密地结合了起来。《远方传来的戈壁壮歌》正是在这样的世界环境和时代背景下，书写了曾经以600名员工之智之力创造了100亿价值的中建材集团进出口公司，在自身经营能力与国家整体战略的双重优化和推动下，有效而顺利地迈上了跨国价值创造之路——在沙特阿拉伯首都利雅得"向北、再向北"的一片戈壁大沙漠里创建起当地规模最大的工业企业。该作品使我们看到了他们在远涉重洋履行责任的过程中，始终秉承着"互利双赢、和谐发展"的合作原则，不但造福于当地的经济社会，而且树立起了一个负责任的国际大公司形象，铸就了一座国际合作与友谊的丰碑。张庆和远赴异域，经过实地考察和材料收集、整理，以磅礴的行文和雄辩的书写，在广阔而又颇具特色的时空背景下，为广大读者铸就了一部讴歌和礼赞新时期中国工人的报告文学。

首先，该作品为中国驻外工人的集体亮相提供了一个契机和舞台：上至“领唱”陈学明，下至“炊事长”郭文刚；年长如56岁的老工程师张德俊，新人如“80后”小伙子章锦开……他们无一不是驻外工人中的某一族群的典型代表。作者以一种质朴的笔触，真实地再现了他们鲜为人知的情感故事与动人心弦的内心世界，既着墨于他们独有的形象和性格，又将他们共有的时代特性和精神品质串联了起来，使一一亮相的众人多而不散。虽然他们年纪不同，籍贯迥异，也没有显赫的头衔与炫目的光环，但正是这些“无名之辈”在万里海域之遥的他乡，日复一日地在自己的岗位上履行着职责与使命，为祖国的经济建设和国际交流做出了巨大的牺牲与贡献。

其次，中国驻外工人的工作和生活在作品中也有一个近乎全景式的展示：大到与各国工作人员的交流与谈判，小到解决吃饭与回家探亲问题……甚至对某些看似微不足道的小事情的描写，其实都是这部作品的气势和精髓所在。我们从中几乎可以读到日常工作和生活的所有的边边角角，是迄今为止同题材的报告文学作品中所罕见的。一直以来，中国普通工人的海外工作和生活，在国人看来，就如同一座在云雾中若隐若现的庞大无涯的山峦，可谓“横看成岭侧成峰，远近高低各不同”。《远方传来的戈壁壮歌》无疑为我们提供了一道在崇山峻岭中穿行和攀越的铁索，让我们得以从不同的方位和角度看清了巍峨与层叠之后的本来面目。对于读者而言，没有什么比从一部作品中获取真实的价值和丰富的信息更让人欣喜了。

另外，文中穿插介绍了沙特的自然风光和社会信息，也为读者真实地了解中东风情提供了可靠的第一手资料。

庆和不仅仅满足于停留在经验和理论的层面，他丰富的学养和艺术才华，使他有可能将作品上升到一部优秀的报告文学所应该具有的最高层次——诗化的层次。报告与文学，孰轻孰重，我们认为两者是天平两端分量相同的两只砝码，天平向任何一方倾斜，都会使报告文学的特有定义受到损害。那么，使它们和谐地统一到一起的是什么呢？是一种诗化的意境。诗化的意境难以言说，如果一定要用几句话来表述的话，它指的是作家通过独特的语感与节奏，为作品营造了一种氛围，通过特有的叙述方式与视角为作品创造了一种风格、一种品质；通过真实的笔触与深邃的思想为作品笼罩上一种精神、一种魅力。这是最高的一个层次，非功力深厚、见解独到、富有很强的责任感与敬业态度的作家难以为之。庆和做到了。纵观整部作品，作家在创作上可谓独具匠心，他摈除了报告文学惯有的冗繁铺陈和乏味议论，着力于对细节的挖掘，在材料的提炼与剪裁上细致而准确，将事件的角度选取与过程渲染处理得恰当且精彩，再加上艺术构思和艺术想象的灵活运用，使作品不但具有学术上的严谨和报告文学的真实性，而且还为作品注入了人文关怀，增强了作品的阅读快感和感染力。同时，使我们在阅读过程中，不免会浸入一种“希望”情绪——希望《远方传来的戈壁壮歌》这部作品在带给我们娱乐性、认知性和思考性的同时，这一曲壮歌也能引起更多人们的共鸣，希望会有越来越多的人去关注、理解和关怀那些在海外默默努力和奉献着的中国工人，因为随着作家笔触的延伸，通过对中建材集团进出口公司涉外项目中的中国驻外工人的工作、生活等细节的了解，我们看到了他们的情感世界，领略了他们的精神风貌：他们有着有家无法回的相思与惦念，有着痛失亲人的哀伤与悲郁，也有着肝胆相照的情谊，坚韧不拔、艰苦奋斗的优良品质。海外工作并不是闲庭信步的一次旅行，而是充满着惊涛骇浪的职场较量，是踏平坎坷的一番新创造。中华民族的伟大复兴，需要我们有更宽阔的视野，与世界有更深入的沟通，而无数的驻外工人已经率先迈出了一步，在异国他乡筑起了一座座凝聚着中华民族智慧与力量的新长城，谱写了一曲曲感人肺腑的时代壮歌！

张庆和的《远方传来的戈壁壮歌》，使我们从另一个侧面解读了作者：一个情深似海、激情澎湃的庆和，一个满腔正气、纵横驰骋的庆和。我们期待着庆和带给我们更多的惊喜；而庆和的为人和诗文，又使我们的期待充满了理由。

第二辑·说诗

爱心童心酿制的灵动诗情

——张庆和儿歌集《娃娃成长歌谣》品读

李学堂

冬日暖阳，手捧喜爱的书本，坐在阳台正中，旁边矮桌上的杯子中，茶香袅袅，张庆和先生的新著《娃娃成长歌谣》正是适宜在此优雅的环境下读的书。

《娃娃成长歌谣》一书由线装书局出版发行。全书以《宝宝不哭》开篇，以《再见，我的幼儿园》收束，共分《摇篮曲》（妈妈唱给宝宝的歌）、《学步谣》（娃娃自己唱的歌）和《梦飞翔》（孩子自己的小世界）三辑。三个主题，三个阶段，有如三块人生基石，为坚实幼小心灵而铺垫。值得一提的是，书中所有图画皆出自张先生的小外孙——团团（学名邢羽墨，5岁）之手，画面洋溢着童真童趣，很有些诗画和谐相生的感觉。

诗歌是情感精灵在纸上跳舞时留下的足迹。每一个汉字，每一个词语，每一个短小精悍的语句，都是情感精灵的舞步。让我们悦读诗歌，紧紧追随这个精灵的脚步，乘着想象的翅膀，一起走进张先生所描绘的梦想天空吧。

若用生活中的小事来小结张庆和的童诗，似觉欠妥。几番品读，几番思量，发现先生的童诗是那么贴近生活，那么贴近孩子。字字珠玑，句句含情，篇篇皆真。“每首诗歌背后都有实际生活中的一个故事。”

初为人父人母，除了幸福与欣喜，恐怕内心最多的是对宝宝健康成长的焦虑。在宝宝还未能够开口说话之前，孩子的诸多动向都是要靠家长猜测的。如果因为缺少育儿经验，此时的宝宝难免要吃“哑巴亏”——都是不会发声说话惹的“祸”！这个人人成长的必经阶段，被诗人敏锐地捕捉并用灵动的语言做了描绘：“你一哭，妈妈心里就乱打鼓”，这“鼓”打得毫无节奏与章法；“是渴了”“是饿了”表达了浅层次的担心；“还是哪里不舒服”则写出了父母深层次的焦虑。每当品读《宝宝不哭》这首开篇小诗，我就会想道：当孩子躺在婴儿床上，锁着小眉头，摇着稚嫩的双臂，一双小手在空中乱挠，口中发出“啊啊”的哭声；站在宝宝身边的大人们你一言我一语地研讨着，“你说的不对”“可能是这个原因吧”……在本诗的结尾，张先生写出了埋在心底的纠结与疼爱，“宝宝快点说话吧，好向妈妈倾诉”。

《宝宝的四季》五彩缤纷，春闻花香，夏有阴凉，秋尝百果，冬追阳光，这何尝不是宝宝成长的脚印呢？《宝宝发烧》了，“听从医嘱很重要”“宝宝该吃药了”，苹果要“每天吃上一个”，还要勤剪指甲，“让细菌无处躲藏”，这样才能“身强体壮平安”。时光是不会停下脚步的，忽然有一天，宝宝“双手举起枕头皮”了，你也不要吃惊，那是他在锻炼身体，为明天成为运动冠军做准备呢。诸如“系纽扣”“系鞋带”“扔垃圾”乃至“吮脚指头”，都成了张庆和入诗入画的素材。“抱着脚，练个功，叼住脚趾不放松。”一个“叼”字让宝宝的童趣跃然纸上，“爸爸妈妈都来看，快给宝宝留个影”。以婴儿的眼光观察世界，带着撒娇，透着顽皮，在欣赏孩子的同时，不得不为张庆和驾驭文字的深厚功力而叫绝，也感慨于张先生对其小外孙的疼爱之心。

无论是身体上的长高，还是智力上的发育，宝宝的点滴成长都让家长看在眼里，喜在心头，尤其让张庆和这个当姥爷的激动万分。《宝宝长牙了》《宝宝捉迷藏》《筷子谣》生动地描写了宝宝的成长历程，一笑一颦，一举一动，无不让长辈感到莫大的欣慰。作者以“大海长牙了”“太阳长牙了”和“城市长牙了”起笔做铺垫，运用比兴的手法，自然地引出“我的宝宝长牙了，哈哈，乐了爸爸妈妈”。自然贴切，语言直白易懂而又韵味无穷，把爸爸妈妈的欣喜之情刻画得活灵活现。

诗言志。张庆和先生以孩童的视角观察美好的世界，以孩童之心度量温情的世界，并用浅显通俗而又富含道理乃至哲理的语言呈现出来，给读者烹制了一道道精美的文化盛餐。

“我”作了好多好多首诗，每首诗都是“我”对外界的认识，尽管“我”还小，但是“我”也有“我”的想法：打雪仗让“我”陶醉；幼儿园值日让“我”明白了从小就要有担当，要讲规则，培养自己的劳动意识；“我”也知道“四岁五岁是讨人嫌”的年龄，在此也请“大人们”莫嫌弃，“再过一岁长大了”“小树就会发新枝”。

虽然随着年龄的增长，爸爸妈妈不再像以前那样宠“我”了，但是“我”知道，这都是为“我”好，所以“我”依然爱着《我的爸爸妈妈》；幼儿园是“我”成长的另一个大家庭，在那里，大家可以“围着桌子坐”，可以“玩积木”“听故事”“跳舞”“唱歌”……“我”还有许多的朋友，它们是天上飞的小鸟、喵喵叫的小猫、会吹泡泡的小鱼，还有爱凑热闹的小狗，大家凑在一起很快乐，于是，《我的快乐》也像影子一样始终陪伴着“我”，不即不离。

宝宝学习、生活中习以为常的场景、司空见惯的现象，经过张先生的艺术创作得以生动的再现，简单的几种意象放置在寥寥数语中，绘就了一幅幅精美的锦缎，浮现在读者眼前，刻画在读者心中。《灯与星》以交互的形式展现了乡下孩子和城里孩子心中不同的梦想。但是不管身处何地，五彩缤纷的灯，总是装饰孩子们的梦；晶莹剔透的星，总会映亮孩子的心灵。都在张先生笔底生花，绽放精彩。

爱，是贯穿全书的主旋律。《好习惯》告诉宝宝哪些事情可以做，哪些事情不可以做。推而广之，诗人是在以大爱之心，普济天下之孩童，因为，这儿歌一旦公之于众，它就成为孩子们所共同拥有的。“阳光照/风儿吹/大地一片暖微微/小朋友/滑滑梯/你追我赶比飞飞//蝴蝶飞下彩虹桥/紫燕追来歌滴翠/小小蜜蜂也要飞/一只一只排好队”（《滑滑梯》）。这里，生活中一个个活泼的孩童在诗人笔下幻化成为一只只精灵可爱“也要飞”的小蜜蜂，读之令人心动不已。

张庆和先生已年过花甲，却葆有一颗难得的童心。《我的春雨》以旁观者的视角，写出了小雨点的不凡之处。其中，“叫醒”“染红”尤为传神，短短两语，以听觉和视觉的通感表现手法，把生机盎然、万紫千红的春天描绘得淋漓尽致，收到了言尽而意无穷的表达效果。“有的跳进小河里，要去大海找妈妈”，则写出了小雨点对妈妈的依恋和热爱。须特别指出的是，该儿歌被来自四川的牟雅元先生谱曲（歌曲名为《小雨点要回家》，由高子惠、余越两位小歌手演唱）上传至网络后，总点击率已达数百万，从另一侧面印证了其歌谣的感染力。《我的玩具车》由“我”对玩具车的爱升华到对亲人的爱；《幼儿园升国旗》表达了宝宝对集体活动和祖国的爱；《小树和小虫》则寓深奥的道理于浅显直白的诗句中，告诉宝宝在成长历程中，面对各种各样的诱惑，应该如何选择。

伴随着娃娃成长的脚步，童诗也多有从教孩子养成好习惯而逐渐侧重培养健康情感的愿望，更多的是表达了对孩子的美好祝愿和殷切期望。

“弯月钓出青山绿水，一粒种子在酝酿发芽”（《春晨》），“不论跳高还是跳远，冠军就好那一点点……别看我们小小年纪，已经懂得了这一点点”（《冠军就好一点点》），这个“一点点”是由量变到质变的临界点。没有灌输，没有训诫，更没有强迫，作者只是以第一人称的角度用简单的文字告诉和启发孩子：只要努力，每次进步一点点，生活中的成功之花就会为你灿烂地绽放。

《立春》过后，先是软又细的《牛毛雨》“缠缠绵绵爱大地”，继而是《春雨滴滴》“唱起春天的歌曲”，唱红了岭北，唱绿了山南，唱出了万紫千红的春天；《清晨我去上学校》时，“妈妈的嘱咐实在多”，想想天下哪个母亲不是这样的啊！可这样的嘱咐却抵挡不住“我”对外界的好奇，即使“摔了一大跤”，也在所不惜，生动地展现了儿童的活泼与可爱。

源远流长的传统文化养育并一直滋养着每一个中国人。宝宝年龄还小，尚不能真正理解博大精深的传统文化，不过，这也没有关系，来，一起听听《十二生肖歌》吧。张庆和先生以孩童的思维，把对十二生肖的理解编织成一个个清新亮丽的小故事，读来妙趣横生，既增长知识又富有情趣，让我在惊异于张先生绚烂想象力的同时又不能不佩服其用词之精当。卯兔的机灵与可爱，巳蛇的生活环境和被人误解以及动人的典故，未羊的顽皮和贡献……都被诗人栩栩如生地呈现出来。作者这样写道："我"有很多离奇的想法，"想给太阳化个妆"，再"给小鸟唱支歌"。《我的小路》一年四季都是郁郁葱葱的，同时"我还是一个小画家"，画飞鸟、画小鹿、画小熊、画松鼠、画大红花……有时，《我在想》"摘下两片绿叶/挡住自己的眼睛"，捉迷藏，等我们长大了，还会不会这样……想着，想着，不知不觉到了和幼儿园说再见的时候了："告别老师，告别同学"，自豪地"踏上新的征途"，"再见吧，我的幼儿园"，多么不舍；"我的老师，含辛茹苦"，对老师的感恩之情溢于言表，"我会继续"《寻找梦》，寻找属于自己的天空。

捧读张庆和先生创作的儿歌《娃娃成长歌谣》，心中总是充溢着满满的感动。是被诗人疼爱外孙的情感所感动，是被一首首文正质美的诗歌蕴含的真情所感动，更是被他能为所有孩子创作优秀精神食粮的举动而感动。愿能够读到这部新著的孩子们在歌谣的浸润下，健康、快乐、茁壮地成长。

充满灵性的月亮

——读张庆和诗集《写给阳光写给月亮》

刘建伟

我和张庆和老师相识是个偶然。我知道他是一位诗人，一位勤奋的诗人，一位用心灵歌唱的诗人。

由于我们两人的单位离得比较近，有时候散步也能遇到一起，因此，我们的交流和沟通也就十分方便。有一天，他告诉我，他又出了一本诗集，说是要送给我。我去了，在他的办公室里，一本已经签了名的诗集《写给阳光写给月亮》就放在他的桌子上。带着诗集回到住处，认认真真地读起每一首，犹如聆听悠扬的蓝调系列，又像在倾听大自然的声声物语，读之沁人心脾，更觉得人世间的沧桑轮回也是如此美丽。

诗集共分五个部分，分别以不同的视角去关注社会、生活，感悟爱情、亲情以及友情。例如在《回答》一首诗里，他是这样感受爱情的："真情被你的表演否定/我不再仰望天空/即使星辰弄眼雨戏彩虹/也无法愈合我受伤的神经//你把贪婪作为追求/自私成为你生命的内容/

浅薄本是命运的贡品/你却拿来装饰人生//轻浮如云缠缠绕绕/最怕心谷卷起狂风/但愿人造的幻影随风飘去/还我那片灵魂的宁静”。在这首诗里，他把爱情在现实生活中的另外一种方式表达得淋漓尽致，特别是在现代物质社会的年代里，爱与被爱，真实与表演，有时候不用“回答”也同样是非分明。在《欲望》里他这样说：“风拧干云彩的时候/影子是否发现自己/脖子上那串闪亮的金属/其实不是项链”。含蓄直白，细腻优美，读之耐人寻味。

在第一辑里，大多是以月亮为载体，融入感情的河流，表达心灵的声音，吟唱爱情的甜蜜，有赞美也有无奈，有对生活片段充满无限的热爱，也有对时光流逝充满无尽的忧伤。“是谁把月光斟满心杯/让我在梦中与你同醉”（《月圆的时候》）。“月亮啊月亮/你永远自知之明/就去做那枚光盘吧/刻录下亲身经历/留给明天播放”（《中秋月》）。意与象的连接，景与物的独思，语句精练，表达深刻，诗歌的独特魅力跃然纸上，让人产生无限遐想。

在表达亲情方面，更是刻骨铭心。“穿一件灵魂的内衣/接近了你/那时彼此都很年轻/从‘我’/一直到‘我们’/走了很远很远的路//苹果终于熟了/正是采摘的时节/你托举起我/攀缘上一株翠绿的树/共同收获甜蜜//年年月月/月月年年/在一条弯曲的路上/一起拣拾风雨/不经意间/走过四分之一世纪”（《我们继续走——写在结婚25周年之际》）。

对于爱情，诗人走过了25年的里程，短短的几行，却催人泪下。他的诗在艺术表现上采用叙述与抒情相结合，写得自然丰富，以歌以颂为主，兼及诗人自己的感叹与思考，语言运用也明白晓畅。读这些诗作，仿佛也随诗人一起达到了他心灵停放的每一个角落。

诗人在写太阳的时候，更多是以群体人物或事件的出现为起点，表达了诗人热爱祖国、热爱生活的情操，并通过太阳这一物象，生动形象地赞美了伟大的祖国和劳动人民，高度赞扬了他们不怕吃苦、奋发向上的拼搏精神。因为“如果/把伟大的日子作为一个支点/它支起的/只能是伟岸和崇高”（《伟大的日子》）。“去西部/要揣上一颗虔诚的心/要舍得使用攀登的气力/……西部的话题比黄河宽/西部的话题比长江长/西部还有一座高高的雪山/任何发热发烧的头脑/到那里都能够冷静下来”（《西部话题》）。写到这里，诗人不仅仅是在赞美，更多的是在思考，并通过思考给人们以启迪。他仿佛在提示人们，西部的魅力是要用心去感受去呵护的，包括去西部你一定要有一颗虔诚的心，一颗勇敢的心，一颗纯正的心。

诗人笔下的落日更是富有生气。“忙碌了一天的太阳/蹲在山头/欣然把自己画成了句号”（《落日四题》），让读者产生无限的想象，落日、农民、山梁，应用电影画面的透视和表现手法，把落日的神韵描绘得逼真动人，栩栩如生，富有朝气和活力。

诗的意象，不仅仅是反映和表达就能够完全体现的，她是通过心灵与大自然的和谐融入而后发出的回音，并运用诗歌的语言传递她的内涵与神韵。诗歌的意象之美及表现是诗歌的灵魂，否则就失去了诗的意义，也就不成为诗歌。关于意象在诗歌中的关键因素，一直以来是诗人和评论家们共有的话题，早在20世纪80年代，朦胧诗的火热涌现，诗歌的意象也就更加直白，更加被诗人和读者所关注，因为，朦胧诗更加注重意象的表现。如果说古体诗的意象之美是“含而不露”，那么，现代诗的意象则是“潺潺流水”或是“轻声燕语”。但是，他们都注重诗歌的“氛围”。后来，关于意象的争论和探讨一直没有停歇，再后来，她几乎成了评定诗歌和诗歌写作遵循和考虑的必要因素。意象就是诗的语言的“质感”流露。关于这些，在张庆和老师的诗集里表现得尤为突出：

这一条路/走了多年/熟悉的面孔/熟悉的声音/都盼望/黄昏退潮之后/星星成为亲密的邻居/这是奢望/但我等待（《路上》）

我敬一炷清香/你还一轮佛经/此番离去/不知道/尘缘还有多长/因果尚有几重（《缘》）

在这本诗集里，诗人对社会、对生活的关注语意深刻、诚恳真挚。作为一位诗人，一位用心灵歌唱的诗人，他对社会、对生活的态度升华为一种责任和义务，只有这样，他的诗才会有感染力和生命力。例如，诗人在第四辑以问题诗的出现，用诗的语言表达了对《腐败“问题”》《官的“问题”》《歌星“问题”》《单位“问题”》《非典“问题”》等的看法，字里行间都流露出诗人对“社会问题”的重视。在这里，抛开他呈现生命状态以及关注生存环境之类的社会意义不说，单从诗歌的意象来讲，已经更加趋于开放，包容了不同的语言形式，相互独立的句子、语句群以及相互独立的事物，并使它们产生和谐，由此创造了诗歌的节奏。诗歌语言也更为讲究，注重诗句的硬朗、自然、洗练和明快。

另外，在这本诗集中还收录了他的几篇散文，尤其是《峭壁上那棵酸枣树》曾被多种文集选编，并且两次被作为中考语文试题，选入多种中学语文读本。他笔下的酸枣树是一种奋发向上、不畏艰辛的拼搏精神的体现，是一种英勇不屈，能在一切困难和险恶环境下生存、发展、壮大、开花、结果的人的精神的象征，更是我们中华民族世代传扬的民族精神的升华。

当然，我认为，在诗意的开拓、新鲜与深刻、艺术表达的精致、空间转换以及语言的应用的灵动巧妙等方面，似乎还有提升的空间。我相信，张庆和先生在保持高度诗意热情的同时，增强新的时代意识，丰富表现技巧，创造性地应用自己诗的才华，相信他还会写出更多更好的作品来的。

2005年12月于北京

揣测《娃娃成长歌谣》的显在美学效果

——读张庆和先生新著《娃娃成长歌谣》

许庆胜

幼童诗在我国有着久远的历史，从古代数过来，幼童的启蒙诗有《神童诗》《演小儿语》《千家诗》《小学韵语》等。只是由于政治的需要，这些启蒙读物以说教为主旨，向幼童灌输的是封建道德，才逐渐被后人弃用，但是也有部分内容及所采用的形式，即使在今天，也仍然有可资借鉴的价值。给孩子以诗的熏陶是一个民族文化进步的象征，直至今日，许多学校和家长仍把诗歌作为美育的一个重要方面，使学生从小就受到诗美的熏陶。可以说，诗歌是人们来到这个世界上最早接触到的文学样式，她伴随着母亲的乳汁渗透到孩童的心田。明代的李卓吾在《童心说》中认为："夫童心者，真心也……绝假纯真，最初一念之本也。"新中国成立后，幼童诗的创作更得到了不同程度的发展，许多饮誉诗界的老诗人如冰心、臧克家、艾青、田间等都为孩子们创作了大量的儿童诗。文学巨匠茅盾于1979年2月在为新创办的《儿童诗》丛刊写的一篇题为《对儿童诗的渴望》的短文中写道："儿童诗是新生事物。在百花园中，儿童诗是个嫩芽，这个嫩芽刚破土而出……只要得到阳光的温暖、雨露的滋润，它一定会茁壮成长，开放出美丽的独标一格的花朵。"著名儿童诗人樊发稼在一次儿童诗创作座谈中谈道："倘若没有儿童诗的繁荣和兴旺，那么整个诗坛，整个新诗的创作就不能算是真正的繁荣兴旺。"但是与整个诗歌群像相较，幼童诗仍没有得到足够的重视，面对幼童诗坛的日益沉沦，作为诗坛最具权威的《诗刊》曾多次召开儿童诗创作研讨会，并在一期《诗刊》卷首语中指出："儿童诗是诗歌事业的希望工程，一个民族如果不爱诗，这个民族是可悲的民族。中华有悠久的诗歌传统，这是我们的骄傲，但如果今后的中国儿童只会背诵老祖宗留下的古诗，不能为自己全新的生活吟唱出全新的诗篇，我们不就成了在美的世界里永远只能往后看的民族了吗？"总体观照我国有限的幼童诗的创作，基本上处于庞杂的状态，没有系统性地分野，只是各自为战、灵感杂碎，不分儿童的年龄段，太笼统。最近读了张庆和先生创作的《娃娃成长歌谣》，不禁眼前一亮，他创作的这部百余首诗歌，明显限定在婴幼儿（张庆和先生特定为"娃娃"，更形象）至小学之前（六七岁）的特殊年龄段，为我国儿童诗歌园地又增添了一簇带露的花朵，很有特色和特殊功用，理应受到广大幼教工作者的关注和重视，甚至成为广大城乡幼儿园教学的教材应用。

就全国当前的幼童诗创作态势观照，其创作队伍可以分为儿童自己创作与成人创作两个大类别，相较而言，还是成人创作的队伍大些。儿童创作儿童诗感性的成分大一些，这是他们的优势，但同时也是他们的弱势，显示着理性的不足。因为他们毕竟涉世不深，人生经历、社会体验以及对人生的理解都是浅层次上的，直白与好玩的成分占了较大的比重。这正如进入海洋，他们仅仅在人生的浅滩上游弋，没有更多的苦难生命参照，往往就事论事，基本属于创作状态中的“自发”，纯真倒是纯真，但是透明得只剩下“透明”，对这段岁月没有更多的恋惜，存在身在福中不知福的嫌疑。而成年人尤其是老年作家创作的幼童诗就味道大不相同，他们不是一直在浅滩游弋，而是早已进入了人生的海洋深处，经历了生命中太多的艰难、虚伪、欺骗等苦难磨砺，当他们回头远望已经不再的纯真童年时光时，往往就已经是“苦涩泪光”中的童年，如果要创作这种幼童诗，就已经过“苦涩泪光”的过滤、重新的提纯，其文字背后沧桑感导致的“怀恋”浓度是极大的，“曾经沧海难为水”，这时才真切知晓纯真童年的幸福，那真是爸爸妈妈都有，甚至爷爷奶奶都有的人生的曾经天堂啊！那种幸福才是纯正的真正幸福，而这种从人生苦难海洋深处回头瞭望浅滩的“返回”式重写，其韵味则厚重，这是具有和具备很多深重参照的，其深刻度不言自明。尤其是老年读者读了这些幼童诗可能会共鸣迭起，我知道我自己，我读着时不住地泪水波动，因为父母去世多年后，再读这些幼童诗仿佛又回到了父母双双在世时的童年幸福时光！所以，这种重新提纯的儿童诗对幼童的教谕、帮助他们成长或许功用更大。

儿童诗是诗的一个特殊分支，它的阅读对象主要是儿童，所以它最要紧的特征应该符合幼童的心理与审美趣味，以便达到培养幼童良好的道德品质、思想操守，激发幼童的想象力、思维能力，提高幼童健康的审美能力和艺术鉴赏意识，为他们开始真正的人生做好充足的前期准备。但说归说，幼童诗也是艺术，要创作出符合一定审美规范的幼童诗，也是要付出一番辛勤功夫的，其难度不亚于成人诗创作，甚至更有其特殊难度。一位当代美国诗学教授曾说："艺术最终还是组织问题，把不成形的散漫的经过剪裁安排变为有意义有趣味的结构。"这个"组织""结构"能写成人诗的不一定能创作出高质量的幼童诗，这是肯定无疑的。

《娃娃成长歌谣》除具体限定幼童在从出生到六七岁上小学之前的年龄段外，又细分为三部分："摇篮曲""学步谣""梦飞翔"。"摇篮曲"创作的主要是娃娃还没有学会走路，还在"摇篮"里的儿歌，如《宝宝不哭》《宝宝吃药》《宝宝穿袜袜》《宝宝爬爬》《宝宝睡觉觉》《宝宝长牙了》等，非常符合这个年龄段幼童的神态。能够对摇篮里的娃娃创作这么多儿歌，看来张庆和先生是做了深入的思考，深层次地观察与定位，继而创作出来的。当然，这种摇篮并非全是指的纯粹直观身体上的摇篮，也可指"思想"的摇篮。"学步谣"已开始走出摇篮，学着走路了，如《好习惯》《海望》《滑滑梯》《我的快乐》《我的玩具车》《爱看书的小娃娃》等。仔细阅读，这个"学步"更多的已是指的学习人生思想的走路，如《今天我值日》《幼儿园升国旗》等。"梦飞翔"已是快跑的状态，已基本倾向于人生志向的朦胧，如《冠军就好一点点》《我的小路》《我的心愿》等。侧重幼童自我抒发的物象，如爸爸妈妈、幼儿园的老师、小朋友、筷子、西瓜、月牙、海、雪花、春雨，小动物如小鸟、喜鹊、小虫、小鱼，植物如小树、花朵等，基本都是家庭里、上幼儿园路上、幼儿园内见到的熟悉事物、宣传画等，读来让人感到亲切、符合实际。最后一首《再见，我的幼儿园》就是指的准备上小学一年级了，更呈现了这个年龄段儿歌的完整性。采用的艺术手段主要有明喻法、拟人法、暗喻法、夸张法、对比法（颜色对比、形状对比、动作对比、事件对比、人物对比、空间对比）、重叠法、疑问法、故事法、阅兵法、对话法、排比法、呼告法、摹声法、假设法等，如“有个元宵很淘气、蹦到天上演变脸”（《娃娃成长歌谣》），既存在暗喻、拟人，也有夸张等，“妈妈的嘱咐实在多、装了满满一书包”（同上）更有这方面的诸多艺术效果。作为高质量的诗歌艺术主要就是对物与物特殊审美关系的再转换，转换使幼童易于理解和记忆，更注重音乐性的强调，儿童对音乐的敏感几乎是本能的、先天的。这样显得音调和谐，能刺激儿童听觉等感官的协调参与，引起他们的心理快感，主要表现在押韵和节奏上。通过韵脚的变化、句式的错落有致，使诗歌具有较强的音乐感和节奏感，形成全诗的回环整齐的美感，适于幼童唱诵。

幼童是国家的未来，民族的希望。张庆和先生为孩子们创作了上小学之前幼儿园的诗歌，这的确是一种自觉的开拓，这本诗集对广大幼儿园师生很有意义！由此，张庆和先生不妨继续开拓，再继续顺延创作一年级、二年级等其他年龄段的儿童诗，那将是对我国儿童诗创作的另一种贡献。

春天的山野风

——读张庆和的诗集《山野风》

阿红

诗酿的友情，总那么浓郁而醇香。我与庆和同志两颗心灵之间就流动着这种友情。

庆和，祖籍山东肥城，曾在部队，曾在工厂，现在《中国建材报》。从风华正茂的青年便作诗写散文，作品飞扬全国数十家报刊。这《山野风》就是他问世的第一本诗集。书到我手，还沁着油墨香。

我与庆和相识十年，先是诗识。其时他在辽阳，我在沈阳；他投稿，我编辑。后是面识。前年冬，我们都到本溪参加一个诗会。诗识延成面识，面识印证着诗识。他真诚、朴素、谦逊，和人谈话时，嘴角总漾着微笑。

他自喻雨滴（《我是雨滴》），“只祈望：淙淙小溪能理解我的真情歌唱，/浩瀚大海能给我歌唱的回声。/奔腾的江河融进我的追求，/飞溅的瀑布有我无畏的身影”；“只想：和千万同伴紧挽手臂，/组成一支浩大的队伍，/荡涤污浊，荡涤不平……/此刻，我不再是柔弱的形象，/我是电闪，我是雷鸣！”

这雨滴是流向江河流向大海的一滴；是奔腾江河，浩瀚大海的一滴。志趣在江河大海，力量在江河大海。雨滴、江河、大海，都是诗人情思的对应物。诗人借此表现作为诗人的个人同集体同人民的关系。他认为诗人和人民保持血肉联系，才有力量，小小雨滴才能转化成为电闪雷鸣。于此，体现着庆和的人生观、诗观、价值观。我想说，我认同。我一直认为真正的诗人是大地上的树，不是月中的桂；是海洋里的珍珠，不是天上的云。从他的作品总体，总能探测到同代人情思的共振点。“有识之士往往通过无形的纽带同人民的机体联系在一起。”（马克思语）依我看，这并不需要诗人做高难度动作，因为诗人并非绝缘体，他和普通人一样食人间烟火，感人间冷暖。当然，人各有志，不同的志呈现为不同的诗，然而，持久生命力者总是如凯勒所说的“能够把人民的意志和需要表达出来”的诗。

庆和的诗也像他自喻的雨滴。

第一辑《绿阴掩映的凝思带》和第二辑《心灵密室的短歌》无疑是近几年作品。这些作品保持着庆和诗歌的基调，但，向度广阔了，思维复杂了，感情深沉了。这里，有对我国苦难历史的反思，反思的结语是，“中国/不会忘记那苦难的一章/不会再续写那沉痛的一页”（《远方，那一片云》）；这里，有对人生况味的体验，“情绪是五味俱全的调料/加错了，就会/咸得要死，淡得要命/酸甜苦辣，热热闹闹/是一生都品不完的味道”（《关于情绪》）；这里，有内心爆发的呼喊，“苍天啊！我祈求/赶快爆发一场洪水吧/把我把你也把他/把一切污浊和肮脏/一齐囚进幽深的汪洋”（《心绪》）；这里，有对人世间美丑的观察，“太阳”“只是故意闭闭眼睛/让美丑善恶各自表演”（《鸟狐辞日》）；这里，有颇富哲理意味的思索，“岸/稳固而永恒/小船却不肯投宿”（《小船》）；“明天，明天是充满希望的/今夜，今夜却伴着阵阵绞痛”（《夜，小屋》）；这里有真挚的友情（《致友》），又有甜蜜的爱情（《思念》）。庆和为我们开启了他的心灵的多个空间，使我们感受到一位当代诗人情思的丰富性。诗人需要用诗表现自己的全心灵。一个诗人的诗作总和就是一个时代情绪和思考的展示。

诗集的第三辑《山野风》和第四辑《玫瑰，在哨所飘香》中的作品，是庆和在农村、在部队、在工厂工作时留下的诗的足迹，是他早期的心音。这阶段的作品，显示着庆和的眼睛在凝视着实界中的人，努力去发现他们灵魂美的闪光。这种闪光集中表现为对祖国的责任感，对劳作的热情，对他人的爱心。他笔下的民工不吝惜“自己的汗水”，要“把故乡的小街/打扮成一座/流动的花园”（《这些民工们》）；他诗里的战士是“大树”，大树说，“我的信念在天涯海角处处安家/生生灭灭自有我无穷的乐趣和幸福”（《哨兵，支撑夜空的大树》）。我想，这种种情思具有不灭的光辉。只要地球还区分国家，就要爱祖国；只要希望生活美好，就要劳动和工作；只要和人类同在，就要对人有爱心。

诗坛风云变幻。在风云变幻中，庆和有自己的坚持，有自己的汲取，也有自己的扬弃，因此，才有自己的发展。就当代诗歌说，不宜以某一站作终点站；就个人说，也不宜以某一站作终点站。诗，要随生活的发展而前趋，也要取现代诗艺的精华而更新。一切都是为了创造新的世界的中国诗歌。

《山野风》是庆和同志的第一本诗集。他，正在人生的最佳岁月；比成果树，是花繁果丰的时期。以他的勤奋不懈，他会拿出一本比一本更有力度、更有厚度的诗集。我顶着白发在沈水岸边翘首以待。

原载《文艺报》1990年6月9日

短笛，吹奏香烟缭绕的心曲

——读张庆和同志的诗

张同吾

少年时代是富于想象而又充满稚气的年华，我在心中曾按自己的想象为诗人画像：语言如声声鼙鼓振聋发聩，感情如滔滔江河一泻千里；以天赋神来之笔写尽人间曲直，以壮浪恣肆之声抒发胸怀情愫。当然，在中外古今诗坛上，如此才情迸发的性格和气贯天宇的气质并不罕见，但诗人首先作为人，他们的个性是千差万别的，因而他们会以各自不同的角度和方式观察世界、认识生活、捕捉形象、抒发感情，这样便形成了千姿百态的诗的艺术个性和千变万化的诗的表现手法。

我与张庆和同志相识已久，感到他作为军人，没有彪悍英武之气却有文静儒雅之风；作为诗歌作者，没有才思浮露之色而有深沉诚挚之情。对我谬承以师相视，或促膝相谈，或鸿雁传书，态度谦和温厚，感情内在蕴藉。近两年，不断在《鸭绿江》《太子河》《鞍山文艺》《空军报》等报刊上读到他的诗作，虽然他仍处于试步的阶段，但已然感觉到他的诗风恰如他的性格，同时又展现了他性格中不曾表露的侧面：清新、活泼而又灵俏。

他的诗大多取材于部队和农村生活，充满了浓郁的生活气息、优美的情致和鲜明的时代感，可以看作是时代江河中的浪花和生活的剪影。《梨园小憩》是一曲轻柔的劳动和爱情之歌。他不是从正面描绘农村生产和生活的风貌，而是灵敏地捕捉了小憩中少女们的嬉戏和欢悦，仅仅“一句话”却“嘀铃铃响”，“撞开姑娘诡秘的心窗……”显得活泼洒脱。《小院》是一座农家小院的掠影，却流淌着丰收的喜悦。“仓，漾了稻谷，囤，高粱冒尖。筐筐山楂吐彩霞，帘帘新棉飘云片”，都是平泛之笔；“瞧，房檐下成串的红辣椒，多像一幅幅迎春的对联。萝卜白菜迟到了，直喊：没地方了，我怎么办？”有了这传神之笔，则使这农家小院蓦然生辉。《哨位，在苹果树下》《哨所的春天》以赞誉之情讴歌军民友谊，像他的其他诗作一样，不主观“拔高”和肆意渲染作品的主题意义，而是让思想蕴含在生活场景和人物对话之中，让人感到真实自然而又亲切。《拔河》，在“小憩的练兵场上，翻卷着笑浪欢波”，这“龙腾虎跃的彩图，描绘着军营的火热生活……”《泉声》写得颇有意境，淙淙作响的泉声，更显出夜半的宁静，它潜入战士们牵情动魄的梦境，使梦更有诗情。《小溪》写得富有情思：练武归来的战士们，在清澈的小溪里洗涤汗透的军衣，“把一天的疲劳丢给流水，把一汪汪欢笑尽情掬起；浪花儿应和着《战友之歌》，逗引着摇尾游动的小鱼”。庆和同志准确地捕捉到这生动的形象，使军营生活的欢快跃然纸上。他娴熟于拟人的手法，把战友之间的真挚友爱，表现得自然跳脱：“夕阳，正瞧着战友们嬉笑的脸庞，一件军衣抢过来，夺过去，小溪也来助兴，喊一声‘我来帮忙’，立刻，自己被染得一身墨绿……”

庆和同志诗作的显著特点是篇幅短小、格调清新、色彩明丽。他不是以恢宏巨制去表现深刻的思想主题，也不是从正面去囊括时代的面容，而是在流溢诗情的生活剪影中，表现时代特征和人的精神风貌，让人的心灵美和生活的情韵美和谐统一。当然，他的诗作也有自己的不足。一般来讲，他的作品还缺乏思想的深度。有人认为，生活素描式的即景小诗和即兴咏怀式的抒情短章，则不必有厚重的思想容量和深刻的人生见解，这种看法是不甚完善的。严格来说，每一首诗都应该是诗人对生活真谛的新发现，因此，每一首诗都应该富有新意。艾青的一些抒情短诗，从某种意义上可视为历史的界碑、时代的旌旗、艺术的荟萃、哲理的结晶，对于青年诗歌作者，我们不能这样要求，但应该这样期望。在表现手法上，他的作品还显得单一，其中大多是对生活现象的直观描摹，缺乏“透视”和“剖析”，因而有浮泛之感。与此相联系的是语言欠锤炼，一些句子仍觉平直，如《小溪》结尾处写道：“给同志多一点轻松，把辛劳留给自己。小溪满载战士的欢乐，蹦跳着，向广阔的平原跑去。”《哨所的春天》也是结尾一节流于空泛：“来了——山村的关怀，来了——炽热的情感；来了——人民的拥爱，来了——哨所的春天”……看得出他想以高度概括升华主题，但因取意平直，用语平板，而未达到预期的效果。

最近，我怀着欣悦之情读了他的《心灵密室的短歌》（《太子河》1982年第3期）。这组短歌构思新颖别致，感情深沉含蓄。其中《小站》和《时间》都是情诗，在表现手法上不落窠臼：

小站，一阵铃声，

惊落满天星星。
有的挂在枝叶，
有的跌进草丛；
还有两颗呀，
很淘气——
躲进了妻子送别的眼睛……
（《小站》）

他灵敏地捕捉到列车即可启动时妻子送别的目光，既有两情依依，又无离愁别绪。“一阵铃声，惊落满天星星”，景物烘托，实则内心感受，执手无言相视，瞬间情意相融。所憾“很淘气”一语，与诗的温婉气氛相悖。

我——去，
你——来，
路，分散了多少爱。
我们像一对不停的钟摆……

钟摆停了，
时间不会凝固；
要是我们停了呢？
爱，就会凝结起来……
（《时间》）

《时间》这首诗摆脱了人们惯用的表现情侣思恋的方式，抒情主人公从丰厚的感情体验中，发现并把握住最有质感的形象，因而感情深邃富有哲理。

近两年，庆和同志进步很快，在尝试中初步形成了隽秀而又明快的诗风。他以感念的心情，多次向我述及辽阳文联和各地师友对他的耐心指教，我想，最重要的原因却是他让自己诗的“彩色的翎羽”，不离开“活生生的翅膀”。他说：“我是一只晚飞的笨鸟，我的心对着希望歌唱。”（《心曲》）他谦逊而真诚地追求艺术，追求美，他在诗的天宇中飞翔和寻觅，不断地发现诗情，发现自己。泰戈尔在《采果集》中有这样一段话：

> 我感到所有的星星都在我心中闪耀。
> 世界像一股洪流涌进我的生命。
> 繁花在我身体里齐放。
> 大地与江河的全部青春活力，像一缕香烟在我的心中缭绕；
> 世间万物的气息吹起我阵阵思绪，宛如吹奏一支短笛。

我想，庆和同志的诗思也是这样生发和凝聚的。他爱祖国、爱生活、爱战友，并不流于言表，而是化为美妙的情思，在心中萦回缭绕，在心中飞舞升腾，他的诗就是用短笛吹奏的香烟缭绕的心曲。

他已然有了良好的开端，他会走向深刻的成熟，走向开阔和辽远。

原载《太子河》1982年第4期

灵笛劲吹悠扬悦耳

石群良

近些年，张庆和老师的精品力作不断问世——散文集《哄哄自己》《该说不该说》《他说你说我说》等都是鲜见的精彩文章。如今，他最近出版的一部诗集《灵笛》又在社会上产生一定反响。此前，他的散文集《哄哄自己》发行量就曾达3万册之多，并且进入我国台湾、香港书店，被读者关顾。

张庆和老师的《灵笛》是源自心灵真实的笛音，全集分为《祷祝》《灵笛》《苑香》《陌色》四辑。每一辑都饱含着他的真性情——他的爱、他的感悟、他的歌吟，以及他在人生不同阶段创作的重要的作品。我以为，如果说《哄哄自己》《该说不该说》等是张庆和老师散文创作的新领域，而《灵笛》堪称他诗歌创作的新高地。

张庆和老师的诗——唯美、哲理、荒诞、意趣、忧患意识，意象新颖、澄澈，有着饱满的艺术张力。

意象新颖、唯美。唯美的意思是追求绝对的美。唯美提倡“为艺术而艺术”，强调超然于生活的纯粹美，追求形式完美和艺术技巧，相对于当下“下半身”等粗俗流派而言。张庆和老师的审美意趣是纯粹的、唯美的。如“若蓝天是鸟/云可是羽毛/和平鸽/黑乌鸦/雷声是他们厮杀的吼叫/那鲜红鲜红的太阳呢/是醒着/还是在睡觉”（《天鸟》），想象奇特，意象新颖，源于现实的体验又超然于生活本身——天空也不平静啊。另如，“太阳呢/是醒着/还是在睡觉”。如“让我们一起去蔑视痛苦/向导是潜伏在心底的真诚”“缘分从来不属于罪错/它不会吹落家园的花朵”（《祷祝》），“是谁把月光斟满心杯/让我在梦中与你同醉”（《月圆的时候》），“太阳企图提拔影子/被一片云改变了风景”（《你曾经走进我的生命》），“泪水攀上悬崖/等待隆重的一跳/心被情不自禁揉搓//此去/相信有一朵云彩/会伸出祥和的手/抚摸你的旅程”（《送别》），这意境多美，带着甜蜜的忧伤，“一跳”——心被“揉搓”——“伸出祥和的手/抚摸你的旅程”。我想，这样的诗句，一点也不比“寒蝉凄切”的《雨霖铃》逊色。现在很多人都在搞这样那样的试验，以为好像把前人推翻了，自己就成了上帝的宠儿。真的会这样吗？远的看看李白、苏东坡、李清照，近的看看朱自清，这些泰斗级的人物，他们的作品与其本人一样，是无法撼动的文化经典。而张庆和老师的作品（尤其是散文《坝上月》《姐姐出嫁》等），就含蕴朱自清般的元素与品格。

饱含哲理，启人心智。哲理诗是表现诗人的哲学观点，这类诗内涵浑厚、含蓄、隽永，将哲理主旨巧妙地隐匿于丰盈的意境之中。“浅薄本是命运的贡品/你却拿来装饰人生”（《回答》），“笼子和树林该做什么/命运是否接受了差遣”（《关于回答》），“抗拒是投掷的暗示/挣扎是释放的诱惑”（《无题之七》），“是山的位置抬举了你/别把它当成自己的高度”（《仰视》），“有时候/大声疾呼/

不如悄声细语”（《我悄声细语说》），以及《位置》等。张庆和老师的杂文颇辛辣，他的哲理诗亦很警醒，他的奇妙在于，以极其简约的文字浓缩出需要千言万语才能阐明的大道理，况且他是在用艺术说话，更容易让人接受。

可贵的忧患意识，清新的政治抒情。张庆和老师既有对亲情、友情的倾诉，如《呓语》《瞬间》《月圆的时候》《醒惑》等，亦有可贵的忧患意识，如《我发现》《“问题”诗五首》《梁山好汉》《云遮月》《位置》《长征路》《阳光和空气的心事》等，都写得入木三分、发人深省——“黄昏的光芒如偃月刀挥来/防御的盾牌是闭上眼睛//主角谢幕已经退场了/配角出来积极亮相/前方是否有一片丛林/一个影子正沐浴幽潭”（《夕光》）。

他的政治抒情诗，其语言，鲜活大气——“这是植入革命机体/世代相袭的基因啊/不能回车/不能删除/如一棵树/虽四季交替/却无法改变苍翠本色”（《仰视革命》）。“革命/自打离开生命之门/那一刻起/身后就蜿蜒着一条曲线……/这一条线/被扭打的风又搓成绳索/直至勒死了那个黑色的世道”（《长征路》）。这种写法，不仅颠覆了诗坛政治抒情诗苍白、说教、简单的诗风，同时也是他诗歌创作的实验与拓展，为政治抒情诗创作带来了如沐春风的爽心惬意。而《心灵深处〈国际歌〉》《关于“五四”》《伟大的日子》《仰视革命》《西柏坡话题》等篇章，都是他的得意之笔。

荒诞和意趣，为诗歌注入活力。张庆和老师的诗颇具荒诞和意趣。荒诞诗歌就是表现存在之荒诞，其主要的特征是象征和虚拟。其表现手法有失控、反常、偏离、幻镜、越界、拟物等。在实际的操作中，以幻境造化出的佳作居多，如“黑夜降临了/一条人影惶惶飘来

/匆匆斜我一眼/却始终没有开口”（《雨夜》），“乌云是魔鬼派遣的路障/很怀念那一粒微弱的流萤”（《醒惑》），“斜雨无聊/抽打着芬芳//不知是羡慕还是嫉妒/无端的目光/射在身上”（《忧伤》）。对于美好的东西，总有邪恶或复杂的眼神在窥视，故“忧伤是那条雨巷/很幽很长”。他的诗多以比拟象征的手法——有幻境，有象征，有虚拟，有意蕴。是虚与幻，实与虚，喜与悲交织成的五线谱。呈现出虚幻而空灵的意境。似酒，但不烈，在平实朴素的述说中透出智慧的光芒。

意趣是艺术的生命。意趣指意味和情趣，思想与旨趣。著名诗歌理论家阿红曾说：“无趣不成艺术。”就如曲与词，是“曲”为“词”假以飞翔的翅膀。如，“对美好的敌人出其不意/搞点偷袭有什么不好/掀翻船只撞击礁石/我是被狂风卷起的巨浪”（《呓语》），“没有你的日子/思念是亲密的伙伴/眼泪作为玩具/可帮我驱除寂寞”（《没有你的日子》），“世俗是一张网/索性把这网当作锦缎/荣耀地披在自己身上”（《我这样感觉》），“泪水何时织成了门帘/有一滴忧伤总爱作祟”（《瞬间》）。这种写法，贯穿了他的整个写作过程，尤其是第二辑《灵笛》和第四辑《陌色》，可谓精彩纷呈。无论是喜是忧，是悲是乐，诗中总保持着那份乐观。

描摹自然，回归本真。亲近自然，热爱自然是人对自然本真的回归。我就渴望游山玩水，可惜我不是徐霞客，不能将脚步延宕到心绪所及的地方。而现在“休闲”了的张庆和老师呢：他以闲适的目光望秋——“夕阳遁去了/云是一堆积木/由心情搭建各种房子/那是稚气的童年吗/那是童年的故乡吗/那是故乡的故事吗”（《黄昏》）；他以诗的通感写夏——“柳荫锯碎阳光/粉末满河道飘荡/诱惑在前方悄悄拐弯/蝉声兴冲冲织网/碧草欲挽留脚步/不小心惊动了芬芳”（《夏日小河边》）；他以诗人的情感咏春——“紫罗兰幸福地开放/勿忘草葱葱绿绿//小路发育成堤坝/捉住了顽皮的小雨/小雨聚集成小湖/荡漾晶莹涟漪”（《春事之一》）；他以豁亮的诗心观海——“海风是顽皮的小家伙/总是怂恿海浪戏弄初升的太阳/海潮是精力充沛的多情女/把热烈的吻/一个个印在海滩上”（《海恋》）。是啊，人一旦回归了自然，心境就会变得明净而和谐。他的想象是多么的奇特，他的心境是多么的明澈，也难怪他的童谣能被素不相识的音乐制作人谱成曲并在网上传唱了。如果他的诗再朝荒诞的方向走一点，他把写作的兴趣再派生到歌词的方面一点点，说不定，他的足迹和智慧，又会延伸到更远、更广阔的新的领地。

“让喜悦有个着落/给沉思找把梯子/使忧愤有个回声/为悲伤找条出路”（《诗人要写诗》）。是啊，这既是时代的需要，也是我们创作的底线和理由！

品味张庆和的几首短诗

任蒙

评介张庆和的文章有多少，我说不上来，他曾经给我寄过两本这方面的专集，我还零零星星地读到过不少关于对他的评介文字。许多年前的一个儿童节期间，我在《人民日报》上读到他的几首儿歌，极短，极通俗，但想象奇特，妙趣横生。那种风格的儿歌，在少年儿童出版社可能会将读者对象归于“低幼”层面，但我仍然读出了兴致，还随手写了两段赏析。后来，他从我发表的随笔中看到了我的那两段文字，便设法与我取得了联系，我这才知道，他也是从我们空军部队走出来的作家。

庆和先生写过许多儿歌，写过不少“小制作”的儿童诗和散文，产生过广泛影响，或许是出于这种创作的习惯，他写的“成人诗”也大多篇幅精短，但这些“小制作”里却蕴藏着大思考、大哲理。他那双洞悉生活的眼睛，在孩子们的世界里，他看到的是童趣和天真，在熙熙攘攘的日常生活的人流中，他同样能够穿透到人们的灵魂深处，并且那么迅捷，那么准确。

几年前，我读他那本诗集《灵笛》，感到其中一些短诗尤为生动，被其感染，当时便随手记下了几则“读后感”。

你没能走入我的生活
却走进了我的生命

那是一棵记忆的树
有风的日子摇晃梦
有雨的日子悬挂星
太阳企图提拔影子
被一片云改变了风景

不必祷告什么了
心已经望见黎明
（《你曾经走进我的生命》）

这首诗写的是作者对一段情感的回忆，他将其怀念的某个人和某段情感经历，想象成一棵树。因为受外部环境的影响，作者心中这棵“树”的作用也在不断变换，其实写的是他心情的变化。全诗寥寥数语，语言极其简练，“太阳企图提拔影子，被一片云改变了风景”，这种高度诗化的句子，尤其具有诗歌语言的冲击力。

鱼摇尾巴
为游得快

狗摇尾巴
能讨人爱
人的尾巴呢
为什么
刚刚停止摇动
就翘了起来
（《尾巴“问题”》）

这首小诗，同样耐人寻味。人类在自然进化过程中，尾巴早已消失了，诗人这里所指的尾巴显然是指某些人心里长出的“尾巴”，或者用来摇尾乞怜，或者用来讨主子欢心。有的人在主子面前极力摇尾献媚，一旦达到目的，立刻就对下属和群众摆出高高在上的姿态。原来，他们日复一日、年复一年地表现摇尾巴，就是为了梦寐以求的翘尾巴。

你看我时
很小
我看你时
也很小
是山的位置抬举了你
别把它当成自己的高度
（《仰视》）

这首小诗短得不能再短了，并且明白如话，但它却深刻地揭示了生活中一种常见的人际关系。它之所以让人读来“恍然大悟”，是因为很多人对这种人际关系或熟视无睹，或视而不见，或不曾思考。千百年来，社会底层曾经有多少百姓认为自己仰视那些高贵者是天经地义。这短短几句诗，所昭示的是社会进步的某个侧面，也显示了作者的内在人格和他洞察社会的目光。

我多次说过，中国文坛对于诗歌和散文的认定，目前还停留在民国时期，因为这些“小制作”参与者实在太多太广，实在有太多这样那样的因素干扰读者的辨识。我想，若干年后我们这代人都作古了，文坛可以严肃而安静地淘验优秀作家和优秀作品的时候，那时的子孙就可以“气定神闲”地来鉴别他们前人的作品，某个人的一篇短文，某个人的一首小诗，都可能决定后人的判定。那时候，张庆和能够影响这种判定的，远不是一首诗，也远不是一篇短文。

生命深处的风景

——读张庆和诗集《灵笛》

程晓逊

张庆和的又一部诗集《灵笛》出版了，我以为这是相知已久的诗人送给我的一份大礼，同样，我也在诗人营造的精神世界里得到了会心：从城市生活经验出发，深情回望美丽乡村与铿锵军营，无私无悔地抒写内心天地的执着的诗歌精神，以及洞开纷繁世象含血含泪的真情歌唱。这些，于诗人是一次诗意高蹈下的放牧心灵，于读者却是期待本真艺术的望外之喜了。

乡村，一直是一些农籍城市作家的生命源泉，那里绿水青山、林木花草总会被农家院落飘出的淡淡炊烟织成梦；那里的田园牧歌、鸡欢牛叫总会被小溪流淌的潺潺水声谱成曲；那里的阡陌田畴、麦稻果园总会被山头飞过的彩霞赋成诗，在诗人们的笔下涌动叠加，变幻成美不胜收的艺术风景，感动着自己也感动着别人。在那里我们可以轻易地找到诗和诗情的根脉。中国，向来以农业文明立于世界民族之林。乡村和多姿多彩的乡村生活无时不在上演着激情浪漫的人生活剧，并为一些有良知的作家所密切关注，也常在他们笔下熠熠生辉，给了时尚、热闹的市井生活以强烈的冲击，这些都在张庆和大量的乡土诗作里得到了验证。因为对他而言，他一生的痛与爱都定格在了鲁西南那个贫穷而美丽的乡村。在那里，他完成了一个诗人所应有的最初的人生体验。他已经不是在一般意义上抒写家乡的历史风貌和风云变化。甚至，他总是以一个男儿的心在向那方土地殷切呼唤，一字一吟，一歌一唱。他笔下的山水就是他生命的难殇，那是一个令人感怀依恋、魂牵梦绕的感情之场。在诗人过往的文字里，我们依稀可以感受、可以惊诧，甚至可以揣摩。在物质文化生活发生巨大变化的今天，诗人冷静而理性的反思，在抽象意义上写出了《老屋》这样的诗句："矗立/是一种摆设/倒塌/是一堆路障/不矗立也不倒塌的/是一处险境/摆设路障险境/构筑了一种人的人生"。仅用42个字就把《老屋》这样一个具体物象不费笔墨地勾勒出来，给了我们心灵的冲击，留下深刻烙印。那是写一座行将倒塌的房子吗？那分明是写一种活生生的人生，一种无望的僵尸般的人生状态。同样在另一首题为《仰视》的诗中，诗人以智慧、诙谐、幽默的笔调为这个世界的世俗人生画像："你看我时/很小我看你时/也很小/是山的位置抬举了你/别把它当成自己的高度"。这不正是生活当中那些虚狂、自大、欺人欺世、狐假虎威的势利小人的嘴脸吗？在同类诗作中，诗人以其博大的情怀，让这个世界有了宽宥和怜悯，多了人类共有的爱的力量与温度，也使得诗人的崇高境界进一步拓展，诗的骨感进一步增加。在让读者身处其境的同时，点燃了感悟之光，把爱与恨的情感波澜推向高潮，达到心与心的交流。那是一道划破暗夜的星火，那是射穿心地的一束冷光，有如醍醐灌顶却也绵长无限，堪称是张庆和诗歌桂冠上的明珠。在几十年的诗歌写作中，他以极大的热情，用深厚的笔墨状写了生发于身边的人和事、情和颂、艺和景。看似偶然，实则得之必然。这里，他在诸如《梁山好汉》《史事》《腐败“问题”》《官的“问题”》等这类题材的写作上，塑造出了一个个个性鲜明、生动直观的艺术形象，都在见证着一位诗人在世俗生活的当下，关注人生社会的正派品质。这也是一个真诗人立世并自觉担当道德清道夫职责的基本操守。

帕乌斯托夫斯基说过，“对生活对我们周围的一切产生诗意的记忆，是童年生活给予我们最大的馈赠。如果一个人在悠长而严肃的岁月里没有失去这个馈赠，那他就是一个真正的诗人”，此话不谬。想一想，在漫长的人生道路上能与我们嘴上说、心里想、梦中有的现实生活以及潜藏在现实生活中的矛盾与纠结会有多少呢？又有谁在扼守都市宽阔的马路，怅望那一个属于他的乡村生活？谁又敢放声而出，说我的心在高原、在山川、在那一抔埋着祖先的泥土里呢？“秋就是秋/正值收获的时节/不必再惦记花朵/没看见/蝴蝶和蜜蜂都远去了吗”。在这里，真正的秋天是农家的“篱墙上悬着瓜豆/篱墙内圈着鸡羊”。你要认识秋的真相，“就要跨过那道屏障/去远方走走/站高处望望”。这是对那些不知季节变换的城市人的劝告吗？抑或就是一条出游的广告语，让人的心为之一喜。在聊侃之间，把一个城市人与乡村美景拉近了，浸透了人文情怀。在他另一组《儿歌四题》中，他以少儿的口吻把至纯至真的乡村景象刻画得淋漓尽致。在顽皮、快乐的诗歌状态下，写出了童稚年代的喜气洋洋的生活，叫人向往：“大山像个娃娃/落日像个西瓜/娃娃捧着西瓜/啃呀啃呀/西瓜被啃成了月牙”（《娃娃·西瓜》），“夕阳蹲上树杈/劝鸟儿不要吵架/当心惊扰了星星/出来赶你们回家//——天要黑了/鸟儿们/明天再来玩耍”（《夕阳·鸟儿》)，多么让人憧憬的童年生活，让天地人（当然是儿童）的和谐，巧妙地组合一起，给了无数人童年的回忆，又让人生发出无尽的想象。难怪这诗一经发表就立时蹿红，还被人谱上曲子，在网上传播。那叽叽喳喳的鸟声，让人动情。可见保持一颗童心，对于诗人来说是一笔多么大的人生财富。

真诚的文字是作者心灵的呈现，是他喜怒哀乐的情感流露。可以透过作者的文字透视出人生的白云苍狗、镜花水月。在一切艺术门类里，作者都可隐身其后，而诗歌则不能，诗歌表情言志，必然以真诚之心，展示一个不加伪饰的自我。正如詹姆斯说的那样："真正的文化以同情和赞美为生，而不是以憎厌和轻蔑为生。"无论"齐鲁青未了"或者"秋风吹渭水"，中国历史上诗人情感属之、泼墨而为的事比比皆是。一部《诗经》道尽了情与怨的人性纠葛、矛盾冲突，也为人类普遍的情爱涂上了一抹浓重的色彩。当然这都缘于诗歌的抒情特征，它是一条完完全全的"审美之路"，是精神救赎下的个体之爱，也是诗歌这种艺术形式更多地呈现出了灵感与个体生命的独立感受，并使之涌上笔端化为满纸云烟。

"我在祷祝中念你的名字/每一声都是划响的火种/点燃谁其实并不要紧/冥冥中只要你在呼唤"（《祷祝》）。爱情是人生永恒的话题，是人的生命最深处的风景，是值得用一生呵护的花朵。源源不断地付出，割舍不了的牵挂，远在天涯近在咫尺的距离，擦肩而过形同陌路的窘怯无不充斥在这道解不开的方程中，相信不同的人不同的心都会在这至高无价的试题面前，有其自己的心得。看看这诗句：

我知道

五月的玫瑰花已不再为我开放
尽管树梢有七月风灼热
尽管檐前有七月雨淋沥

再走一步
就跨入收获的季节
既然花儿不肯芬芳
又何必乞求那簇绿意

再见吧朋友
感情的富翁却是金钱的乞丐
送别
我只能这样注目行礼
（《醒惑》）

在写下这首诗的时候，我的心被猛地撞了一下。一个军中豪杰，一腔男儿情怀，只是一个“注目行礼”能承载得了吗？那是世界上最大的礼呀。

对历史尤其对中国革命历史这类诗歌的写作，一直为一些所谓的先锋派诗人们所诟病，但能将五四运动这波澜壮阔的革命事业在星光闪耀的一瞬抓住，并以老百姓的口语写出“只要天上的生灵们自由飞翔/只要地下的绿叶们葱茏茂密/作为一滴血自己/甘愿成为一种点缀”。这种随意而坦然的情怀，把一个百年梦想化为指尖上的袅袅云烟。在另一首题为《伟大的日子》的诗中，他将中国历史比喻为一位母亲，在她生下的众多儿女中总有“很伟大很难忘的一个”，由此，“中国/就真的达到一种高度/一种让历史学家们思索的高度/一种让后来人努力攀登的高度/一种让世界惊喜和仰视的高度/一种连我们的敌人也不敢小瞧的高度”。四个排比句的运用，凝聚了诗的力度，延展了诗的内涵，深化了诗的主题。

在《眺望西北坡》中，叙述胜利在即、人民在望的关键时刻，革命班子中的老班长严肃地提出“两个务必”问题。诗人写道“很谦虚、很谨慎的革命/并不想做这世界的主人/便把辛勤采撷的一粒粒果实/恭敬地交给了人民”。我依稀记得章士钊当年为陈独秀辩护的言辞：“何为国家，土地人民也。”在诗人的另一首《西北坡话题》诗中，诗人清醒地写道“革命都不会/也永远不会/忘记那些种南瓜和/在谷地里锄禾的父老乡亲”。在这里诗人的良知进一步迸发出来，让人们在漫长历史长河的一端看到这样的警示：“背着它走进/种南瓜和锄谷地的普通人中/做汗滴禾下土的平凡事情”。这恐怕不是简单的告诫，当然这也绝不是文以载道式的情怀展露。它是诗人诗意上的真切期望与演绎。让我们看到诗人性格中另一种坚硬的风骨与品格。张庆和是个情义中人，在屡见屡闻的评介文字中，我是敬服的。他为人为文的朴实、练达一直给我以深刻的印象。在他不长的工厂生活之后，他走进军营。又一个20年后，他主持产业报副刊工作，给了多少文学青年实现文学理想的机遇，也使他拥有了巨大的人脉。可是，你看看他当年写的工厂的年轻人，窑炉班的单身汉们的快乐生活场景，在读了之后，常有这样的感喟：多好的人，多好的时代，多好的生活。

在我写下这些文字的时候，我不自觉地进入诗人创造的艺术世界中。思绪便飞到那个遥远而亲近的年月，并且深深陶醉其中：

时光是船
白云是帆
无垠的宇宙海浪涛滚滚
日和月
两座漂泊的港湾

就这么行驶着
一天又一天
一年又一年
银星
为高尚的求索者
一一评点
（《天事》）

张庆和一直以一个歌者的姿态行走在诗之路上，他的执着、勤勉、多情给读者以无限的慰藉，也使得他脚下的土地因之生辉。在这篇文字结束的时候，我想起著名诗人雷抒雁的一句话：“昨天，我们写诗，今天我们写诗，明天我们依然写诗，写最好的诗。”当然，雷抒雁提出了一个当下诗人和读者都要深思的话题：就是要写那种“让人读了还想再读的诗”。这恐怕是还在写作中的诗人们今后要努力的方向。

诗，属于坚守者

峭岩

这个题目是写给张庆和的。又收到他的新诗集——《写给阳光写给月亮》，翻读的过程中，脑海里不时闪过他的面孔——老诚、谦卑、少于微笑，多于寡言。不知为什么，脑海里又呈现一个潜水员潜海遨游的镜头。那潜海者翻上翻下，东游西漂，五彩斑斓的珊瑚花在他身侧傲然绽放，各色鱼种在他周身穿梭嬉游。这个图像的产生，是张庆和的为人、为诗给我的印象所致。时下的现实，沉着坚守的能有几何？眺望诗坛，人声鼎沸，但大都是极端的幼稚的自我推销，诗充满了浮躁和媚俗。那种人格诗格的坚守，那种凛然正气之声，寥若晨星。张庆和当属这寥若的一个。我想，他是在默默地做人，默默地写诗，而且并不循规蹈矩，在诗的写作上倒有些前卫。我说的“前卫”不是那种意义上的，而是符合现代人审美需求的命题造句以及意象语式。他的诗不落后时代，很有青春的气息。这是我喜欢的重要原因。

在这本新诗集里，他写了历史，写了西部，写了朋友，写了妻子，写了阳光，写了月亮，单就命题而言，非常生活化、口语化，是从我们日常的生活中淘洗出来的。生活入诗难也，政治入诗更难，是诗人几番体会、几番锻打而成。多少诗人讴歌国庆，千行万行抒写不穷，而他用36行诗将其抒写得深刻而悠长。

历史是一位母亲
她生下的孩子
都取名叫日子
日子们
大都很普通，很平常
有的却也很伟大，很难忘
比如，一九四九年十月一日

这一天，雄伟的天安门城楼
站上一群魁梧的伟人
从此，中国就真的达到了一种高度
一种让历史学家们思索的高度
一种让后来人努力攀登的高度
一种让世界惊奇和仰视的高度
一种连我们的敌人
都不敢小瞧的高度。
（《伟大的日子》）

接下来，他又以辩证的诗化语言，写出高度之后的更多含义，从困难重重中打拼出来，不断达到新的高度。回荡在历史天空中的《国际歌》，在无产者已成为有产者的今天，唱它念它，意义何在？

是的作为一座丰碑
你在历史老人的记忆中耸立
你没有倒塌
也不会倒塌
因为这世界
还有许许多多阳光照不到的地方
正期待你走出尘封的书页
以那声感天泣地的悲壮
来震慑假丑恶
来声援真善美。
（《心灵深处〈国际歌〉》）

这样一来，《国际歌》的深义不仅是对一个旧世界的宣战书，而是对人的心灵的净化剂。而对西柏坡的认知，他是这么定义的：

革命
自从在那个摇篮里
被母亲苦涩的乳汁
哺育长大后
她就没有留恋在大城市
而是被一些满肚子理想
满脑子智慧和崇高

叫作伟大的人们，领着
从山上走进了窑洞
又从窑洞来到这个坡上

她仅仅是站在这坡上
牢牢握住了枪
便握住了胜利。
（《眺望西柏坡》）

庆和就是这样咀嚼生活，咀嚼思想，然后提炼成一行行不同凡响的诗句。读这些诗像吃一根甘蔗，越咀嚼越有味道。

庆和的为人是我们所知的，他很低调，不张扬不炫耀。可是，他写诗却很用心，于默默之中编织着诗的世界。也许是诗赋予他的哲学思想，像我们这一代诗人，常常把诗写成哲学的警句，当然，有诗以来哲学和诗就结为一体。庆和的诗充满哲理意味，是他的显著特色。关于这点，翻开他的诗集，隔三岔五地就冒出来，像旷野的点点星火，炫人眼目，激人心志。“是山的位置抬举了你/别把它当成自己的高度”，“只是不知道/风拧干云彩的时候/影子是否发现自己/脖子上那串闪亮的金属/其实不是项链”，“西部的话题比黄河宽/西部的话题比长江长/西部还有一座高高的雪山/任何发热发烧的头脑/到那里都能够冷静下来”。像这样哲理意味的诗句人们是喜欢的。有人说：“诗因为哲学而升华，哲学让诗和诗人步入‘恒’的存在维度。诗人哲学家是诗人的王者，他是真正把握诗‘存在’之真谛的人。——持握哲学的诗人是最大诗性的发掘者和体悟者。”当然，庆和不是刻意乞求当一位哲学诗人的，而是他在细微琐碎的生活中，细心体味的结果，当他用诗说话时，这些寓于哲学意味的句子便自然而然地爬上笔端。

聊到这里，我突然想起，这么多年以来庆和的诗为什么常写常新、涓涓不断呢？这和他有一个自然平常的心态有关。他从来不把诗人当成一种高尚得不得了的一顶桂冠看待，也不自卑地把诗人看成要饭吃的乞丐。他只是一个会用笔说话的人罢了。正如他在一首叫《其实，诗人不过是一棵草》的诗中说的那样："不管生在田园/还是长在荒郊/吮吸他人丢失的空气/咀嚼剩余的阳光味道/总是在少有人迹的地方碧绿/用生命的巅峰舞蹈/以卑贱和低微酿制心曲/悄悄地唱给远方的路标"。

虽然，庆和把自己看成一棵小草，但这棵小草经风浴雨，冬枯春荣，周年复始，已绿遍天涯，构筑成一处风光旖旎的风景。它无时不在诱惑着人们。

诗歌创作需要理性控制

——读张庆和老师的诗有感

乔健

庆和老师的诗，自然、平和、理性，韵味十足。他的诗是很耐嚼的，像枚衔在口中的橄榄，越嚼越有滋味。这与那些文本过于平面化的，东拉西扯、信马由缰、任意拼贴，以及构思平庸、意象同质化作品形成了很鲜明的对比——

风儿似温暖的手
轻抚云的秀发
云感动了
喜悦的泪滴滴答答
一场等待许久的雨
在希望的日子里飘洒
直惹得无数春光
一阵嘁嘁喳喳——

是时候了
快醒醒吧
该发芽的发芽
想开花的开花
要追梦就甩开矫健的步

于是
一粒种子又一粒种子
悄悄出发
一片叶子又一片叶子
一天天长大
一只蜜蜂又一只蜜蜂
忘记了回家
（《那一场雨》）

很平常的一场春雨，在庆和老师的笔下，竟变得如此鲜活、生动，仿佛那双有了灵性的红舞鞋——作者把风、云、春光，连同“一粒种子又一粒种子，一片叶子又一片叶子，一只蜜蜂又一只蜜蜂”都赋予了情感，赋予了生命，读者在读诗的同时，甚至能够感觉到那些生命的舞动。有意思的是，这些舞动，并非随意的恣肆妄为，也不是想怎么样就怎么样的自娱自乐，它们是在作者为它们搭建的舞台上完成了规定动作的。

谁都知道，诗歌是通过意象传达思想的艺术。什么是意象？用理论的语言说，就是客观物象经过创作主体独特的情感活动而创造出来的一种艺术形象。说白了，它是主观的“意”和客观的“象”的结合，是融入诗人思想感情的“物象”，是具有文学意味的具体的形象。也就是说，诗人所描摹的现实，并非生活中人们司空见惯的那个表象的现实，诗中的现实，应该源于斯且高于斯，是经过诗人心灵发酵过的现实。

那么，这首诗的意象是什么？当然是春雨，是“一场等待许久的（春）雨”。诗人运用了拟人的手法，将风儿和云比作一对恋人——是风儿以温暖的手轻抚云的秀发，才催生了一场等待许久且在希望的日子里飘洒的雨。（古今中外，写春雨的诗千千万，有谁有过这样的比喻？）于是，在春光的一阵喊喊喳喳催促和叮嘱之后，便发生了一系列的有关种子、有关叶子和蜜蜂的“故事”。读罢全诗不由得你不去感叹：诗作者是真正在用文学为我们展示一个与众不同的春天！

再看另一首诗——

夏天的日子爱甩脸子
出门带不带雨伞
人们很关心天气预报
满街的花裙子火辣辣地飘
暑假了
到处都是蝴蝶在飞

街头的风景涂抹了胭脂

人们不喜欢一种面孔
公共汽车还是太挤太热
天天都编织多幻的意象

啤酒沫无法溺死酷躁的傍晚
西瓜摊自然比烤肉串景气
雪白的苹果花已经凋谢了
人们在谈论满树果香
（《小城夏日》）

这首诗，作者一开始把力用在了写人上：满街的花裙子火辣辣地飘和到处都有蝴蝶在飞，显然说的都是人——这是诗人在给小城夏日涂抹的一层胭脂般绚丽的底色。紧接着，诗人迅速把目光投向了现实，投向了市井生活（诗人很清楚，生活的底色并非生活本身，而只有市井生活才是最真实的生活），于是“编织出了”一系列现实生活的蒙太奇：太挤太热的公共汽车、啤酒沫无法溺死的酷躁傍晚、比烤肉串景气的西瓜摊……诗人像一位高明的摄影师，把个小城夏日的真实和虚幻、沉郁和飘逸，诗化成了一幅幅美丽且有留白的图画，任人去涂抹，去完善。

……

在我多年的阅读生活中，读过不少庆和老师的诗，我感觉，他总是通过意象去完成自己的文本，而自己则很少站出来说话。他似乎已经习惯了让作品发言。因此，他的诗没有任何教化的痕迹，更听不到因缺少诗意而不得不发出的大呼小叫。

这是一件很不容易的事。虽然诗歌需要激情，但是理性的控制有时则更为重要。

诗歌所表达的特质就是诗人的性格

——读张庆和诗集《灵笛》

那朵

诗歌所表达的特质就是诗人的性格。对于这一点，在读诗人张庆和新近出版的诗集《灵笛》时，就有了更深刻的认识。

《灵笛》这本诗集，分为《祷祝》《灵笛》《苑香》《陌色》四辑。整本集子里没有浮躁的气息，没有怨天载道的诗句，而是溢满了包容的气质，是隐忍，是爱。诗歌短小精悍、干净、温暖。好诗歌真的不需要太长，不需要过多的修饰，自然呈现的诗更能贴近读者的内心。张庆和做到了，他的诗歌因为短小而被认可，因为寓意深刻而被读者记住。

诗集中不乏妙句："是谁把月光斟满心杯/让我在梦中与你同醉""调好的琴弦宽阔无限/每一支心曲都有空间""太阳企图提拔影子/被一片云改变了风景""批量生产的心事/摊在没有辈分的台阶上"……诗集中深刻且富含哲理的句子比比皆是。

诗集中最出彩的要数《灵笛》一辑。充满智慧的诗句，富含哲理，仿佛张庆和是一位判官，绝对是清官，有一双洞穿世事的明眸，能分辨出好与坏，进而清晰地给予定位和概括：形象、生动、准确。

自从
爱的对角线
把你我扯成南北两极
我们
就再也躲不开
被夜雨打湿的那个记忆
春天来了
都相信不会再飘雪花
一切都绿了
我们的心
更绿得出奇
绿是单纯
绿是幼稚
单纯和幼稚
解不开那道方程式题
由此
我们便被复杂感染
彼此复杂成难猜的谜语
（《我们……》）

解读这首诗，带给了我们多么清晰的画面和过程：爱的对角线，很新鲜的一个表述。爱了，才会计较诸多，所以有了对角线，相互才会下雨，夜夜雨打芭蕉，愁肠寸断，反复出现的这个夜雨，成为永恒的记忆。因为爱了，才会相信，春天到了，不飘雪花，暗示永远不会寒冬。两个人都在绿，尤其心，绿得出奇，整个都是春天，万物复苏，遍地新绿。因为爱了，爱情使人沉浸，单一，所以说单纯，幼稚。人生的方程式解不开，所以彼此相互又成为谜语，在猜测中相互折磨。这首诗说出了爱的本质：爱情的方程式多么难解。

再看《情人节》这首：

玫瑰花不吝啬鲜艳
并蹄莲被馨香缭绕
无雨的季节被无语苦恼
凝固的时光倏忽间启动
心情们一个个跌落进网里
由电脑制作成卡通故事
悄悄在大街小巷发行

玫瑰与心情彼此心照不宣，特殊的日子，玫瑰成了主色调，心情随着玫瑰而水涨船高般涸出来，一定是令人欣慰的，令人愉悦的。玫瑰定是情人节里最抢手的礼物，而心情又是个中滋味。一句“跌落进网里”，后又“被制作成卡通故事”，然后在大街小巷“发行”。一个“发行”用得妙趣横生，就是被玫瑰牵引着，散发着醉人的香，是爱情特有的味道。

只要走上街巷
后背
难免要落满
编来织去的各种目光
躲是躲不开的
世俗是一张网

索性把这网当作锦缎
荣耀地披在自己身上
然后响亮地走出
那个范围
潇洒地走向辉煌的夕阳
不用问叶片们是羞辱还是祝福
不计较鸟儿们是诅咒还是歌唱
（《我这样感觉》）

“世俗”这张网极大，可以网住方方面面的东西，可以约束你的种种行为，而诗人是怎样对待这张网的呢？“当作锦缎，荣耀地披在自己身上”，“响亮”地走出那个范围。结尾两句中“不用问”“不计较”，足见诗人的宽容和大度，更是潇洒，一种很好地保护自己的方式。别人伤害你、议论你时，你生闷气，或者大声理论，争吵得面红耳赤，也没有结果，也不见得你能胜出。不如以静制动，不被其所伤，保护好自己。我们常说不要拿别人的错误惩罚自己，就是这样——虽然有阿Q的精神，却不失良策，别人越是让你生气，你越不生气，这才是本事，才是硬道理。

《我是雨滴》中，“我”“不羡慕华丽的圣殿/更不愿和谁比试玲珑”，彰显了诗人低调的处世风格，随遇而安，不浮躁，大智若愚。多少人陷入攀比的旋涡中，苦恼着，这山望着那山高，而忽略了身边温暖的日子，最终得不偿失。

诗歌《史事》：

历史是一根长藤
结满大大小小的果
有甜，有酸
有苦，有涩
有的成为神像的供品
有的被遗弃漫漫荒野
上了供桌的
便同神像被一起跪拜
遗弃荒野的
成熟的种子亦发芽长叶
历史从来都不肯死去
只是，在不同的时季里
葱翠，摇曳

诗人把历史比喻成一根长藤，很形象。历史上的记载就成了藤上结的瓜果，好的、坏的，不一而终，结果也大不相同。有的被供奉，有的被遗弃，但是“历史从来都不会死去”，当被认可的时候就会“葱翠，摇曳”，摇曳多姿。而不被发现和供奉的，依然存在，不管你见与不见，它就在那里。

而诗歌《尾巴“问题”》里则描绘了另外一种人的形象：

鱼摇尾巴
为游得快
狗摇尾巴
能讨人爱
人的尾巴呢
为什么
刚刚停止摇动
就翘了起来

“刚刚停止摇动/就翘了起来”这两句写得犀利，一针见血。读者不难看出，这首短短八句的诗歌，一副奴颜婢膝、两面三刀的奴才样子就被淋漓尽致地描绘出来了。小人不同于君子，一旦得势，就不是他了，开始“翘”尾巴，趾高气扬。诗人是不喜欢这样人品的，因为他骨子里是正直的，所以他的诗歌对于这种人，就有了冷语。

综观整部诗集，有的诗歌写得单纯而剔透，仿佛一个天真的孩子，在自言自语；有的诗歌则写得深刻而含蓄，仿佛一位满头白发、长须冉冉的智者在讲述；而有的诗歌则细腻而多情，仿佛一个女子在轻轻地诉说……

总体来说，通过诗歌，我们看到，诗人是向善的、正直的、诚实的、宽容的，亦是睿智的。所以，他的诗歌是干净的，是充满智慧的。诗歌是诗人的身份证明，是诗人的标签——诗歌流露出的特质是诗人的品格。

诗意的语言，恰切的联想

王恩宇

张庆和到建材系统工作快十年了，他常去曾经陌生的建材行业的工厂，写过不少颇有生活气息的反映工人生活的诗。近几年，他的诗写得更为深沉和富有哲理。在“诗歌专页”上的《倒影与移位》中，作者把对人生的感悟、生活的哲理写得很动人。这一方面是因为这些人生滋味是有典型意义的，作者抓住了那些人们共有的东西加以典型化；另一方面是因为作者并没有干巴巴地说教或“讲理”，而是通过形象化的、诗意的句子和恰切的联想自然流露的。

如：

日子如叶
正从时间的高枝上
枯黄飘落
一片又一片

又如：

往事被风吹得旋转
忧伤且莫蛀空了情感
还肯挎上那只
割过牛草的小篮子吗
去梦中去远山
去捡拾昨日遗落的梦片

我们随着这些优美的诗句步入诗的意境中，怎能不怦然心动！在这种氛围中，作者所传达出的哲思，我们就很自然地“接受”了，这就是表现技巧上的成熟。

此外，像把记忆比作“冥冥中走来的跋涉者”，而且“踮起脚尖/正与发芽的事物比试高矮”，这种比喻形象、新鲜而恰切，也增强了诗的艺术感染力。

矢志要唱香甜的歌

——读张庆和诗集《山野风》

李松涛

在诗歌艺术中，如果真诚与自然受到应有的崇尚，那么，这本由张庆和著、中国华侨出版公司出版的《山野风》引起读者关注便是顺理成章的事情了。

作者经历阅历的丰富决定了诗集的多姿多色。庆和忠实于生活，忠实于感受。他熟悉乡村，熟悉工厂，熟悉军营，熟悉许多领域。然而，作为一个敏思善感的诗人，他更为熟悉的是诗人的心灵世界。由于他对心灵世界里的山山水水及其风吹草动都不陌生，才有了诗集中一些味道醇厚隽永的直面情感的作品。他发现“心是一座伊甸园”（《不要……》），他相信“每一支心曲都有空间”（《预感》）。他专“心”于诗的时候，是他的诗趋于成熟的时候。

很明显，集子中的许多诗作是作者心路历程的彩绘。《野蔷薇》是首咏物抒怀之作，其中几行“宁愿忍受这平庸的匍匐/也不肯去踩别人的头颅/永恒的郊野是永恒的圣殿/任我吟笑/任我歌哭”，我们不妨看作庆和的人生哲学、处世态度的一种表露。

集子中为数不少的精短之作是让人眼睛一亮的。如《小站》：

车站，一阵铃声，
惊落满天星星。
有的挂上枝叶，
有的跌进草丛；
还有两颗呀，
真淘气
——躲进了妻子送别的眼睛……

全诗仅有七行，却巧妙地交代了时间、地点、人物，尾句含泪依依作别的“妻子”一出，满篇皆活，情趣盎然，玲珑剔透。虽短，却收到了短而不小之效。

夕阳和大山刚要接吻
羞煞了天上的云
“不要躲！不要躲”
树梢扯住云的衣裙

暮色里走出两个身影
刚才很远
现在很近

这是一首题为《暮云》的小诗，作者先用重头笔墨浓写了“夕阳”与“大山”的天地之恋，虚拟中，着眼辽阔，用语生动，翩然诗绪突落人间，以寥寥八字，丈量了“倩影”间暮前暮后的距离。以假恋衬真恋，虚实相映，盖得于作者悉心、聪慧的构思。

庆和对诗句苦心锤炼的功夫也是值得称道的，从“满地细碎的黄昏”里，从石上松“站成这簇风景/在人前出售美丽”中，从“沉默中才孕育巍峨的希冀”上，我们不难注意到作者对语言的精细的研究。从某种意义上可以说，诗歌艺术始于语言又终于语言。语言不过关的人永远不会出类拔萃。

《山野风》是一本题材上刚柔结合、软硬相济的集子，既有悄声细语娓娓道来的《孤独》《关于情绪》《心曲》《说梦》等，又有壮曲悲歌的豪唱，如《纪念碑》《卢沟桥，你听我诉说》等。一些题目则让人感到忧患的冷峻，题材与调式的多样化，有意无意地形成了一种反差，这种对比的佳妙处在于令阅读中的神情不致疲倦。《我是雨滴》自白式的倾诉、《致友》对话式的恳谈、《我不要》祈祷式的独语、《索链》叙事式的勾勒、《异乡的黎明》散曲式的描画，读起来都别具风格，迥异的手法体现了作者多方位图新的追求。

以集子中的高作为基准，细细品来，会发现尚有三五缺乏含量的匆忙之作。在此，似乎有必要道出我的一种遗憾，集题委实概括不了集中五彩斑斓的内容。不错，确有禾味果味的“风”来自“山野”，但通册览下，更多的是灵魂之风裹挟起的感情潮动和思想震颤。

读者可以把五行小诗《葡萄藤》看成是作者对于人生乃至艺术的宣言：

葡萄藤苦苦探索，
那青涩的果串，
是它留在路上的脚窝。
它理解那些期待的眼睛，
才矢志要唱香甜的歌……

具有许多优势可以发挥的庆和，是可寄厚望的。在日后诗艺的长旅中，他绝不会愧对四面八方众多读者及师长、朋友的期待。

——我之所以说得如此肯定，是因为有《山野风》为证！

1990年3月 于沈阳

守候内心的净土

——读张庆和儿童诗有感

王美英

对于诗歌，我向来是凭感觉来读来写，并不讲究章法和技巧，也就是说从不按规则出牌。对于张庆和老师的这几首儿童诗歌，给我的第一印象就是特别干净，很纯粹的那种干净，就仿佛在喧嚣的都市突然遇到了一片淡雅的小花，静静地开在那里，让人惊讶于它的另一个天地，仿佛内心里的一片净土，不容侵犯，更不容小觑。

《一条小鱼》是这几首童诗中最出彩的一首，鱼儿本身就是快乐的，无忧无虑的，而“戴一顶山花小帽”的鱼儿更是顽皮和开心的，何等的可爱呀！一个“搂”字那么贴切，仿佛一个三四岁的孩子搂着心爱的小玩具熊，轻轻拍着，让她睡觉的画面一下子就跳到我的面前，这是多么温馨的感觉。“把山溪扯成了长长的电线/它想要大山大海通个电话/聊一聊/春暖花开的心情”，把喜悦传递出来，让大山大海与它一起分享，欢乐的气息始终贯穿整首诗歌。这首小诗很漂亮，就在于把小鱼的心情拟人化，活灵活现地表现出来，不仅是我们成人喜欢，正在牙牙学语的儿童也一定非常喜欢，再用他们童稚的声音读出来、唱出来也一定非常好听。

好的诗歌是能够激发儿童的想象力的，在培养他们良好的心灵方面也是不可或缺的。张庆和老师的这几首儿童诗歌所反映的内容及展开的想象恰恰具有这种作用。《雨点荡进彩虹桥》这首童诗充满了童趣，让我们成人也童心萌动，仿佛一下子回到了童年，心情无比愉悦。张老师能够捕捉到儿童的心理，把他们内心丰富的世界用童诗展现出来，儿童的世界多么美啊，小雨点眨眼睛、翻跟头、笑哈哈，想象力具有神奇的力量，儿童的世界因为有了想象力，才会变得更加丰富多彩。

在《我的果树》这首儿童诗中，“拂绿”“润红”“注满”等动词的恰当运用让童诗充满了童话感，冬天就是一位老爷爷，雪花就是他白色的胡须，在风中飞舞、飘荡，仿佛是在圣诞节，冬天就是那个白胡子的圣诞老人，会悄悄地为小朋友们带来圣诞礼物，一个童话世界展现在我们面前。

童心总是那么干净，一个经历了太多的世间百态的人能够重新以孩童的眼光打量这个世界，这样从纷争中撤离，皈依童心，是最好的选择，就像《我的心愿》这首小诗所写的：“冬来了/树上的叶子哪去了/跳舞的蝴蝶哪去了/唱歌的蜜蜂哪去了/我想念它们了/呦它们飞进我梦乡了/它们落在我心头了/因为它们也怕冷呀/到这里取暖来了”。冬天来的时候，愿叶子、蝴蝶、蜜蜂落在心头，飞入梦中来取暖，而这里——这童心荡漾的世界是多么温暖，多么干净的所在。儿童世界的美好需要如张庆和老师一样的诗人去发现和捕捉，并述诸笔端，让更多的孩子来读，来分享，让她们的童年插上了想象的翅膀，尽情地飞翔。

其实在成人的心中，无论是怎样的处境，内心都有一片净土，童年就是我们的净土中长出的干净花朵，无论何时都不会凋落。

佛家说人生三重境界：“看山是山，看水是水；看山不是山，看水不是水；看山还是山，看水还是水。”这个三重境界恰恰就说人的变化，从孩提时代到中年的混沌阶段，最后再回归孩童（老年）时期，如今写童诗的张庆和老师就是回归宁静的生活，以一颗善良的心去发现童真、去谱写童趣诗歌的阶段，也就是“看山是山，看水是水”的境界。对于大多数和他年龄相仿的人来说，还在混沌中挣扎，被生活无情地擦伤，而张庆和却是活得很明白的人，知道什么是需要向外抛弃的，什么是向内追求的，张庆和老师的这片净土是强大的，如今他有更多的时间来侍弄这片净土，让这片干净的天地更加澄澈，以飨众多的孩童。

童心在清澈里跳动

——漫议张庆和的儿歌《娃娃成长歌谣》

刘辉

曾经受一家报社之邀经常要写些文艺评论，便神交了张庆和先生。读过他清新优美的诗歌，也看过他入选中考语文试卷和中小学生语文阅读教材的散文，对此我曾暗自赞叹。一次会议上，张庆和先生的座位就在我身边，我们彼此相识了。

庆和先生一直很勤奋，人虽退休，笔却未歇，写作从未中断，时常有诗文见诸报刊，儿歌集《娃娃成长歌谣》（线装书局，2015年版）就是他缘于看护其外孙团团而生成的一部适于婴幼儿、少儿成长的文学专著。翻看“歌谣”，其童心童趣，跃然纸上，颇有咀嚼品味的现实意义。

团团和当今所有出生的宝宝一样，是幸福的、快乐的。从摇篮曲到牙牙学语，再到梦幻如云的自我世界，一路上有亲人、家人孜孜不倦地陪伴、呵护，从最简单的色彩分辨到横平竖直，再到心底之梦的构画，亲人们一直是不厌其烦地身教与引导。孙儿团团有幸：作为一家人的代表，作为诗人、作家的姥爷——张庆和，在看护他的日子里，不仅是其成长过程的见证者与体验者，同时孙儿的一言一行，也催发助推了他这个作家姥爷的快乐思维空间：灵感伴着孩子的举止歌唱，童谣在心灵深处孕育。就这样，一部凝结了长辈人“爱心、童心、诗心”的儿歌集《娃娃成长歌谣》分娩问世了。联想到张庆和先生的退休生活，综览《娃娃成长歌谣》，该儿歌集堪为长辈与晚辈共同完成的一部作品，也是献给广大成长中的孩子们的一份礼物。所以，当我们把《娃娃成长歌谣》放在一个更加宽阔的阅读空间进行考量时，无论从文本所具有的元素还是作者的创作意图看，其“歌谣”的存在价值就远远地超出了一人一事、一家一户的狭小地带，具备一定的普惠意义，有理由成为众多孩子共同拥有的儿歌集。

《娃娃成长歌谣》共分三个部分，有妈妈唱给婴幼儿的《摇篮曲》，有宝宝四五岁“讨人嫌”的《学步谣》，也有跨入少儿期的孩子似懂非懂、对眼前世界充满好奇和向往的《梦飞翔》，每一部分有每一部分的阅读中心，从中亦见编辑的良苦用心。

《摇篮曲》，摇出了孩子最初对真善美的启迪

《摇篮曲》收入31首儿歌，从伴随着宝宝不谙人事的哭，慢哄着那不通事理的闹，启蒙着不易察觉的智，紧跟着咧嘴初绽的笑，每一首歌谣，渐进式地柔缓地记录了张庆和与孙儿“心有灵犀一点通”的语言交流。

一种焦灼的期盼。《宝宝不哭》，婴儿成长凝聚了所有长辈的厚爱与关切。每一声啼哭，牵引着流动的目光；每一声啼哭，诱发着长辈人的遐想；每一声啼哭，催熟了父母所有的期待。渴了、饿了、困了、疼了，所有感觉都用“哭”的形式替代。宝宝之哭，是一部生命成长的交响曲。“宝宝快点说话吧/有话好向妈妈倾诉”。别以为姥爷异想天开地想的是拔苗助长，实质上注入的是一种情绪，一种盼着宝宝健康成长的期待。做长辈的，都是如此：暗自呼唤的心声。

一种沉着的应对。《宝宝发烧了》，发烧是婴儿成长中一个很自然的常态，如果大人表现得惊慌不已而不知所措，实为一种笨拙行为。心里焦急，固然理解；坐卧不宁，理所应当。——相承于一脉的血缘之情，牵动所有相关人的心。怎么办？“快去医院把病瞧/是吃药是打针/听从医嘱很重要”。及时就医别耽误，没准儿是大事一桩呢。很朴素的语言，传达了遇事从容的道理。

一首《宝宝含手指》太有意思了！意象的表达在这里非常充分而具有可想见的意境，这就是诗人的功底所在。“小小手指是探测仪器/宝宝总爱含在嘴里/是在探天是在测地/探测世界的本来样子”——这就是团团小时候的样子，同样诗人也勾画出所有婴儿必然经过的趣味。与世界相联系、与科学探测相接轨、与未来创造相构思，庆和想得很深远，很有个性特点。

再指出一首《我的妈妈》（该儿歌已由我国著名作曲家赵仁吉先生谱曲），孝道的传承起始于潜移默化的人之初阶段。由浅入深，循循诱导，尊敬长辈从小做起。家庭老师的婴儿教育如此，学校老师的德育课堂也是如此。诗中亲情很有暖意。“我的妈妈像朵花/我是蜜蜂依恋她/妈妈爱心甜如蜜/妈妈爱里我长大”。恰如其分的比喻，点明了紧密地不可分割的血肉之情。花朵——蜜蜂，以及妈妈是“山水画”，婴儿是“画中一小芽”，情真意切地表达了诗人的深入骨髓的炙热情感。诗的后半部，“妈妈心血像雨露/雨露滋润我开花”，更深层次地展现了倾诉了大爱无疆。读到此处，我更愿意联想：庆和是一位孝子，孝敬父母，是他们的养育之恩，庆和得以成才；庆和的言传身教之举，亦会移惠团团。

《学步谣》，适度地引发孩子对世界形态的感性认知与兴趣构画

《学步谣》的28首童诗，留下了孩子一串串摇摇摆摆、一天天成长的脚印，诗人也“趁机”施展了在诗作方面的才华。

《晨露》中，他想到了星星的泪水；《灯与星》的观察日志里，他互换了乡下与城里孩子们的小小不同。“乡下孩子爱看城里的灯”，“城里孩子爱看乡下的星”，看似无意，我倒觉得是诗人最初的生活体验。现代化城市与贫穷乡村之间，晴朗与霾尘之间，隐隐的文明解释的距离，钩织并参与了不同童年的梦境。

《海滩上，熟睡着一只海螺》，老人与孩子——一幅绝美而感人的画面。海潮走了，小海螺被遗弃了，海滩上有一片大大小小的海螺。“此刻/它睡意正酣”。歌谣在这里传达的信息很明朗：要爱护自然，保护生命。爱心为上，突出了庆和的仁善慈爱之心。

启发孩子从小养成爱劳动的习惯。《今天我值日》中，一定是姥爷示范，孙儿紧跟。“查卫生讲规矩/大家都来守秩序”，摆整齐了桌子椅子，搞好值日卫生，从小养成好的规矩。从小不姑息懈怠，长大了才能有鸿大的志向。

《滑滑梯》，要好好排队；《打雪仗》，不惧怕寒冷；《爱看书的小娃娃》，诱导孩子坐得住、看得下。关心小动物之间的友谊，把自己融入动物集体之中。《我爱那朵花》，讲述爱护公共财产和爱护小生命的道理："不要摸不能摸/花朵会生气的"，"花朵是大家的/把她装在心里吧"。不能不说，庆和在此处的用心之良苦。

每到旅游季节花开烂漫之时，总有一些家长把孩子抱上枝杈、穿入花丛，肆意摘花、踩花、虐花的行为比比皆是。儿童的心灵是一张白纸，长辈的言行都在自己孩子的模仿复制中。我揣摩，庆和此诗的创作肯定与批评这些陋习有关。

庆和在创作这些歌谣的时候，不仅仅只是叫团团耳听，不仅仅只是教团团而做，这里彰显着的是诗人的一种责无旁贷的社会责任和对真善美行为的心声呼唤。热爱生物、爱护自然、净化环境，就是救赎自己，就是为后代起一个好的示范。

《我的朋友》，依旧如法炮制。小朋友很情愿把身边的小宠物玩具、小宠物活体当作知心朋友。当家长的必须会观察或者去培养孩子"人之初、性本善"的爱心，亦从身边的爱猫、爱狗、爱鸟、爱鱼做起。观察它们的习惯，体会它们各具特点的玩、叫、睡、闹。

细心地观察与引导。把孙儿对自然的依恋与认同，逐渐演变为似真似幻、似像似不像、似同似不同的画境中——庆和一直很认真、很执着、很享用这种由浅入深、全神贯注的成就感。换一个角度看团团的绘画作品（《娃娃成长歌谣》所有配图皆由不到5岁半的团团完成）：一幅幅充满幻觉、充满灵性、洋溢童心的绘画，正是诗人日常铺洒的心血滋润。

《梦飞翔》，用童话世界的梦想滋养孩子快乐成长

童年种植的梦，能为未来的远大理想助力。幼年与童年阶段的启蒙（注意：是启蒙，不是灌输）教育尤为重要：此道理事关重大，事关孩子的一生路途，须臾不可忽视半分。

庆和当姥爷称职，很细腻地安排好了孙儿的衣食起居；很适度地引导了孙儿绘画的日新月异；很巧妙地用诗歌植入了幼儿启蒙教育；很健康地策划了团团几个阶段的梦飞进程。

《梦飞翔》含有32首具有启迪意义的童谣。从这些童诗的内涵来看，辅助孙辈成长是一个渐次提升的人文工程，既要“唱高山唱平地”又要“唱梦想唱意志”。春天到了，《春雨滴滴》，该垄地了，该播种了，该换装了，该变样了，作为儿童也该有成长的紧迫感啦！

《大海醒了》船舶扬起了前行的风帆，“鱼儿醒了”“浪花醒了”“渔岛醒了”……最后落脚点：“这里的一切都醒了/我问自己/该怎么办”。任何事情都要从娃娃抓起，好像是现在很流行的语言。其实，成功的幼儿教育理当如此。先行一步的孩子，总能争取到登顶的绝佳机会。

在庆和创作的《十二生肖歌》组诗里，诗人聚集了想象思维的力量，把所有生灵拟人化、趣味化——鼠的灵动、牛的勤劳、兔的敏捷、马的奋蹄等，都糅进了诗人自由飞翼的空间，儿童从跳跃的诗行里亦可寻找到相像的自己。

《我的小路》：有对路途风景的描述，有对季节色泽的分辨，更重要的是庆和如细雨般地滋润孩子，去珍惜眼下的每一个步履。“小路发育成堤坝”，“小雨集结成小湖”，随着季节变换，一切都在岁

月的怀抱里成长！

复兴中华，是我们中华民族每一个成员共同的梦想。未来的中国，是现在童幼时段努力追逐的金色之梦；今天的孩童，是未来中国大厦的栋梁之材。肩负对童幼的启蒙教育，是家庭责任也是国家责任。“春雨无声润心田”，点点滴滴，积铢累寸；谆谆诱导，步步为营，《娃娃成长歌谣》是一个很好的样板。

轻松快乐、朗朗上口；说说笑笑、脱口而出；天马行空、无拘无束。张庆和先生的《娃娃成长歌谣》做到了，而且做得到位。

姥爷作诗，孙儿绘画；童谣有画，童画无羁；相互呼应，相得益彰。一本《娃娃成长歌谣》，似乎开创了一种爷孙共同出书的奇迹。至少，是我这样认为。

出版一本记载着自己很童稚的画册，即便这不是孩子主动思维的表示，但我会由衷地相信：此书出版发行为团团今后的成长健康与成长自信，铺垫了最实在、最充实、最厚重的基石。庆和兄此举的新颖，想必也会引来效仿之风。换个角度想想，老年人能用良好的教育方式温润于自己的血缘后代，正是一种天赐之福、修行之道。

寂寞被忙碌所取代，无聊被有趣所填补，无为被作为所替换——让童趣同时也清澈地沁入老年人的心底，把与孙辈的智力互动当作一种别致的游戏，张庆和先生闲暇之余为我们带来意外惊喜。

文字跳舞的声音

——读张庆和诗集《灵笛》

祝雪侠

读张庆和先生的诗歌，有如打开了一道春天的闸门，仿佛使人感受到文字跳舞的声音。他的诗歌，亲情也好，抒情也好，写落叶和黄昏也好，总是用美的一面展现一个风景如画的春天，充满了真善美的礼赞!

在张庆和先生的《灵笛》这本诗集中，我仿佛读到了一个美丽如画的女子，在诗人的人生路上驻留，但很短暂。“怕它闯祸/怕它受伤/更怕它/被无情的冷风吹弯了脊梁/所以才把它锁进密室/任它孤独地狂舞疯唱”（《那一句话》）。这个美丽的女子是诗人眼里的一道风景线，但却因为种种原因，诗人没有把自己的浪漫放出笼子，而是选择了将其埋藏心底，“任它孤独地狂舞疯唱”。“黎明/再接受一次恳求吧/留一片夜的角落/藏我美丽的梦”，《美丽的梦》一诗，堪称诗人在内心深处“狂舞疯唱”的另一个注脚。落叶是黄昏，但却如此美丽迷人！那个如仙女般下凡的女子，或许曾经是诗人一段创作的激情和动力，它没能开花结果，却留下了一段珍贵而美好的记忆。那是诗人年轻时的一个梦，一个醒来就该忘记却永远无法忘记的梦，“从此我的梦/便耸起这样一道风景/一个忧伤的灵魂/四处漂泊”（《风说，雨说》）。每个人都有自己生命绽放最美的时刻，诗人的境界和思绪在为这个社会传递着正能量，这诗歌仿若一坛陈年老酒，甘甜醇香美丽芬芳，“临别/我送你两串晶莹的泪珠”（《我们的事》）。

张庆和先生的诗歌短小精悍，富有哲理。“风拧干云彩的时候/影子是否发现自己/脖子上那串闪亮的金属/其实不是项链”（《欲望》）；“是谁把月光斟满心杯/让我在梦中与你同醉”（《月圆的时候》）。读这样的诗句，一种意境美和现实美的结合，一种莫名的心绪会情不自禁地撞击自己，心灵会受到震撼。以《精短诗萃》《家事》《春事》《秋天的颜色》《秋意》《胡同五重奏》《十里小长亭》为代表的组诗，如春天里一株株摇曳绿意的小草，如秋天里悬挂枝头的硕果，把读者带入了生机盎然的春天、陌色千千的秋天。春天是一幅画，秋天是一首歌。不论春夏秋冬，只要走进张庆和的诗意世界，春的艳丽就会在此为你绽放，秋的果实就会在此为你馨香。这就是诗人心中那泓清泉清澈地流淌，让看到的人也能得到心灵的洗涤，浑身清爽透着清凉！

诗人的亲情诗歌，更是表达了在那个时候的自己，对家庭对亲人每次离别的亲情难以割舍和自己内心的情怀！青山流水，春回大地。当你有一颗发现美的眼睛，用它去修复心灵的忧伤，看见的将是人生的万丈光芒！诗人的想象力是如此丰富，一件平凡的小事情，在他的笔下衍化成了妙趣横生的线索，我们沿着这条线索挖掘开采，就会发现意外的惊喜和奇迹！诗歌表达的就是一种激情，一份向往！仿佛一粒种子埋在地下，回眸间，发现它已经长出了新芽！

诗人已经出版了多本诗歌集，我第一次有幸阅读，一种表达的欲望便催促我形成这段文字。我想无数的读者也会被这样的磁力锁定！看到这样的诗歌让人意犹未尽，这是诗歌的伟大之处，这是诗人心灵那扇窗子通向的曙光和温馨的人生向往！能有幸和诗人结缘作为朋友，能读到诗人诗歌里的风花雪月绽放，能透过文字的声音听到诗人心灵深处最美的歌唱，也的确是一种缘分！

“我在祷祝中念你的名字/每一声都是划响的火种/点燃谁其实并无紧要/冥冥中只要你在呼唤”（《祷祝》）。让我们为诗人的激情人生和美丽境界而击掌，让我们为诗人心灵深处的呐喊而呼唤，呼唤在这个春天里我们相聚在诗人诗歌的文字里，用它搭建起人生最美的桥梁，通向彼此心灵深处最美的地方。让爱永恒，让诗歌温暖人心，让舞动的文字，发出圣洁美丽的声音——再一次郑重相约：“让我们/就这样守望成雕像吧/甚至千年万年”（《守望》）。

洗濯心灵的笛音

——读诗人张庆和诗集《灵笛》

尘缘

记得早些年前，就在女儿的一本儿童读物上读到过山东老乡张庆和老师的儿童诗《娃娃·西瓜》：“大山像个娃娃/落日像个西瓜/娃娃捧着西瓜/啃呀/啃呀/西瓜被啃成了月牙”。一首好的童诗，就像在孩子心中播下的一颗种子，悄然影响着他们的语言和思维。张庆和老师用自己一颗金子般的童心，像孩子一样在捕捉生活中的真善美，用充满童稚、童趣的语言，把孩子眼里的山中日落景象描写得惟妙惟肖。正是从那时起，张庆和老师的诗作就给我留下了深刻印象。

前些天，经一位作家朋友推荐，有幸拜读了张庆和老师的诗集《灵笛》。从开始捧读的那一刻起就爱不释手，心就顿时被书中那些纯净、质朴而又不失清新、灵动的诗句紧紧抓住，大有相见恨晚之意。

“不用播种/不必水浇/其实/诗人不过是一棵草/是生是灭/是枯是荣/全凭自己的那点灵性”，在这首《其实，诗人不过是一棵草》的开头，诗人张庆和就为自己的诗作制定了一个基调，那就是一定要有灵性。因为具有丰富沉淀与积累的诗人深知，唯有具有灵性的文字，才会像蓬勃的春草那样富有生命力。

心有灵性诗自华，诗集《灵笛》中的诗歌意象灵秀、新颖，笔法灵动，构思灵巧，散发着源于生活而又超然于生活的唯美艺术气息。诸如，“是谁把月光斟满心杯/让我在梦中与你同醉”“自从/爱的对角线/把你我扯成南北两极/我们/就再也躲不开/被夜雨打湿的那个记忆”“小鹿小兔不住一个小屋/只好天南地北遥遥祝福/偶尔还能去梦里见见/梦里的影子模模糊糊”“此去/相信有一朵云彩/会伸出祥和的手/抚摸你的旅程”等美妙诗句，无一不透出一种唯美灵动的艺术意境。

在描写理想中唯美诗意世界的同时，张庆和老师亦不忘关注现实世界里的真山真水、真人真事、真情真义。“一幅悬挂的标语/一串凝固的思绪/像屈原在指问苍天/似众丘竖起的拇指/是青笋与流霞攀顾”“毫不客气的风/把千万条雨丝/拧成一根亮亮的绳/绳/牵着阳光/拽出彩虹/系着点点红星”“笑/犹如随手摇晃的铃铛/歌/像潺潺小溪不停地流淌/蹦蹦跳跳/吵吵嚷嚷/在车间/在食堂/在一个个偏僻幽静的梦乡”“妻子很漂亮呢/当初有很多男孩追她/直追得气喘吁吁/汗水淋淋/可小子们谁也没有追上/她一扭身却撞上了我”。诗人用清新质朴、风趣幽默的语言，富有诗意的笔调，将自然、社会、情感中的真善美呈现在笔端，使其笔下的诗歌具有强烈的现实感和时代气息，更容易为如我一样的普通读者、爱诗者所认同、接受。

人类的成长许多时候是从克服黑暗的恐惧开始迈出第一步的。“追寻光明首先就要触摸黑暗/走进生命抑或走进日子/寂夜是一座孕育的子宫”。只寥寥数语，诗人便与尼采站在了同一个人性的高度，以哲人的眼光和诗人简洁精练的语言向人们揭示了一个深刻哲理，那就是越想活在光明之中，对阴暗面就越要了解，就越要明白自己的心到底想要什么，只有勇于探索与面对内心阴暗面的人，才是真正内心强大的人。

曾经作为编辑和记者的张庆和老师，无可避免地会接触到形形色色的人和事，耳闻目睹到现实社会中的诸多怪相，可贵的忧患意识使富有强烈责任感的他决定拿起手中的笔，将心中的忧虑和正义冶炼成诗句，于是《欲望》《“问题”诗》等诗作便应运而生：“只是/不知道/风拧干云彩的时候/影子是否发现/自己/脖子上那串闪亮的金属/其实/不是项链”“鱼摇尾巴/为游得快/狗摇尾巴/能讨人爱/人的尾巴呢/为什么/刚刚停止摇动/就翘了起来”“还有一种人/不论有官位/还是没官位/却愿意趴着或爬着”，这些诗句入木三分、发人深省，无情地讽刺和鞭挞了种种社会怪相。

“你没能走入我的生活/却走进了我的生命”。或许，在这首《你曾经走进我的生命》里，张庆和是在怀想一位曾经走进生命的故人，抑或是在回忆一段往事。“那是一棵记忆的树/有风的日子/摇晃梦/有雨的日子/悬挂星”，虽然时光远去，但那段美好的记忆却时常踏梦而来，回想起当初那种“太阳企图提拔影子/被一片云改变了风景”的无奈，诗人非但没有期期艾艾的抱怨和长吁短叹的感伤，反而心生一种“不必祷告什么了/心/已经望见黎明”的超然与洒脱。全诗语言凝练，虽寥寥数语，但却给人以巨大的心理震撼。

遇到一个可以走进自己生命的人是一场欢喜，妥帖安置这样一份美好却是一种慈悲和善良。让这份美好经历在渐行渐远的时光里，填补着生命的空白，在洁净的角落里临水照花，心生安暖。诗人让这份相遇如花至半开、酒饮微醺，永远地安放在了最美好的地方，读来足以让人找寻到一种灵魂的皈依。

如果说诗集《灵笛》是一曲感人肺腑的心灵笛音，那收录其中的每一首小诗，就是一个个动人的乐句，或悠扬一个个诗意的音符，用自己对生活炽热的情感，挥洒成一曲动人心魄、洗濯灵魂的心灵笛音，给人遐思与启迪。

《礼记·乐记》载："笛者，涤也。可以涤荡邪气，出扬正声。""涤除邪秽、纳之雅正"，笛音自古就被古人赋予了治国安邦、立品行修的意愿，散发着抚慰灵魂的慈悲，一曲好的笛音，可以给人心灵宁静的滋润，使人蓄积满满的正能量。"让喜悦有个着落/给沉思找把梯子/使忧愤有个回声/为悲伤找条出路"。读过《灵笛》，我觉得张庆和老师的诗歌就像一曲"剪云梦之霜筠，法龙吟之异韵"雅正笛音，具有这样一种"滋润良知，洗洗心性"的神奇力量和神圣使命感。

"天医玉笛暗飞声，散入春风满心灵。"诗集《灵笛》品读完了，可张庆和老师用灵性的文字谱就的这曲隽永的心灵笛音，却如松涛阵阵、万壑风生，久久回荡在脑海，滋润心田。

小草的情怀

——读张庆和的诗《其实，诗人不过是一棵草》

赵捷

不用播种
不必水浇
其实，诗人不过是一棵草
是生是灭
是枯是荣
全凭自己的那点灵性

这是诗人张庆和发表在《诗刊》2005年第8期上的一首小诗。就是这首不起眼的小诗，却意外得像春天撒下的种子，在众多读者的心中产生了反响。光是网络上，就有不少网站和博客转帖了该诗。就连我国台湾的“小蜜蜂童诗园地”也摘转了它。不少读者、网友还写下了读此诗的感受，而且受到台湾著名诗人向明先生的称道。一首短诗，究竟以什么魅力吸引了众多的眼球呢。笔者细读之后，果然感慨多多。

这首小诗并没有什么华美的语言，诗人的语句是质朴的，不饰雕琢，但却透着一股灵气，一股浓浓的抒情味道。这首小诗道出了一个诗人对自身的清醒认识和谦逊质朴的精神情怀。自古至今，诗人大都戴着一顶光环生活，尤其是唐诗宋词以来，诗的炫目的桂冠常令人眼红心热，很多文人只要能诌几句诗，便会自诩为诗人。做一个诗人，特别是能够做一个流芳千古的大诗人，更是很多人梦寐以求的。自近代以来，尤其是五四运动以来，诗人呐喊的声响，常随着一个民族的崛起而振奋，这就更使诗人为自己振臂一呼的风采而颇感自豪。这些年，随着商品经济的发展，诗人的地位显然不同以往了，不再显得那么尊贵了。但国际上，诺贝尔奖桂冠的光环，仍然能给诗人一种飘飘然的优越感。总之，诗人是喜欢陶醉在光环下生活的自慰者，他可能对金钱缺乏太多的追逐的兴趣，可对于能让自己妄自尊大的桂冠绝对是非常在意的，是斤斤计较的。很多诗人在写诗中，常爱用伟大、宇宙、千里、万里、雷霆电闪狂飙等词句，以显示自己不凡的志向，拔高自己生存的高度，这恐怕已成了不少诗人的通病。

也正因为此，当笔者无意中读到张庆和的这首小诗时，便悠然感到了一种令人欣慰的亲切感，一种与大众息息相通的草根情节。这正像一位网友所说："他不把诗人当成一种高尚得不得了的一顶桂冠看待，也不自卑地把诗人看成要饭吃的乞丐。他只是一个会用笔说话的人罢了。"

诗人的主旨非常明确，他一下子就把诗人从一种高位上拉了下来，为他还原出一种平民本色，正像诗的题目——《其实，诗人不过是一棵草》。正是这样一棵草，"不管生在田园/还是长在荒郊/吮吸他人丢失的空气/咀嚼剩余的阳光味道/总是在少有人迹的地方碧绿/用生命的巅峰舞蹈/以卑贱和低微酿制心曲/悄悄地唱给远方的路标”。

虽然，诗人把自己看成一棵小草，但这棵小草经风沐雨，冬枯春荣，周而复始，已绿遍天涯，构筑成一处风光旖旎的风景。它无时不在诱惑着人们，吸引着人们的目光。小草是谦卑的，因此它更具有一种团体的精神。尤其是在春天到来的季节里，那满山遍野的小草，以它们旺盛的生命力，蓬勃于天地之间。小草一律穿着一件绿色的衣裙，迎风摇曳，化成了一曲优美的合唱。而诗人便以这种小草的襟怀，厕身于这绿色的群体中。自由地舒展着、欢笑着、歌唱着。

诗人把自己看成一棵小草，也是在为自己定位。不一定非要做一棵高大的乔木，撑起一片绿荫，也不一定非要成为一棵果树，去营造累累的果实。做乔木，往往会为了自己占有较大的位置，而去与周围别的树木争夺阳光、泥土和空气。而执意去做一棵果树，又会为孜孜以求营造太多的果实，而耗尽一生的精力和心血，从而使生命失去了潇洒和空灵的意趣。

在诗人看来，能够做一棵小草已经是造物主的最佳赐予了。因为它随时都能因感受到天地的乐而乐，悲而悲；其兴也蓬勃，其衰也潇洒；虽不被人重视也能自娱自乐；即使被人夸耀，也依旧是谦逊地一笑；即使受到命运不公正的待遇，也能坦然处之，为一身的绿色而无怨无悔。正如诗人在诗中写的：“踏上草坪的/便被受用/遗弃路边的/是自由生命/想踩的就由他去踩吧/想烧的就由他去烧吧/应天而来/顺时而去/谁在乎风雨抽打/和铲刀的血腥//这就是诗人/这就是小草/不管生在田园/还是长在荒郊/吮吸他人丢失的空气/咀嚼剩余的阳光味道”。在这里，诗人又为小草展示的是一副更豪迈的襟怀和永不向厄运臣服的傲骨。

小草虽小，而它的生命和人格是富有尊严的。火烧、雨打、血腥铲刀的砍杀，都不会使小草低下高贵的头颅。即使冬日肃杀的霜雪，将它尘埋在冻土的深处，它也会以其不死的根芽，孕育那一份生命的绿色。在这里，诗人将自身的命运和小草紧紧地融合到一起，就是希望诗人能够以草的坚强和勇敢，张开绿色的手臂，去拥抱大地的爱，去拥抱春天的呼唤。

小草的生命是顽强的，它“总是在少有人迹的地方碧绿”，几乎随处都能存在，哪怕是“吮吸他人丢失的空气/咀嚼剩余的阳光味道”，小草也并不在意；为了迎接春天的到来，它可以忍受一时的屈辱，而找到永恒的笑声；“以卑贱和低微酿制心曲/悄悄地唱给远方的路标”，而在这种谦卑之中，它敢做一名陪衬的角色，而去装点身边的万紫千红，去向着美好的未来歌唱。

诗人希望诗人们做一棵草，也应该成为一棵草，因为只有当诗人把自己当成一棵草时，才会以一种更广阔的胸襟，一种更旷达的情怀，一种更顽强的意志，一种更谦逊的态度，面对生活，走向大众，紧紧地与民众融合在一起，倾心一派春色，永远“用生命的巅峰舞蹈”。正如一位网友所言：“它具有的是励人向上的品性，却无使人颓废的元素。”

是的，“这就是诗人，这就是小草”。它们以旺盛的生命力顽强地生长，努力地芳翠，把自己满腔的挚情，默默地献给了大地，献给了人间。

心有灵笛诗自成

邢海珍

一册《灵笛》翻开，让我眼前一亮，读来心旷神怡，就像坐在亲切的暖风中，享受着鸟语花香，陶醉着春光明媚。与诗人张庆和虽谋面不多，但读过他许多诗，他的许多精短的诗篇创造出了清新而美妙的情境，常常让我流连其中。

在诗意的创造中，不同的诗人所显现的风格特色不同，就像百花园中不同的花朵各有姿态，形成了五彩斑斓的互补之势。张庆和的诗不是那种雍容华贵的气度，不是那种幽谧玄奥的境界，他追求的是轻盈和俏丽，让风中的“灵笛”发出天籁般的袅袅之声。时光岁月在诗人的笔下凝结成情感的晶体，寄托于大自然的万千物象之中，人性和人情的内蕴便如细雨和露珠不断地从文字中间滚动下来。我说张庆和作为诗者，是一位心有“灵笛”的人，他的生命是被这美妙的乐音唤醒的，他把人生铺成一条诗意之路，飞鸟的歌唱、山泉的奏鸣以及晨风的流韵都活跃在他的文字之中。

诗人艾青说过：“诗的情感的真挚是诗人对于读者的尊敬与信

任。诗人当他把自己隐秘在胸中的悲喜向外倾诉的时候，他只是努力以自己的忠实来换取读者的忠实。”面对读者，诗人必须从心性出发，把内心最真挚的情感表现出来，敞开灵魂的大门，搭建一座通向读者的“忠实”的桥梁。张庆和的诗是对人间大爱的真诚抒写，是从自我的切身体验和感受开始，对于生命和哲思的叩问。从表面看，他的诗格局和体制不大，但诗人的襟怀开阔，能在尺幅之内驰骋无边无际的想象。题为《锁链》的诗可以称为“小诗”，诗人在构思中抓住一个点，让一个与爱情有关的小镜头闪动着独异的光彩：

新月弯弯
柳帘羞面
湖边
你手指绞弄柳叶
“我们……”
话刚露头
又被樱唇咬断
踏踏踏……
你甩个背影
拉长我的视线

从此你身上
就总缠着
用我的目光铸成的锁链

诗人只是轻轻几笔的点染，便把清新和谐的自然之景与含蓄真切的人间之情水乳般地交融在一起，如一幅淡雅纯净的水墨画，把复杂的内心世界用极为单纯的方式准确而生动地表现出来。“新月弯弯/柳帘羞面”可说是起笔不凡，以拟人化的景致为人情的表现做出了简洁而有特色的衬托和铺垫。接下来是人物的行为动作，以外写内的手法形象地表现出爱情心理的动态效果。相爱的人内心羞涩，是欲言又止，“绞弄柳叶”的手不知如何是好，叙写简省而又鲜活，真是呼之欲出。尤其让人叫绝的是“话刚露头/又被樱唇咬断”，诗意充沛，境界全出，恰切而又美妙。最后，诗人扣住题目，目光成了爱的“锁链”，圆满地完成了起承转合的过程。这样一首小诗，以很少的文字量做到了首尾圆和，使诗意成为一个美的整体。

心有灵笛诗自成。诗的创造就是以艺术的力量去拓展情怀和心性，以诗意之美去构建一个强大的内在世界。南朝时期的文论家钟嵘在《诗品》中论及晋代阮籍《咏怀》时这样评价：“言在耳目之内，情寄八荒之表。洋洋乎会与《风》《雅》，使人忘其鄙近，自致远大，颇多感慨之词。”一个诗人的优长之处当然在于“情寄八荒”的视域之功，能够运用语言进入博大的情境，“忘其鄙近，自致远大”，在创造中彰显艺术本身的情感力量。张庆和的诗造化于天地自然，从纯净的心性出发，寓感慨于景致之中，常能以小见大，播生命的光彩于景致之外。在《春事四首》中，诗人写平常的春天景象却能独步境中，平中见奇。在最后一首中他这样写道：

春风把叶儿摇醒
小鸟把花儿唤醒

不肯醒来的是那座灰楼
——它太破旧了
它太劳累了
它太固执了

阳光却宽厚地说
就让它睡吧
等它醒来的时候
会突然发现
这里
又是一片全新的风景

诗人写那司空见惯的“灰楼”，在春风和花朵中形成了一种鲜明的对照，这就是拓展情怀的“感慨之词”。“破旧”“劳累”“固执”，与春天的风景显然难以协调，但诗人却从另一个角度表现阳光的“宽厚”——它代表“灰楼”看到了“一片全新的风景”。诗的体制虽然不大，但诗人的胸襟却特别开阔，让人不断地从星光闪烁的新意中获得艺术享受。

在诗歌创作中，张庆和善于从生活中提炼鲜活的诗歌意象，提高诗的艺术表现力，加大情感内蕴的意义深度。写爱情他力求找到新的角度，《你曾经走进我的生命》写没有“终成眷属”的情感经历，读来让人有一种刻骨铭心的感动，“你没有走入我的生活/却走进了我的生命”，“太阳企图提拔影子/被一片云改变了风景”，确实是独特的体验和感受。《我们的事》写的也是这样的心境：

小鹿小兔不住一个小屋
只好天南地北地遥遥祝福
偶尔还能去梦里见见
梦里的影子模模糊糊

这样的诗虽然“语不惊人”，但却真切而有韵味，是从心里流出来的文字，把一个严肃而又令人感伤的话题说得很俏，很有情趣。张庆和的“灵笛”之音新意不绝，且有绕梁之效。他是一位特别注重提炼的诗人，在短中求平易，在短中求精到，更重要的一点是他把创新的追求放在首位，让诗意从文字中放射出思想和艺术的奇异光彩来。

从张庆和的诗中，我们看到诗人灵感的跳跃和想象力的升腾，打开了一扇扇心灵的窗子，让人置身于一个个鲜活的意象和情境之中，领略着他生命体验和感悟的精华，给人以陶醉，给人以启迪。《小站》一诗虽然只有短短几句，但诗人写得自然而酣畅，有很高的艺术品位：

车站
一阵铃声
惊落满天星星
有的挂上枝叶
有的跌进草丛
还有两颗呀
真淘气——

躲进了妻子送别的眼睛……

车站的铃声把满天星星惊落，天上地下，想象很奇特，境界非常高远，本来写夫妻的感情，是离别的主题，但诗人却顾左右而言他，只是最后一下子点到了“妻子送别的眼睛”便戛然而止，给人留下了极大的回味空间。《仰视》这首小诗也很短，全诗只有6个短句，但也是平中见奇，写得理性豁然，可以看出其思考的深度：

你看我时
很小
我看你时
也很小
是山的位置抬举了你
别把它当成自己的高度

诗的前四句是铺垫，看似有意无意地说去，但一读最后两句便陡然一惊，再回头看前四句时则让人刮目。写人生和生命的高度，写人的价值，许多时候人们忽略的是“山的位置”。诗人精确的概括是一种提醒，是一种启迪，可以说是一种生命的觉悟。这样的诗虽然体制很小，但其内蕴却很深远。创新精神是诗人张庆和写作的生命底气，他的诗总能以新意构成“丰沛的生命形式”，把诗意引向一片心灵的澄明之境。

诗人张庆和是军人出身，他始终身系着责任和使命，写了很多关注现实和咏怀时事的诗，与非典争锋，为抗震歌唱，表现出一种与国家与人民心连心、同命运的襟怀。诗集中有写军营、写工厂的诗，洋溢着诗人对生活的热爱之情；写《国际歌》、写西柏坡，抒发政治情怀，表现出诗人强烈的时代感和战斗精神。诗人写邓小平逝世的《那夜，北京大风》一诗可谓情深意重，表达了对一个时代曾做出独特贡献的伟大历史人物的缅怀和敬仰。诗中有这样一节：

风是一种天意
风是一种感应
知道您一生坎坷
才把您的去路清扫干净
知道您年事已高
才把星月擦拭得锃亮
——为您一路照明

诗人把政治内涵化为诗意的观照，以“风”的意象来寄托发自内心的情感，把一种天地间流动的悠远感叹写得大气而舒展。这样的诗既意向明晰，又非标语口号，较好地把握了政治抒情的度，体现了深刻的人性人情关怀，具有充分的时代精神和厚重的历史感。

《灵笛》是一本有质量的诗作，是诗人张庆和近年出版的一本总结性的诗集，在一定程度上反映了诗人不无唯美色彩的创作倾向。这位心有“灵笛”的诗人，或许能够以此作为一个新的起点，在创造的路上不断发挥自己的优长，写出更多的无愧于诗人称号、无愧于时代责任的佳作来。

阳光月色谁为媒

——张庆和诗集《写给阳光写给月亮》读后

查干

阳光月色谁为媒？唱响大地皆是情。当庆和的新诗集《写给阳光写给月亮》放到我床前时，我正处于极度疼痛之中，是月前突发的带状疱疹所致。

庆和是诗人、散文家，又是一个报社的副刊部主任，更重要的是，他是我的朋友。

文如其人，读着其中篇什，就感觉到了他的心跳、他的脉搏。他为人质朴、本分，对文学十分执着，话不多，心却热；他很看重友情，不外露，不张扬。这些品格，都潜藏在他作品的字里行间。

他的散文《峭壁上那棵酸枣树》入选哈尔滨市、长沙市中考语文试题，又被多次盗用，说明它极有生活气息和深刻内涵。

他的散文《坝上月》《面对草地》《海边，望着浪花》《关于“水的职称”说明书》等分别入选初中、高中语文课外读本。

日月为轮，世界光明。庆和喜爱月光，面对月亮他往往浮想联翩，激情难捺，连梦境里都是有关月亮的情涟外溢。“小蜜蜂携着芬芳飘去/月亮用羽毛搔痒了梦境”。你看，他在睡梦里也都在与月亮为伴，他被羽毛搔痒，那是月亮对他的褒奖，他扑哧一笑。

他爱月光是现实生活引发的。在《望月》这首诗里，他写道：“地球被弄得太脏了/莹洁的秋月/才一下子黏住这多目光”。诗句精妙、寓意不凡，是有感而发，但又是深思熟虑的感慨。

诗人，是思想者。哲学家说，人是会思想的芦苇。生命虽然脆弱，但是思想使人强大。思想造就历史，也造就人的一生。

庆和的思维很活跃，也很严谨。短诗《回答》里有这样两句，读了使人不忘：“浅薄本是命运的贡品/你却拿来装饰人生”。这乃警策之句，思想者独有，诗人独有。

有一首叫《欲望》的诗里，有这样几句精到的诗：“……只是不知道/风拧干云彩的时候/影子是否发现自己/脖子上那串闪亮的金属/其实不是项链”。是啊，欲望其实是枷锁，而贪图钱财和权势之人，往往把它当作了项链。这是诗人的规劝，也是哀叹。

庆和，也很珍爱人民给予的话语权，一首短诗里总会出现点睛之笔，我很欣赏他的这种精益求精的精神。

据说清乾隆皇帝是诗人，一生写了四万余首诗，然而没有一首被后人称道而流传下来，因为他有至高无上的话语权，往往皇帝一鸣，马屁四响。连他的“一片二片三四片/五片六片七八片/九片十片十一片……”这样状写落雪的句子，都被群臣捧为精妙无比，有人为它续写一句“飞入梅花都不见”，才有了一点诗的味道。可见写诗之人炼句推敲，是含糊不得的。

爱因斯坦是科学巨人，他给一位农民的回信里说：“真正有价值的东西没有一件是出于个人的雄心或仅仅纯粹是出于一种责任感，而是源于对人类和客观事物的爱和献身精神。”由此断定，一个诗人仅仅有雄心和责任感是不够的，必须有对人类与客观事物的爱和献身精神。

诗人张庆和胸中有爱的烈焰，他爱阳光月色，爱青山碧水，爱自己落生的土地，既有亲情又有爱情。他在《妻子“问题”》这首诗里，很是幽默了一番：“我的妻子/一个总是稀里糊涂的人/妻子很漂亮呢/当初有很多男孩追她/直追得气喘吁吁/汗水淋淋/可小子们谁也没有追上/她一扭身却撞上了我/撞得很疼呢/妻子说这是她前世‘作孽’”。

写爱情是永恒话题，各有写法。庆和用生活化的质朴语言，状写自己的爱情生活，没有一点儿酸味，读了使人会心地一笑。你小子，憨厚里透着精灵，终于得到了妻子的赞许和首肯：“她总说/管家的官也不算小/自己当得安心顺心/也很开心”。作者巧妙地运用了生活中最为常见的语言，道出了一道爱情试题，答案是三心，即安心、顺心、开心。这就是庆和诗歌语言的本色。他总是能从朴实的土层里淘出金子来。

又如《伟大的日子》这一首诗，他是这样概括大家都写尽了的建国之日的：“历史是一位母亲/她生下的孩子/都取名叫日子/日子们/大都很普通很平常/有的却也很伟大很难忘/比如一九四九年十月一日”。这的确有匠心独具的妙处，写不好，就会失去语言的魅力和落入俗套的险境，而作者却很别致地掌握了它。

他的“问题诗”里也不难见很有特色的例子，如《尾巴“问题”》：“鱼摇尾巴/为游得快/狗摇尾巴/能讨人爱/人的尾巴呢/为什么/

刚刚停止摇动/就翘了起来”。这刻画真是入木三分，像一幅漫画，读后不得不击掌叫好。

在《有的官》这首诗里，他这样描写一些假公仆：“处处摆着架子/总是装着样子/身上披着旗子/屁股占着凳子/手里数着票子/说话哼着鼻子/就是不肯/做人民的儿子”。有时朴素的语言远远胜过那些华丽的句子，就看你怎样去运用它，选择它。就是不肯做人民的儿子的人，活灵活现地出现在仅仅八行诗里，这是功夫诗。

这样的诗作，在他这本集子里随处可见，如《缘》《一只狼》《路口》《老屋》《仰视》等。

写诗评，非常不容易，我总想那是张同吾、朱先树这样的理论高手们的事，而对友人的诗写一些读后感也无不可吧？虽然毫无章法，也算是一家之言。

俞平伯有话：“到达顶点时，四倾空阔，人的兴致也随烟云而俱远。”我想，诗的理想境界，也该是如此吧。庆和诗弟，让我们共勉。

功名万里外，心事一杯中。病痛之中读庆和的诗，又写一些感想，病痛好像减轻了不少，犹如一剂药，诚哉、妙哉。

一尘不染的世界

——读儿歌《娃娃成长歌谣》

蒙奇

最近，看到由线装书局出版的张庆和老师的儿歌集《娃娃成长歌谣》，很是喜欢。这本儿歌集是庆和老师与外孙团团合作的结晶：爷爷写歌谣，外孙画画。

首先是这本书色彩上给人以美感，主色调是绿色，代表着成长和生机勃勃。插图比较新颖，全是手工绘画，而且绘画的作者是张老师的外孙团团（学名：邢羽墨），均是他五岁半前的作品。也许我们大人不能真正读懂孩子的世界，而孩子与孩子之间却能够相通。这些来自团团的绘画，想象力丰富，勾勒出了孩子们不一样的天空、世界。他们的天空是明朗的，他们的世界是干净的、友善的。

这样一本书，更适合孩子读，因为这些歌谣简洁，易懂，顺口，不饶舌。孩子在大人的引领下，一边看着书中的插图，一边牙牙学语，更是开心。相信这样一本歌谣足以俘获小朋友的童心和注意力，同时也是培养和提高他们运用语言能力和启迪他们心智的最好途径。

这本歌谣分《摇篮曲》《学步谣》《梦飞翔》三个部分，用歌谣的形式展现了娃娃的成长经历，喜怒哀乐尽在其中，几乎囊括了从哄宝宝睡觉到宝宝衣食住行、吃喝玩耍、晒太阳，一直到宝宝入园、看书、绘画、做游戏等不同成长阶段。

这些歌谣无疑是庆和老师根据团团从出生到现在的细致观察，以及爷孙俩的友好互动，再加上偶至的灵感而成，歌谣非常干净，很适合小朋友阅读。

歌谣《太阳手》写得饱满、有趣："太阳有只手，领着小树走/越走树越高/长成大个头/太阳有双手，捧着花儿走/越走花越多/香艳满枝头"。"有只手"与"领着走"对应，"有双手"与"捧着走"对应，拟人、亲切，让读者感到特的别真实、具象、美好。在太阳的照耀下、抚爱下，小树、小花都在快乐地成长，多像我们的小朋友，在亲人呵护下健康快乐地成长啊！

孩子就像白雪一样干净，纯真，而大人在与孩子的接触中，定会被他们的童真、童稚、童趣所感染。

《四岁五岁讨人嫌》让人看了忍俊不禁，小孩子都有这个过程，正如歌谣中所言："眼爱看，手好摸，事事物物爱刨底"。其中"眼爱看，手好摸"把这个时期小孩子的爱动、顽皮、可爱的性格生动形象地描绘出来，对什么都充满了好奇，而大人这时候应该做的就是充分理解，并尽量满足他们那颗稚嫩的好奇心，耐心地给以正确的解释和引导，这对孩子以后的成长是大有益处的。

《小树和小虫》让人感觉这首歌谣虽然很短，仅仅几行字，却寓意深刻。小朋友在诵读这首歌谣时，大人会引导说，小虫坏不坏呀？并告诫小朋友不要和坏人交朋友，不要被坏人蒙骗："小树和小虫交朋友/小虫为小树挠痒痒//开始/小树直喊‘舒服呀’‘好舒服’//后来/小虫钻进小树心里去了/小树后悔了”。

《立春》：“立春就是/沉睡了许久的日子/终于醒了/它悄悄穿好衣服/系好鞋带/缓缓站起来/然后就慢慢向我们走来了”。这首歌谣既简单明了，又形象生动，其中，“穿”“系”“站”“走”几个动词用得非常恰当，用拟人的手法，告诉小朋友春天来了，让小朋友们更易理解立春的意思。

《清晨我去上学校》：“树上鸟儿喳喳叫/清晨我去上学校/妈妈的嘱咐实在多/装了满满一书包/——哎/走路不要跑/眼睛莫乱瞧/当心绊倒了/摔个大包包”。这一段是妈妈的叮嘱，可见一位妈妈的苦口婆心。接下来看看我们的小朋友又是怎样的：“树上鸟儿喳喳叫/清晨我去上学校/欢快的歌儿飘呀飘/一片晨光多美好/——哈/追着风儿跑/眼神飞走了/妈妈的嘱咐全忘了/摔了一大跤”。这首歌谣分两大段，相互对应、对比的手法，把孩子的天真、顽皮、快乐、活泼、好奇写得淋漓尽致。如果谱上曲唱，一定是孩子喜爱的少儿歌曲。

张庆和老师这本儿歌集不但歌谣适合小朋友吟诵，而且也适合当作儿歌来唱，其中，有好几首歌谣已被谱曲传唱，受到众多小朋友们的喜爱。如，儿歌《我的春雨》（歌曲名为《小雨点要回家》）已被牟雅元先生谱曲，先是由来自上海的余越小朋友首唱，一度在网上传播，童稚的声音，非常甜美：“小雨点/滴滴答/叫醒了树/染红了花/争先跳进小河里/要去大海找妈妈”。后来，这首歌谣又被来自河北石家庄的小朋友高子惠在中华演出网演唱，点击率不断飙升。歌谣《娃娃·西瓜》和《夕阳·鸟儿》这两首歌谣合并在一起，《娃娃·西瓜·鸟儿·月牙》，被“雅砻江之源”先生谱曲，由梅花雪（小福灵乐队资深少儿歌唱专家）演唱，在网上一度传播。稚嫩的歌声干净、甜美："大山像个娃娃/夕阳像个西瓜/娃娃捧着西瓜/啃呀，啃呀/把西瓜啃成了月牙/观鸟岛太阳灯亮了/劝鸟儿别再吵架/打扰了天上星星/哎呀，哎呀/出来赶你们回家/鸟儿们回家吧/明天再来玩耍"。近闻，收入《娃娃成长歌谣》的《我的妈妈》一首，已被央视银河少儿艺术团著名指挥家、作曲家赵仁吉先生谱曲。或许不要太久，它将会成为张庆和儿歌园地里又一朵绽放的花朵。

儿童歌谣的特点就是简单、明了，一目了然，有童趣，好记。儿童天真无邪，他们的世界又是一尘不染的，张庆和老师身边正好有外孙团团这个具体的形象，所以才能够切身体会孩子的心情。一言一行、一举一动，甚至孩子的小心思也能够及时看在眼里，想在心里，因而更能够了解孩子的世界，所以才写出了适合孩子成长的歌谣。而我们做大人的在诵读的过程中，也会在情不自禁中被歌谣所引申出的寓意所感染，且有所领悟。

栽苹果树的诗人

于君

读张庆和的诗集《颠簸红尘》，我们会觉得不是在感受一种诗坛风景，而是直面人生里许多躲不开的问题，呼应一种娓娓而来却也极富重量的警示。

坦言之，张庆和是一个在非诗的时代执意以灵魂写诗的诗人。

如何描述他的时代，恐怕最能见出诗人的风格品位。在《颠簸红尘》中既含蓄着悲怆又不失高贵节制的十四行诗的开篇，他写道，“人们装潢房屋同时也装潢灵魂”，“热烈的思想在雪地上挣扎/微笑开放成没有内容的花”（《都市》）。“责任和义务像鼻涕被甩掉/灵魂若被风驱赶的浮云/一座桥在眼前轰地坍塌/故园和乐土都不再向往/水变幻成云雾迷惑太阳/沙漠正在一天天逼近/横横竖竖脱缰的野马四蹄张扬/良知被罩进一张网里/境界是那只短缺的水桶”（《幻觉》）。

读张庆和，读这样一种对灵魂萎缩、精神矮化的揭示，感染这样的一席时代发言，无异于在领受一种抵御物质诱惑和习俗驯化的力量。他并不张扬自己如何遗世独立，而是意在让人觉醒人被缩写之后的卑微，丧失精神依托的可怜与可悲。与追逐世风的文人互为反衬，张庆和的诗，显示出人在纷乱的历史段落中灵魂的自持与自珍，就其诗中耀眼的精神性来说，他与里尔克相通契。

也许可以肯定地说，诗对于张庆和，是他真挚的生命写照而不是生活的一种技巧。所以，我们轻易地就可以在他那里读到这样的告白——

“宁愿忍受这平庸的匍匐/也不肯去踩别人的头颅/永恒的郊野是永恒的圣殿/任我吟笑/任我歌哭”（《野蔷薇》）。在这里，执守人性与人格的尊严散射出悲剧性的美的光芒。

的确，诗与诗人不可混为一谈。但是，张庆和的诗中流露出来的人格魅力，叫人不能不由其诗说到其人。无论做事还是待人，他都像个生怕愧对上帝的虔诚基督徒，以至日子久了，朋友们往往感慨他是个少见的好人而忽略了他是个少见的诗人。

说他少见，是因为这种“面对矗立心中的高度/我执意地选择了仰视”（《对话》）的倔强委实不多了。张庆和就是以这样一种沉静敦厚的不屈不挠，捍卫着自己纯洁的诗歌天性。

诗人通常比较高傲，他们的情感膨胀通常是被绿灯放行的。相比之下的张庆和似乎不那么通常。他谦恭地以“对着希望歌唱”的“一只晚飞的笨鸟”自比。他的谦恭，是人在茫茫天地间的一份清醒；他的希望，则使人记起那一句著名的诗句——“即使世界明天就要结束/我也要栽我的苹果树”，换言之，是那种将绝望看在眼里、把磨砺带在身上的靠得住的希望。

人有了高度的时候，大约就可以执着而不执缚了。

于是他这样吟咏太阳——“没有为弱小长睡/没有为贪欲永眠/只是故意闭闭眼睛/让美丑善恶各自表演”，于是我们得以从中领略他对生存的宽容，这也使他的诗具备了真正的现代性，即剔除了诗歌中的专制情绪，以浩瀚的兼容精神审视生存景观。

同时，二元对立的线性感怀，也让位给了更为复杂的哲理静观。

言及收获，他说，“收割是一种获得/或者是一种结束/被收割是一种幸运/或者是一种痛苦”（《心思》）。这种近乎悖论的深刻感悟，在诗中随处可见。“风是扬尘弄波搅浑世界的天敌”，“风是扫荡阴云还世界以清明的伙伴”。值得一提的是，诗人既不一味地怀恋田园文明，也不劲头十足地为现代文明摇旗呐喊，面对历史转弯处的眩晕状态，他只说，“放心地去开采吧/挥动古老的镰刀斧头/操纵轰鸣的现代马达/建设与破坏/创造与扼杀/常常被同时端上餐桌”（《世幻曲》）。

肯定世界是一种充满不和谐的和谐，或者说，于不和谐中建立心灵的和谐，在反抗中与世界相处，是融历史与现代的上乘境界。

如同张庆和这个人宜久交，他的诗宜细读。由于滤去了与诗美不和谐的道德火气，他的许多诗在表达上心平气和，不显山不露水，是那种不易见底的清澈。

张庆和不光在一个非诗的时代执意写诗，且越写越有浑朴之势。他的情感体验之宽、之深，远不是一两篇读后感所能说透的。当你觉得需要读点什么的时候，或者说内心有些荒芜的时候，不妨去读读《颠簸红尘》，真的，他的诗解渴。

第三辑 · 阅人

把心曲唱给远方的路标

孙承

诗人，历来是受人景仰的，诗仙、诗圣、诗杰、诗豪……纵观历史，多少雅称送给了诗人。而偏偏有这么一个人，也写着诗，却从不把诗人的桂冠看得多重，认为诗人就是一个会用笔说话的人，喊出了《其实，诗人不过是一棵草》："不管生在田园/还是长在荒郊/吮吸他人丢失的空气/咀嚼剩余的阳光味道/总是在少有人迹的地方碧绿/用生命的巅峰舞蹈/以卑贱和低微酿制心曲/悄悄地唱给远方的路标/把一个个构想再告诉光盘/任岁月的牙齿/啃食吞咽/或者吐掉"。

这个人就是《中国建材报》原副刊部主任、著名诗人张庆和。

我和张庆和相识于东三省刊物诗歌编辑会议上。那是1980年，会议在辽阳市的辽化宾馆举行，我作为《溪水》杂志社的诗歌编辑，他作为当地驻军的诗歌作者，一起出席了那次会议。

有人称"20世纪80年代是诗歌的黄金年代，是一个不读诗无以言的时代"。这是因为当时有两类诗人在诗坛活跃，一种是"复出的诗人"，一种是"崛起的诗人"。我当诗歌编辑更知道，活跃在诗坛的还有另一种人，就是“当编辑的诗人”。当然，编辑部中因为会写诗而当上诗歌编辑的占绝大多数，譬如敝人；但并不是当上诗歌编辑诗艺就随之提高了，譬如还是敝人。而那时，像敝人这么有自知之明的不多，一些诗歌编辑“下笔千言立就，成稿四处乱飞”。发吧，写得真不咋样；不发吧，都是同行，面子过不去。就这样，很多诗歌编辑都面临着同行“赐稿”的烦恼，很多刊物都硬着头皮发了一些“编辑诗人”的作品。

此情此景我早就看不惯了，终于有了机会，绝不能错过！我无知胆大，口无遮拦：“编辑请自重，不要破烂换钱。”顿时：小编辑大惊失色；老编辑目瞪口呆。我一下在东三省编辑界出了名，“破烂换钱”也成了那次会议的关键词。

记得会后张庆和对我竖起大拇指：“孙编辑，你真敢说。”

后来，我在《溪水》选发了他的《雨滴》，这诗9年后入选《中国新诗人成名作选》。

后来，他转业到了北京，在《中国建材报》编副刊。

后来，因本溪举办“工源杯全国诗歌大赛”，他与著名诗人、评论家贺敬之、张同吾、阿红、阵容、李松涛等来到本溪，还在我家吃过酒。

……

张庆和刻苦勤奋。从1974年1月他在《青海日报》刊发诗作以来，40多年来一直笔耕不辍。期间诗歌、散文、评论、报告文学……无不涉猎，刀枪剑戟、斧钺钩叉样样娴熟。从1989年出版第一本诗集《山野风》至今，已出版近20本著作。

张庆和谦逊笃实。文友孙德全深有体会：“第一次接触他，递过来的肯定是善意的微笑，然后是客气得让你都觉得不好意思的待人方式。”“作为军人，没有彪悍英武之气却有文静儒雅之风；作为诗歌作者，没有才思浮露之色而有深沉诚挚之情。”“老诚、谦卑、少于微笑，多于寡言。”这是人们对他的评价。至今，我还保存着他写给我的信和购书发票。那是1983年，我得知他在上海空军政治学校学习，我这个“最大的缺点是太实在”的爱书者给他寄去了一份购书单。他趁着星期天满上海转，终于在上海南京东路的新华书店买到了《法国文学史》（中册）、《拉奥孔》，在宝山县新华书店五角场门市部买到了《名人名言录》。信中说：“其余尚未买到。《美学》一、三卷我已预定，有些我想再碰碰看。”

张庆和执着认真。2003年，一个朋友让他查一篇文章，无意中他发现自己10年前创作的散文《峭壁上那棵酸枣树》（又名《峭壁上的树》）被长沙市做了中考语文试题，全文引用但没有署名（同时他又发现，《峭》文早就入选“2001年哈尔滨市中考语文试卷”）。他一好气儿，查询并购买全国31家出版社出版的载有这篇文章的35种图书，其中仅有两家署名，署的还是抄袭者“尤铭”的名字。紧接着，他又发现，他发表在《人民日报》的散文诗《面对草地》和三首儿歌，以及我在《溪水》给他编发的诗歌《雨滴》，均遭抄袭（在《语文天地》杂志曾被2人两度剽窃）。判断一篇文章是否是精品，读者有各自的标准，但图书被盗版、文章被抄袭应是标准之一。他如果写得不好，不会有人费心劳神冒着风险署上自己的名字。从此，张庆和与中国作协作家权益保障委员会一起，采取包括法律手段在内的一切手段讨回公道，为作家维权。那段时间，他真是“为伊消得人憔悴”。

张庆和知恩图报。接触过张庆和的人，都听他讲过已故诗歌评论家张同吾老师对他的帮助，都听他不时提起某某老师的滴水之恩。2014年，他的《云影霞光映秋色》出版，序言是他自己写的：《给自己开个“研讨会”》。他回顾了自己的创作历程，想起当初“习作寄给报纸，寄给杂志，几乎都是泥牛入海。后来，我遇到了辽宁诗人、作家、编辑家林正义、吕乃国、孙承、徐宏智、陈秀庭……”这序言里，他感激了足足100多位师友的名字。他出版的每一本书都寄给了我，《美丽的梦》《颠簸红尘》《凝眸，那一粒斑斓》《心灵呓语》《写给阳光写给月亮》《该说不该说》《张庆和纪实文学选》《团团的故事》《灵笛》《写作没有技巧》《哄哄自己》……光是述说张庆和其人其文的书就有《阳光月色抚红尘》《星星照耀心空》《云影霞光映秋色》《文情墨缘片片心》4本。在全国诸多文友中，张庆和是送我书最多的一位。

著名诗人峭岩说：“虽然，庆和把自己看成一棵小草，但这棵小草经风沐雨，冬枯春荣，周年复始，已绿遍天涯，构筑成一处风光旖旎的风景。”

诚哉斯言！

原载《中国国门时报》2017年4月12日

初次认识，竟仿佛久别重逢

徐梅

那年一个人远离家乡去北京工作，临行之前，家乡作协的王老师热心地对我提起张庆和老师的名字。他说张老师是一位作家，是北京一家报社的编辑，他为人善良朴实，认识他会对我的写作有所帮助。王老师这样说着的时候，就拿起电话，把我的情况介绍给了张老师。然后，王老师把张老师的电话给了我。

一脚踏进大都市的门槛，站在熙熙攘攘的街头，望着一座座高入云端的摩天大楼，这才知道自己的渺小和无助。看看四周，人地生疏，走在街上，每天看到的是形形色色、面无表情的人流在穿梭。我极力想融入这个城市的怀抱，靠近一点，靠近一点，不再会有陌生的感觉。这时便想起了张老师。虽然来北京已经有些天了，但一直都忐忑不安没有勇气给张老师打电话。张老师是北京的作家、编辑，我一个无名之辈，仅凭别人的介绍，张老师怎么会记得这件事呢？

终于鼓足勇气打通了张老师的电话，听到张老师的声音出乎我的意料。张老师的声音热情而又和气，和张老师说话，不像是和一个从没见过面的陌生人说话，仿佛是认识多年的一个老朋友。我和张老师无拘无束地聊着，刹那间笑容爬上了我的脸，一时竟忘记了自己是身在异乡为异客。这一切自然都是这个电话带给我的力量。

初次见到张老师的感觉就如同初次听到张老师的声音一样，是那样的亲切和朴实。朴实得如同街头那一株株默默挺立的白杨树，走近他，你的心底感到只有踏实和宁静。

我把自己打印的文集拿给张老师看，让张老师斧正。张老师一页页仔细地翻阅着，给我提着宝贵的建议。张老师谈他的创作之路，脸上充满着智慧之光。文字是张老师的最爱，也是张老师永远都说不完的话题。时间一点点地流逝，该是分别的时候了，张老师从包里取出一本新出的文学专集，送给我，还抱歉地说，给我增加负担了。这就是张老师给我的最初的印象，平生第一次听过这样的话，送给别人东西，还歉疚地说增加了别人的负担。

初次认识，竟仿佛是久别重逢，这就是张庆和老师留给我的最初的记忆。

好人庆和（二首）

杨志学

张庆和是一首诗

张庆和先生已经接近古稀之年
但他的风采还一如从前

他像白杨树那样挺拔
他像柳枝那样舒展
他还像当年入伍时那样年轻
又像是经霜的枫叶，格外灿烂
他就像一首简洁而优美的诗
这首诗有风骨，清瘦而又饱满

一天又一天，一年又一年
张庆和把生活过成了一首诗
又把诗的温馨和浪漫
源源不断地
输送到他的朋友身边
给朋友们带来了
茶的清香，花的梦幻
酒一样醇厚的友谊
以及阳光般的敞亮和温暖

毫无疑问，张庆和先生
会把人生的诗一直写下去
因为，这已经成了他的习惯
在这惬意而自如的挥洒中
人的有限生命
获得了无限的延伸和拓展

庆和老师，请接受我的祝福
祝您天天快乐一生平安
福如东海，寿比南山！

赠庆和先生

纵千言万语，写不尽
您的风采和美德，不如
浓缩为两句——
庆云初升日
和风恰至时

显然，庆和二字已嵌入其中
上联仄起仄落
下联平起平收
庆有和，云遇风
初升之日，恰至当时

我得意于心生此联
它简洁含蓄，读来悦耳
且有喜庆怡人画面浮现眼前

（拟将此联写成书法相赠
岁次己亥年孟春时节
杨志学撰并书，敬呈张庆和先生）

好书滋养心性

杨辉苍

去年十月，我到北京出差，忙中偷闲去看望好久没有见面的老朋友张庆和先生。庆和兄尽管是国内颇有名气的作家，但他依然是那样谦和，没有一点架子。一见面，自然少不了寒暄，寒暄过后就问我有没有新作（其实，在庆和兄面前我压根就不敢谈做文章的事情，我偶尔写的那些小短文，是登不上大雅之堂的），鼓励我要继续笔耕，并送我一本由他签名新出版的散文集《哄哄自己》。这是一本怎样的书啊，如同庆和兄本人一样，外表平凡而普通，内容却丰富而深邃。我在入住的宾馆里，一口气从头读到尾。带回家后仍爱不释手，我把书放在床头，每晚必读。每读一篇，我都会静静地思考，从文章中汲取养分，滋润心灵。

我想，人的心灵是不是有尘埃？是不是有污垢？有的话，我建议去读《哄哄自己》，它会把心灵的尘埃拂去，会把心灵的污垢涤去，还你一个本色。“最好把浮躁的心掏出来泡泡，让它袒露原色，让它在本来的位置上蓬勃跳动，跳动成一种景观，跳动成一曲和谐、优美的旋律。”这是作家的肺腑之言。心能掏出来吗？如果心能掏出来，那么心灵也就能掏出来，让心灵跟着《哄哄自己》跨越时空，踏着作家的足迹，去沐浴一场酣畅淋漓的净化吧。

我没有去过坝上，但我仿佛看到“坝上月从东山坡顺势奔来，那气势，浩荡荡不可阻拦；那声音，轰隆隆惊天动地”。我没有去过荔波，但我仿佛领略到了荔波那优美的景色，特别是那棵奇特的树，在经过了那场惊心动魄的掠杀之后，顽强地存活下来，并巍峨成一处独特的风景，让世人仰慕，令游客赞叹。我没有去过泰山后石坞，但我仿佛看到了后石坞那棵“护殿松”，危急关头用自己的身躯抵挡飞落的巨石，使得元君殿安然无恙。我没有去过红军走过的草地，但我仿佛看到了草地上“那照彻心灵的熊熊火光，听到了那催人奋进的鼙鼓金号”。我没去过林则徐叱咤风云的虎门炮台，但我仿佛看到了那不畏强敌、浴血拼杀，英烈们战斗的场景。我没有去过北京的赵登禹路，但我仿佛看到了那把聚集了民族的愤怒、凝结着正义的力量的大刀，正向鬼子们的头上砍去。我没有去过白桦林，但我仿佛看到白桦林那挺拔威武、抗击风寒、不畏强暴，宁折不弯的高大身躯，在时刻准备着打一场血与火、生与死的战斗。我没有目睹过峭壁上的那棵酸枣树，但我仿佛看到那棵酸枣树“在夹缝中生存，在磨难中挣扎，在逆境中巍峨”，令人刮目的风景。

不必多说了吧。就这些也足以让每一位读者心潮澎湃、热血沸腾。我的心灵在《哄哄自己》中徜徉，在徜徉中净化，在净化中升华。我想，在这个物欲横流的社会里，还有什么能唤起民族的良知，激发大众爱国的热情和不畏艰难、奋发向上的精神？是那草地上的足迹，是那大海的倾诉，是那棵不屈的酸枣树……让我看到的不仅仅是生命的本身，而且感受到的是生命的顽强，是中华民族的英雄气节，是一种蓬勃向上的伟大力量。

什么是好书？就像中医医生说得那样：能活血化瘀、驱除寒气、疏通经络、强筋壮骨。我想，《哄哄自己》就具有这样的一种功效。我不想祈求什么，只是想，像坝上的月，像巍峨的松，像峭壁上的酸枣树……做一名铁骨铮铮的人。这就是《哄哄自己》的力量所在，我认同。

好友张庆和

孙德全

张庆和，诗人，在一家报纸当副刊部主任。老朋友也是好朋友，时不常通个电话，有时也找个理由聚聚。庆和做人很本分，也很谦卑。没有年长几岁就粗声粗气的架子，可是有时也欠点儿做大哥的气度（当然这话我不敢当他面说）。不过我们之间确实很熟了，熟到能相互包容，相互指责，甚至相互猜疑或“笑骂”。庆和是老实人，其实我也是老实人，但老实人中也分高低。所以他常“怒斥”我这种老实人不老实，闹得我在他面前也老实不起来了。其实人以群分，差不多的人才凑在一块儿，好也好不出花儿，坏也坏不出圈儿，就那么回事。

庆和住院了，动完手术又出来，我们愣不知道，电话里我们就骂他，你住院保哪家子密呀，怕我们看你？那你想让谁看你呀，另外不是没什么见不得人的吗，干吗呀。庆和就在那边说，不是，我不是怕你们忙吗，挺麻烦的。得了，怕我们忙，我们也不忍看你一个人在医院忙呀，说！一人在医院都忙什么来的。对！是忙来着，你这小子，我忙我的好事，怎么着。兔子被逼急了也开始浑不吝。

其实我和庆和的经历差不多，都当过兵，在部队肯定都是怎么扒拉怎么转的主儿。到地方后他比我要勤奋得多，编报的同时书已出了好几本。他说他经常星期天去办公室写作，让我吃了一惊，怎么着，又开始给我做榜样。我不明白这动力是出自“瘾”，还是在不惑之年还想继续好好学习天天向上。相比之下我是懒得可以了。他的诗很真挚也很动情，当然这情更多成分是柔情，对世间狡诈野蛮的迷惘和抵触，对一切细小微弱的关爱与同情。他也写风光，也写莽原，写小草绿树的感觉或隐喻我能略懂，而那高山之巅迎风而立的豪迈之气也时有流露。但我的老友从骨子里毕竟弱了一点，他不想也无力与身外有什么抗争。我很少读诗，读也读不懂，他的诗也一样不懂，但我自信，我能慢慢读懂他。

第一次接触他，递过来的肯定是善意的微笑，然后是客气得让你都觉得不好意思的待人方式。即便你是不速之客，我想他也不会让你难堪，他对人的尊重在心里。我们熟了以后，我觉得跟他在一块待着、聊天是最随意、最自在的了，不必在意说错了，说的不合适，说走了嘴。平日也够累了，也该让嘴让脑袋自由发挥一下，让那个永远也看不见的，永远伴着你控制你的东西先靠边稍息待会儿。说累了就喝，就笑，荤素相杂，笑骂自如，不累，快活。有些话确实是在单位说不得，在家里说不得，在这人那人哪都说不得，总要有个吐出来才畅快的地方。庆和并不爱说，但他认真听你说，坏笑着看你说，附和着你说，煽动着你说。记得那年我们一起去九寨沟，每日行程够辛苦了，可到了晚上硬是不睡。一块儿的还有写小说的刘庆邦、徐小斌，写散文的于君、甲乙，男男女女凑在一块真是海煽呀。按说老实人在此时嘴也不会太老实了，可偏偏庆和只笑不说，死活不暴露“心事”，真是可恶。

但他是个不爱说也透明的人，之所以在他面前能舒服地说，无心地说，是因为他也无心。

人确实需要朋友，物质上的帮助是次要的，精神上的交流、互补可于家庭的作用并驾齐驱或更甚。一个男人在外面受了委屈，一般是不会回家和老婆诉说的，憋在心里，憋到朋友们举杯畅饮时，憋到实在憋不住时，眼中的泪和心里的苦才一起流出。更多的情况是，在朋友们大呼小叫中，暂时告别苦闷，爱谁谁了，先干了再说。庆和就是这样可以信赖的朋友，我们在一起分享快乐，也分担忧愁。虽然他可能有很多事情瞒着我，我也不一定把什么事都告诉他，但这丝毫不影响什么，谁没点隐私呢？即使对方知道了也不过在心里一笑了事，这就是交情。

写到这里我又想到他经常对我的那种坏笑，一眼我就看出那种不相信、不放心，又显得很宽厚、不在乎的坏笑。但不管什么笑，朋友之间是需要笑的，笑口常开，别无妨碍，只有这样才能笑得长久。

活在爱里的人

华静

认识张庆和老师，我还得感谢《中国武警》杂志社的总编辑郝敬堂，他是我们的好朋友。在他安排的一次聚会上，我因有事，错过了与张老师见面的机会，但从此记住了老师的工作单位和名字。后来，在中国报纸副刊研究会组织的一次联欢会上，我惊喜地发现了张庆和老师，遂走上前去。刚一自报家门，他便热情地握住了我的手。可以说是通过老郝，我们相识，又因了我们都做副刊，逐渐地也就成为好朋友了。

说来惭愧，我平时忙于自己的事务，忙得有时就疏忽了与朋友的联络。但一旦想起，便也会立即去信去电问候，从内心深处觉得亲切。一段时间里，我和张老师互传稿件时就随稿寄去只言片语，表示问候。再后来，朋友们相约聚过几次，友谊愈发深厚起来。

在我看张庆和，起初只是一种尊重和敬仰。这位国家一级作家不善言语，但分明让人感受到一份真挚而又朴素的情感，体味到一则简单而又易被疏远的关怀。他是那种可以放心依靠的大哥似的人物。然后，读他的诗句和美文，却无意中读出了一种浪漫情怀，似乎感觉到浓浓深情扑面而来。原来，他是一个活在爱里的人。

张老师为人谦和，但他自有他的骄傲，只是他不善张扬罢了。他有他得意的作品，有精心耕耘的版面，有许多愿意真心与他相交的好朋友，有品学兼优的孩子，有贤惠的妻子，有温馨的家的港湾……这一切，平时少听他在人前说起，只有在欣赏他那一篇篇平实而又美丽的诗文时，才会从字里行间溢出的激情中品味出感觉。从细节的角度说，我并不了解他很多，但与他的每次接触，却总会给我极深的印象：他很清澈。拥有着这份清澈，他才会勇气十足、心平气和地在纷纷扰扰的生活里寻觅一种超然的诗情。如果没有爱，没有爱的情绪和灵感，他又怎么会时时于不自觉中就萌发出诗的盈盈心意呢?

我们聚会的由头大都因了文友的缘分，所以，也就因了一种对文化的热爱。我们在乎这种文化空间的营造，仿佛在这个空间里才会让我们原本安坐着的思想游动起来。就像张庆和老师，他的话尽管不多，但他喜欢为“说话”准备一个去处，他组织文友们聚在一起，热情地张罗朋友们的事宜。他的热心和真诚，往往会让人享受到愉悦的心境。把自己的快乐融合在别人的快乐里，是颇有一定修养和内涵的人才会做得到的，因为这需要从人心的最深处调动一种崇高的精神来支持。庆和老师做到了，反映了他人性中最原初和最朴实的良善的一面。

然后，我在读他的诗文时又会发现他更多的闪光点，便越发认定——这是一个活在爱里的好人。

相信与他有过接触的朋友们会认同我对庆和老师的看法。

或者直接去读他的作品，也会从你的视角发现近似的看法。对此，我深信不疑。

灵光闪耀谱就诗意人生

王力

一

春华秋实。在诗意盎然的金秋季节，收到张庆和老师的新著《写作没有技巧——张庆和诗文写作解读》。淡蓝色的封面、纤秀的书名、大片的留白、朴素的装帧，显得简洁、温馨、内敛而又平实，一如张庆和老师的风格，一下子就喜欢上了。

记不得是第几次收到张庆和老师寄来的新著了，只记得从25年前起他的第一本诗歌专辑《山野风》开始，每隔一两年都会收到他的新著。每一本都薄薄的，不厚，洁白的纸面上跳动着一些简短的文字，让人禁不住一页页翻阅下去。刚开始是诗集，后来是散文集，再后来有了报告文学集和其编著的一些书评类专辑。几年下来，我的书柜上竟然有了一个“张庆和作品专格”。看着一本本曾经滋润过我的那些书籍，除了亲切，忍不住一丝的感动、感恩。尤其是近年来，张庆和老师在退休后，连续推出了好几本作品集，每一次他都在第一时间寄给我。而我，只是他在主编《中国建材报》副刊时培养的一个文学爱好者。这份老师对学生几十年的情谊，怎能不令人感怀！

二

《写作没有技巧》一书，虽然一如既往地单薄，但却可以说是张庆和老师一生文学创作的总结。这本新书分为四辑：第一辑“诗情笛韵绕春山”，是张同吾、阿红、峭岩、查干、于君、李松涛等诸多文坛名家对其诗歌的点评；第二辑“文清意笃映秋色”是孙武臣、柳萌、石英、杜卫东、吴志实、曹怀新等诸多作家、教师、朋友、读者对其散文的点评；第三辑“人前人后由人说”则选取了部分文朋诗友与作家张庆和在几十年的交往过程中结下的深情厚谊，字里行间流露着对庆和老师的感恩、感激与尊敬；第四辑“在精美的文字里徜徉”分为两部分，分别选取了庆和老师诗歌、散文中的部分精华文字：《祷祝》《我们……》《凝望》《我是雨滴》《儿歌五题》《峭壁上那棵酸枣树》《坝上月》《海边，望着浪花》《面对草地》《问候心情》《哄哄自己》……熟悉的文字，经典的佳作，一遍遍百读不厌，让故朋新友在诗意的文字里流连忘返。

三

无论是诗歌、散文，张庆和的每一篇作品都短小精悍，值得你细细地咀嚼玩味。

诗歌短则三五行，长则二三十行，散文也多在千字左右，他没有诗情勃发的文思，也鲜见浓墨重彩的豪迈，除了其用诗一般的语言写就的报告文学《卡尔巴拉岁月》《远方传来的戈壁壮歌》，他的作品“高不足尺，阔不盈怀”，惜字如金，不肯多用一个字，在极为简练的文字中，构画出丰富多彩的诗意人生，在不被人注目的角落里安静地“长成一簇令人刮目的风景”。

写作是需要灵感的。张庆和作品的每一个字、每一个短句，都如同划过天幕的一道闪电，不期而遇，却又难以捕捉，充满了精巧、新颖的构思。由此可以看出张庆和老师的写作态度。他文坛耕耘几十年，时时捕捉着转瞬即逝的灵光，把自己对生活、对人生的情怀和感悟打磨成一粒粒散发着璀璨光芒的珍珠，然后用火一样的真诚，捻成一根丝线，将它们串在一起，奉献给广大的读者。

如果没有灵感，他宁肯等待，也绝不无病呻吟。

四

文章虽然短小，却立意高远，清新脱俗。

张庆和老师亦诗亦文，往往以小见大，凭借自己细腻的情感、敏锐的嗅觉、独特的构思，从自己熟悉的生活中吸取营养，包括军营、包括工厂、包括编辑、作家采风和生活体验，然后把自己的所见所思所虑通过排比、拟人、比喻、通感等娴熟的手法凝结成一行行精美的诗篇，并以炽热的情感、精巧的意象、创意的视角、浑成的节律引起读者的好奇与共鸣。

“浪花呀/疾首顿足/使劲拍打岸的胸脯/哦大海在倾诉。”（散文《海边，望着浪花》引诗）。寥寥数语，写出了一段民族的沧桑与历史的伤痛，我们仿佛看到一名心忧天下的诗人，孤独地矗立在海边；“这一条路，弯：是红军走出的一张弓；这一条路，直：被红军走成了弓上的弦。红军意志是拉弓的力，红军理想是弦上的箭”（散文《面对草地》）。奇妙的比喻，真挚的情感，使诗人面对草地时难掩心中的情怀，最终成就了一篇美文佳作……

文学的功能在于净化心灵，传播真善美。张庆和老师的诗文如沙滩上不经意间发现的一枚贝壳，转弯处偶遇的一簇风景，墙角边盛开的一朵小花，散发着不一样的魅力，滋润读者的心田。

五

文如其人。

张庆和老师写诗歌，写散文，写报告文学，也写杂感、随笔等，但写得最多、最好的，还是诗歌与散文，尤其是散文诗，其代表作当属《峭壁上那棵酸枣树》《起点》等。

几乎每一位熟知张庆和老师的文朋诗友都有这样的感受：诗人怀着炽热的情感赞美的那棵矗立在峭壁上的酸枣树，无意间透露了一个秘密，诗人才是那棵真正的酸枣树，在文学创作的道路上“默默地兀立着，不鄙己其位卑，不薄己其弱小，不惧己其孤独。与春天紧紧握手，与日月亲切交谈”。诗人虽远离故土数十年，但心中却永远摇曳着那棵故乡的酸枣树。

在繁若星辰的中国文坛，知名的作家、诗人数不胜数，但张庆和老师更多却以其真挚、谦逊、友善与热情赢得诸多同行和读者的喜爱与尊敬。曾经有无数读者撰文表达过与张庆和老师的神交，字里行间洋溢着浓浓的感人情怀。他的心底是阳光的、通透的，他的态度正如《问候心情》《哄哄自己》一样，永远洋溢着微微的、自信而又乐观的笑容。在这个高度物质化的时代，有一位这样的恩师、兄长和亲人般的知己，何尝不是人生丰盈的收获！

难忘师情

孟凡君

中国作家协会会员，《中国建材报》社社长助理、副刊部主任张庆和是我大学实习时的老师。大学毕业后，我一直没有和他联系，原因是觉得自己一直无所建树，愧对老师一片教诲。不承想，这一别就是十几年，直到2005年，我再次来到北京，对张老师日益挂念，甚至已演变为一种“情债”，特别是后来在报上偶尔见到张老师的诗文，读着甚为亲切。于是，我决定去探视一下这位久未谋面的恩师。

走进曾经熟悉的原国家建材局大院，一切仿佛如昔，往事重又浮现于眼前……

1994年，即将大学毕业的我忙着联系实习单位。一个偶然的机会，在东北一家出版单位出版的作家通讯录上，我看到了作家张庆和的名字。去报社实习很适合自己的专业，我犹豫再三，终于下定了决心，来到位于三里河路的国家建材局，慕名拜访这位张老师。

走进建材局大院，我打探着进了一幢老式楼房，楼房走廊里到处散发着油印纸的清香，怀着忐忑不安的心情，我想象着这位张老师的模样。听说，文化人都多少有副学究样，待人不会太热情，我不免心生几丝畏惧。

一扇木板门，关得严丝合缝，“文艺副刊部”的牌子静静地挂在门上。我把耳朵贴在门板上，仔细听了听，门里面传出轻微的响动。我举起手，轻轻地叩两下门，听见门里有人说“请进”，可推开门，却不见人影。直到进到里面，四周张望后我才发现门后一个人正站在凳子上，在书橱上翻找着什么。我赶忙做自我介绍，说明来意，哪知站在凳子上的人听后只说了两字：好的。就这么两个字，就定下了我的实习单位，一切顺利得真是超乎我的想象！

我见到的这个人就是张庆和，后来我得知，他那时已经出版了诗集《山野风》《美丽的梦》，随笔集《心灵呓语》等多部文学著作，算得上一个响当当的作家。

我记忆中的张老师模样很清秀，有稍许的消瘦。实习期间，他特意在办公室一角为我安放了一张小办公桌，办公室有些狭小，我们局促地挤在一起，陶醉于文字的海洋里，温馨而惬意。在以后的日子里，我每天坐在编辑部里，拆看各地来的文学稿件。每天都看见张老师骑着一辆破旧自行车来往于单位和家之间，埋头于稿件整理、修改之中，每天不是开会就是采访或者是参加各种社会活动。我感觉他很忙，只有早晨上班到单位，我们才有时间短暂地见上一面。张老师是个话很少的人，但他在报社口碑极佳。

张庆和老师佳作频出，同事们说，这是他长期勤奋努力、观察思考的结果。我想，正如画家谈及绘画时常说的“成竹在胸”，或许那是因为在他心灵的土壤里生长着一棵“酸枣树”以及累积着像“酸枣树”一样饱经风霜的储备，因而才能写出散文名作《峭壁上那棵酸枣树》和后来的大量文学作品。

张庆和老师出身于农村，家境贫寒，在20世纪六七十年代，当兵是农村青年唯一能够改变命运的途径。张庆和从军了，幼时的贫困生活经历在他身上烙下了很深的印记，却也恰恰蕴藏了许多“养分”供他汲取。甘肃籍作家、知名媒体人何小龙曾这样评述：对于一个作家来说，阅历就是创作的源泉，就是栽植作品之“苗”的营养基地。张庆和心里有棵“酸枣树”，说明他首先有丰富的人生阅历。在不知不觉中，“酸枣树”的幼苗在他幼小的心灵里扎下了根。正如他在《写作，在不知不觉之中……》所写的：那年我才几岁的样子，还没有上小学。记得是个秋月朗照的夜晚，父亲命三哥守看打谷场上的庄稼，三哥为了看电影，哄我“顶班”。我一个人望着谷场边月光映照下的一棵棵酸枣树找乐。那晚有些风，轻轻一吹，酸枣树的枝叶便一摇一晃的。也许酸枣树的叶片上有些夜露的缘故吧，当时我竟把它想象成了飞落在那上边的萤火虫，一只、两只……而且还在不断地往上飞落，那情景真是美妙极了……那是一段美好的记忆，它时常在我心灵的屏幕上闪现。在朋友的鼓励下，当准备参加中国作协创联部举办的一次征文活动时，我便想起了那摇曳在我记忆里三十年之久的酸枣树……

在以后的接触中，我渐渐地对张老师有了更多的了解。扎根于他心中的那棵“酸枣树”萌芽于他的童年时代，但它之所以能够茁壮生长，最终得益于其多年军旅生涯的“灌溉”以及人生风风雨雨的洗礼。正是那段难忘的峥嵘岁月激发了他的创作激情，使他开始诗歌创作，并一发而不可收。先是在军界产生影响，后来闻名于全国，接着加入中国作协，个人的命运也由此得以改变。

我知道，张庆和抒情散文里写的“酸枣树”，已经是升华了的“在夹缝中生存，在磨难中挣扎，在逆境中巍峨的酸枣树”，成为一个自强不息的强者象征。“酸枣树”其实就是他的影子，这棵“酸枣树”上面，已经重新长满他阅历的“枝叶”、对人生的思考和感悟的“枝叶”，因而就显得那么生机盎然、挺拔高大，成为读者心目中一道亮丽的“风景”。

文学是语言艺术，诗歌是文学皇冠上一颗耀眼的明珠。因为写诗，张老师具备了非常娴熟的驾驭语言文字的功力，他心里那棵“酸枣树”，就是他十几年诗歌艺术创作实践和经验的积累。当我阅读张庆和文章的时候，有个最突出的感觉就是，他的行文充满诗意。比如阅读他在十几年前写的《坝上月》：“月轮满载着惊异，满载着慰藉，从东山坡顺势奔来。那气势，浩荡荡不可阻拦；那声响，轰隆隆惊天动地……”他把诗歌中的通感手法都用上了。

张庆和老师是京城名人，除干好本职工作外，平时难免要参加一些文学活动，也难免要写一些“应景”之作。但是，即便他写这类文字，我们从中并看不出“搪塞”“敷衍”的草率。他为人忠厚，为文严谨，他的为人、为文印证出他品质的高尚。他心里有棵“酸枣树”，说明他是有血性和良知的，他的血性和良知赋予他的作品以灵魂和底气。

在结束实习的时候，我请张庆和老师为我做实习鉴定，他略微思考，挥笔而就，十分贴切地给予了评语，更多的是对我的鞭策和鼓励。记得当时，我带着淡淡的伤感和不舍，走出那扇大门，天空突然飘起了雪花，纷纷扬扬。这里是我实习结束的终点，也是我人生的一个起点，而张庆和老师，注定是我人生中难以忘记的一位值得尊重的老师。

难以释怀的情结

靳进

我不能说自己是个洒脱的人，尽管面对生活中迎面而来的风雨，在经过激烈的思想交锋后，淋湿的情怀能很快被晃眼的阳光一一汲走，但拨过岁月的迷雾，扯起记忆的丝线，我仍对这十余年来与一家报纸始终保持着真纯鲜活的思想情结而庆幸，庆幸激情未曾甄灭、想象得以驰骋，而它就是《中国建材报》。时光真如白驹过隙，翻阅记忆的相册回到90年代初。那时的宣传媒介非常有限，加之父亲所在单位是黑龙江边陲小城的一家企业，征订报刊是极有限的。一次我去他办公室时意外发现了非常“抢眼”的《中国建材报》，它的独树一帜首先来自它清雅的形象——因为当时的报纸通用新闻纸印刷，而建材报则与众不同，选用一种清白颜色的纸张。当然，这还不是吸引我的真正原因，而是报纸所刊文章的内容，尤其是《五色石》副刊深深地吸引了我。当时赋闲在家的我正被等待高考成绩公布的无奈折磨着，于是便在父亲的鼓励下，怀着惴惴不安的心情，初试笔锋出炉了一篇千字小文邮寄给了《中国建材报》。时隔不久，出乎意料地收到张庆和老师的来信，他耐心细致地说明了他的修改意见并鼓励我将文章再锤炼一番。我一方面惊喜于自己遇到了伯乐，另一方面从内心深处涌起对未曾谋面报社编辑的一份敬重与感激。

正是这次不经意的引领，让漂泊游荡的我找到了心灵归宿，并在以后几年先后在全国各报刊和地方刊物等发表散文、诗歌百余篇首。并应邀参加了《中国建材报》文艺副刊在北京举办的“首届全国建材系统优秀业余作者”笔会。19名作者中仅有两名女性，我是其中年龄最小的一个。见京城有那么多著名作家和文学界知名人士前来授课，让我感受到自己捉襟见肘的同时，也找到了灵魂的栖息地。那次我明白了一个道理：只要不轻贱自己，执着而笃定地坚守自己的信念，什么事都不能压垮你，风雨也美丽。难以忘怀10月北京那几个珍贵的日夜，而那些记录岁月刻痕的照片成为我悉数过去的最好见证。有时翻看着报社张庆和老师的“靳进精进，吾之望也”的题词，心便有种湿漉漉的感觉。尽管与报社编辑的交流仅限于北京几日，但心灵上似与他们是旧友故交。而那段经历也成为刻画我韶华时光的一块丰碑，我像所有漂泊异乡的游子怀念故园一样，执拗地怀念着与那次笔会有关的纷纭往事，这种怀念不仅仅是因为灵魂中短暂的饥渴，更因为这种情结如同丰腴的水域滋生出我生命行程中的一片绿荫。心有所依，灵魂便找到了驻扎地，尤其夜深人静时的笔耕不辍，一片绿油油的庄稼便在不知不觉中硕果累累了。其实，奔波在旅途中的每一个行者，在岁月匆匆忙忙的脚步后，心里都实实在在地背负着一种情结，虽然或沉滞、或苦重、或轻快、或欢愉，但终究不愿意放下，因为人生旅程遥遥无期，而我们的灵魂怀有永远的渴意。

品其文　识其人

王玉玲

深秋时节，作家、诗人张庆和老师将新出版的纪实散文集《记忆不敢褪色》赠予我。窗外是如洗的晴空，远处是如黛的西山，手中是馨香的清茶，眼底是纯净的文字，一页页、一篇篇，我如饮琼浆，品味着，思索着，透过他采写的名人、凡人以及为别人著作倾心写就的序言评论，我更读懂了他的文品和人品，胸怀和气象。

文集分《那些人那些事》《那些文那些人》两辑。当年一些活跃在文学艺术界的知名人士，如陈建功、肖复兴、石顺义、杜卫东、石钟山、华静、王挥春，以及仙逝的曲波、葛洛、张志民、张同吾、阎肃等，都可在书里看到他们的身影并窥其丰富的内心情感；同时，一些常年打拼在基层、忙碌在工矿企业、漂泊在都市角落的文学爱好者的作品和普通人的生存状况，书中也多有关注。

在庆和老师的笔下，曾做过煤矿工人的著名作家陈建功的早期作品是被禁锢的精灵冲出瓶口的呐喊，是白兰鸽在欢腾的白云里、灿烂的蓝天间自由自在的歌唱。几个细节，几个段落，便为我们勾勒出陈建功仗义、正直、坦率、洒脱，文章不苟同、不流俗，为人为文都很可敬的形象。《父老乡亲》是一首唱响大江南北脍炙人口的歌曲，然而它的问世却几经坎坷，庆和老师在访词作家石顺义一文中，感同身受，让我们体会到这首作品凝聚了作者多年的心血，饱含着对人民对父老乡亲的无限挚爱深情，还通过石顺义朴实的话语——“我只给社会贡献了一点点，人们就回报了我这么多，没有理由不写出更好的作品回报大家的厚爱”，看到了他那颗金子般的心。在《真心真情真意热肠热面好人——访著名作家肖复兴》一文中，庆和老师说肖复兴是在“冷寂的暗夜中燃亮心中的火把，在荒漠的旷野里寻找自己的绿洲。他写作，真诚地写，写喷发的情蘸着滚烫的血；写身边的人和事写历尽沧桑的小人物，从黑夜一直写到黎明”。文中说肖复兴关心爱护青少年，认真地和他们交朋友，把温暖、把爱心、把鼓励和期望，托飞鸿一一传递给他们，这些细腻的笔触精当地描摹了其人其文。这些富有价值的文章曾被《散文选刊》《人生》《海内与海外》《中华英才》《光明日报》《文艺报》《作家文摘》《北京晚报》《新民晚报》等诸多媒体刊登或转载。

《那些文那些人》一辑中收录的是庆和老师为各地文友出版的诗集或文集所作的序言和书评。在他行云流水散文诗般酣畅的笔下，有对青年诗人和作家大胆真诚的艺术探索予以的热忱赞扬，有对诗人和作家各自不同的创作道路和艺术风格予以充分肯定和实事求是的评价。庆和老师说，诗人写诗的过程，就是一个不断地寻觅美、追求美的过程；就是要把属于诗人自己发现的美呈现于世，让人们去品味，去甄别，去鉴赏，去和读者一起共同完成一次塑造美的过程。庆和老师在点评这些诗作时何尝不是在寻觅人间的真善美，寻觅通往心灵的金桥，寻觅着自己，启迪着读者。

“我是一只晚飞的笨鸟，我的心对着希望歌唱。”这是40年前庆和老师写下的两句自勉诗。前半句是自谦，后半句却是他此生的坚守，与山水共芬芳，与大地同呼吸，他笔下的那些值得回味与咀嚼的文字正是对着希望的歌唱，是他美好心灵的外化。

与张老师结交的朋友，印象最深的就是他介绍别人的时候都以好人定论。他说，这好的说法只是一种美好感觉，是人际关系中滤去杂质后最纯正、最朴实、最直接的褒扬态度，也是对一个人生命价值的综合评断和认可，不必问他好在哪里，他的好就在于平平常常、润物无声的点点滴滴之中。其实，庆和老师才是让人如沐春风的最好的人。

刘熙载在《艺概·诗概》中说，“诗品出于人品”。是啊，心正则笔正，有什么样的人品就有什么样的作品，“文品”即是“人品”，用这句话来评价庆和老师是最恰当不过的了。

情真意切的岁月记忆

——读张庆和纪实散文集《记忆不敢褪色》

张晓实

庆和老师的纪实散文集《记忆不敢褪色》由长江文艺出版社出版了，我由衷地为他高兴。不久前我想去看望他，他说，你工作这么忙，就不用来了，有什么事咱们通个电话发发微信就行了。庆和老师总是这么为别人着想，总是想着别人工作或生活上的不容易。

庆和老师可谓多才多艺，已经出版了散文集《哄哄自己》《该说不该说》《漂泊的心灵》，儿歌集《娃娃成长歌谣》，诗集《灵笛》《山野风》《颠簸红尘》以及《张庆和纪实文学选》等十余部。其中《峭壁上那棵酸枣树》《起点》《海边，望着浪花》《面对草地》《坝上月》《“水的职称”说明书》《问候心情》等几十篇散文及诗歌作品分别入选中考、高考语文试卷、模拟试卷和中小学生“语文课外阅读”等百余种图书。作为作家、诗人、记者、编辑于一身的庆和老师，始终亲力亲为，不但培养了一批基层作家、诗人，而且自己在国内报刊上也发表了不少很有分量的文学作品。

记得1987年，庆和老师从军队转业地方时，由我父亲张同吾举荐到当时的《人民建材报》做编辑，他工作认真、踏实肯干、学习努力，很快就适应了新的工作岗位，受到了报社领导的称赞。一次我父亲参加建材行业的一个活动，遇到了庆和老师所在报社社长张颂甲，他对我父亲说，同吾先生能不能再介绍一两位像庆和这样的人才。庆和老师的成绩曾经是我们家茶余饭后的美谈。

庆和老师给我的印象，总是文质彬彬、谦虚诚恳，对别人没有半点虚假的态度。做事细致、周到、认真、勤勤恳恳，特别是他退休以后依然笔耕不辍，依然关心着我的写作。经常在国内一些有影响的报刊上读到他的一些文章，我的许多文章也都是在庆和老师的指导下发表的。譬如在我上职大一年级时写的一篇文章《凉凉的夜，真美》，被他改编成微型小说发表在《中国建材报》上，后来散文《泰国公路遐思》《品味大师》《我与大使的一次交往》《妈妈的美》、随笔《泰国物价印象记》、诗歌《曼谷女孩》《小船》等也是在庆和老师的关照下得以发表的。

通读庆和老师的纪实散文集《记忆不敢褪色》收入的55篇文章，其中有3篇是专写我父亲张同吾的——《他心中有个妩媚的春天》《猪肝和玉兰花的诱惑》《一切缘于对诗歌的爱》，可见庆和老师对我父亲的感情之深。读着这些充满深情的文字，我们全家真是充满了感激之情。书中有的人我也是认识的，有的人是我知道的。给我的感觉是，虽然每篇文章篇幅不长，但每个人物都写得有血有肉，很丰满，没有雕琢痕迹，没有人为拔高，没有涂脂抹粉，而是通过一件件事，反映出人物的内心情感变化。文字表达自然流畅，富有哲理，相信这一定会给我今后的写作带来启发，实乃受益匪浅。譬如他写的《弹奏心灵共鸣曲》和演唱《父老乡亲》这首歌时的境况：负责演出的领导非让词作者石顺义改词，要把“胡子里长满故事，憨笑中埋着乡音”改成人民跟着党走不回头，胜利在前方等；最后词作者坚持不改。一天里导演竟连打了三个电话，催促修改，说如果不改就只好撤下，不能唱了。短短的文字，庆和老师却写出了作者当时的痛苦心情，十分感人。最后在大家的坚持下，不但没有修改，还上了庆祝党的“七一”晚会，而且荣获当年空军优秀歌曲奖，成为一首至今依然流行的经典歌曲。还有描写作家马淑琴老师创作《寻找李文斌》的过程；写华静老师到黔南采风，当地杀牛时，她不忍看，以致此后不再吃牛肉的记录；写《撼动心灵的力量》肖复兴老师的母亲为了不给儿女添麻烦，主动把衣服洗得干干净净，叠得整整齐齐，直到去世前也没给儿女带来任何麻烦……所有这些文章，都是以极其简练的笔写出了十分感人的故事和场面，有的读得让人流泪。庆和老师很早就出去参军了，他更是一个懂得感恩的人。虽然他的老首长张天郁已经故去，却依然对这位曾经给过自己很多关怀和帮助的老军人一直念念不忘，一篇《平凡人平常事平易人生留香气》淋漓地道出了他对老首长的敬意和怀念之情。

我知道庆和老师对家乡一直充满了感情，是山东老家人坚毅厚道的纯朴之风沐浴了他的情怀，带给他美好的遐想和不竭的创作源泉，使他的创作才青春不老。我与庆和老师已经几年不见，前些时，当我在山东电视台播放的有关庆和老师的访谈专题片上看到他时，见他身体健朗，精神矍铄，心里自是高兴。

生活在都市的人们几乎天天都要坐车挤车，面对此境此情，很多人或许只有抱怨，只有无奈。不久前，我在北京的一家报纸上却看到了庆和老师发表的诗歌《挤车》。诗虽然不长，却反映了当前都市人的生活现状以及该如何面对。如果没有对生活的热爱、关心和忧虑，没有丰富的生活阅历，没有对现实生活的思索和提炼，是写不出这诗句的：

你挨着我
我傍着你
感觉着相互心跳
触摸着彼此气息
无论公交车还是地铁
人与人
就是这么拥挤

不打听来自何方
不询问要去哪里
月亮挤瘦了又胖
太阳挤高了又低
挤走了汗水再挤风霜
春夏秋冬日复一日

就这样
粗俗被越挤越矮
文明在拥挤中站立
烦恼挤出了车外

陌生挤成了友谊
挤是咱上班族的课程
挤是咱老百姓的专利
拥挤中人生
也被挤得结结实实

我知道庆和老师从事新闻工作多年，是知名记者，但同时还是知名作家，这两个身份不是每个人都有的。记者是社会的听诊器，作家是灵魂的工程师，二者都担负着一定的社会责任。对此，庆和老师都付出了自己的努力，而且都有收获。摆在我面前的这部纪实散文《记忆不敢褪色》，便是很好的证明。庆和老师在微信上把自己比作“晚飞的鸟”，这固然有他的自谦成分，但这也恰恰说明，庆和老师知己之短，懂得该从何处努力，如何努力。祈愿庆和老师写出更多好作品，为把今天的真实留给明天的记忆再加把油。

人生漫漫皆是缘

——幸会作家、诗人张庆和

张庆安

把张庆和、张庆安，这两个人的名字写在一起，是巧合亦是缘分。记得20世纪70年代末期，梦想着尽快把自己在稿纸上的手写体变成铅字，在快餐文化上，选择写诗歌走捷径。一次偶然的机会，从报纸上看到署名解放军某部张庆和写的一首诗歌，甚为欣喜。唉，张庆和，与我同姓同宗，一般辈分，油然而生敬意。此后很长一段时间，大凡在报刊上见到张庆和写的诗歌、散文，不仅仔细阅读品味，还会拿起剪刀开启天窗（剪报）珍藏纪念。从此，张庆和的名字一直铭记心间。

一晃30多年过去了。一次偶然的机会，到北京《人生》杂志社办事，得知了张庆和的联系方式。在电话中我与张庆和聊了各自的籍贯、工作和写作经历，甚是投缘，相约有机会面叙。这次得知张庆和长我几岁，应该称为兄长。

庆和兄祖籍山东，身居北京，从《中国建材报》社长助理、副刊部主任任上退休后，便肩负起看护外孙子团团的“重任”，朋友们曾风趣地说他当上了专职老爷（姥爷）；后来，外孙子上幼儿园了，接送又成了他的新“工作”。就这样，他快乐着、奔波着、忙碌着、疲惫着，却依然笔耕不辍，不时有新作在一些大报大刊亮相。

庆和兄才思敏捷，观察细致入微，笔触无处不在。在看护、照料外孙子团团的三年时间里，他倾其心血，尽其精力，在围着团团转的间隙里，竟写就了一本集科学育儿、启蒙益智的《团团的故事》一书，成就了一篇篇风趣、幽默的美文和令人敬羡的育儿经。

回到合肥不久，庆和兄给我寄来他出版的诗集《灵笛》，散文随笔集《哄哄自己》《该说不该说》等几本专著。彻夜拜读，获益匪浅。远在安徽合肥的我，却时常感念敬佩仁兄的才气。

人生如梦，缘分有时就在不经意间。时隔不久，在一次《人生》杂志编创研讨会上，有幸与仰慕已久的庆和兄谋面促膝，喜不自禁，几天时间，在一起捧心掏肺，聊得甚欢。

庆和兄低调、谦逊、不张扬，是我见到的文坛作家中少有的真人。每有闲暇，便品味庆和兄的一篇篇诗文，读着读着，不禁被他的诗情打动。有时被他犀利的诗句和幽趣的语言陶醉，会从心底发出会意的笑声，一旁的爱人“骂”我在发什么神经。读庆和兄的诗，是一种消遣，是一种享受，更似在品尝一杯香醇浓郁的咖啡。尤其是读了他的诗集《灵笛》，观察细微、精到，情感真挚、细腻，直白中饱含哲理，以小见大，回味无穷，如在高原大漠聆听一首首天籁之音。

马鞍山是唐代伟大的浪漫主义诗人李白绝笔之处、终老之地，他先后7次来此漫游，在此留下了50多首脍炙人口的动人诗篇。为纪念一代诗仙，弘扬民族优秀文化，从1989年开始，每年农历重阳节，马鞍山市政府都要举办一次国际吟诗节。国内外诗歌大家名人云集，要写出有思想、有深度、有寓意、有影响的诗作，实属不易。可庆和兄的《曾蘸楚江写天门——谒马鞍山李白墓》（《人民日报》2013年11月25日）的诗作，以李白的“诗思，诗韵，诗怒，诗哭，诗情，诗性，诗心，诗魂，诗意”，“戏弄佞臣”，“惊诧鬼神”，滋润着“鲜嫩鲜嫩的绿色江岸”，写得荡气回肠，令人称道叫绝。

读庆和兄的散文，更有一种醉意频频来袭。我到过虎门数次，也景仰过很多作家、诗人站在炮台前感慨，面对大海吟咏，发思古之幽情。可静听庆和兄的散文《海边，望着浪花》后，心有一股莫名的神药，精神为之一振。他把诗情、诗意融合于散文的哲思和情感之中，赋予“浪花”“大海”拟人化角色。没有诗意的灵感和散文家的顿悟，没有忧国情怀和厚重的历史责任感，没有纵观千古的人生阅历，是很难写出这等惊涛拍岸、涤荡心灵的佳作的。

庆和兄一直是我景仰的一座高山。行者屐痕，有缘人生，让我在茫茫的人海中认识并找到了庆和兄。恭祝庆和兄宝刀不老，佳作频出，愿能拜读并珍藏到庆和兄更多的“绝伦诗文”。

曾蘸楚江写天门

——谒马鞍山李白墓

张庆和

在地是风
在天为云
蘸着楚江写天门

诗思如刃劈破路障
诗韵如雷惊诧鬼神
您怀抱的那个水月亮
从不畏漩流的蹂躏

诗怒飞出刚毅骨气
诗哭留下斑斑泪痕
思乡挽起月亮就起舞
最惬意诗情诗性
打着酒嗝戏弄佞臣

这坟茔
是千里行走的一次小憩
是凝固脸颊的一颗泪珠
不老的是诗心
不朽的是诗魂
鲜嫩鲜嫩的绿色江岸
可是您的诗意在滋润

诗歌，引领他走进文学的殿堂

——记著名诗人张庆和

梁利萍

……这就是诗人
这就是小草
不管生在田园
还是长在荒郊
吮吸他人丢失的空气
咀嚼剩余的阳光味道
总是
在少有人迹的地方碧绿
用生命的巅峰舞蹈
以卑贱和低微酿制心曲
悄悄地唱给远方的路标
把一个个梦想再告诉光盘
任岁月的牙齿

啃食吞咽
或者吐掉

那个当初从泰山西麓古老的“君子之邑”——山东肥城走出来的大男孩，怀揣的一枚文学种子已经结出了丰硕的果，诗歌与散文，甘美与清香，令有缘咂品之人不尽回味，更对作者的文学造诣钦佩不已。如今，已晋升为“老男孩”的张庆和老师，淡然地将名望、掌声与尊崇放置一旁，再一次捡拾起记忆中那枚透亮的种子，和这三十年来生根发芽、抽枝长叶、开花结果的记忆，那不是碎片，是一段完整的、难以磨灭的历程。

童年和故乡埋下了写作的种子

生在史圣左丘明的故里是幸运的，生于贫穷之家则实属不幸。1949年一个清冷的冬日，张庆和无可选择地在这样的地方，这样的家庭出生了。对于儿时的记忆，时至今日，印在脑中的依然是那个刻骨铭心的“穷”字，它像一张揭不去的网，罩住了整个少时年华。

作为家中的老小，大家都昵称他“小五”（还有两个姐姐是不能被算在排行里的）。一个贫穷的农户之家养活七个孩子，勉强维持生计都难，因此，虽然是老小，小五在家中并未享受到多少特别的宠爱。一大家子人主要靠母亲给人家纺线织布过活，然而不想小五来到这世上不久，作为家里经济支柱的母亲就倒下了，一病两年，家里断了收入，且又举债医病，生活的困窘可想而知。第三年，母亲还是离去了，这是全家人谁也想不到的，那一年，小五才三岁多。

失去母亲的小五从奶奶和大姐那里得到很多爱，而在他心中播下文学种子的则是身为秀才的爷爷。爷爷是个读书人，在乡村教了一辈子书，自是爱书如命，甚至连带字的纸都不允许随意撕扯、毁坏，更不准乱扔。小五在爷爷的屋子里见过几大箱子的古书（可惜那些书在“文革”中几乎都被烧掉了），爷爷一肚子的故事都是从那些书上来的，比如《封神演义》《东周列国》《三国志》，还有一些宫廷传奇等。爷爷像个说书先生，讲得绘声绘色，村子里的大人孩子都爱听，有时家里来了客人，也会邀请爷爷讲上一段。听客里自然少不了近水楼台的小五了，那些天南地北的事和性格鲜明的人物不知不觉间在他心里扎下了根，也令贫穷的生活不至乏味。爷爷的书虽然古奥难懂，却拦不住小五一颗好奇之心，他常常翻看爷爷的书，小学三年级就拣出《三国志》来读，虽然有太多不认识的字，也读不通语义，到底是囫囵吞枣地浏览了一遍，故事的梗概明白个大概，这也足够小孩子自豪了。

爱听故事的小五八岁那年才上小学，追着大些的男孩子听人家讲《西游记》里的连环画《小雷音寺》，竟然给背下来了，然后绘声绘色地又讲给班上的同学听，同学和老师都为之叫好。小五更爱读书了，除了翻看爷爷的藏书，还时常跟小伙伴们互相交换着小人书看，痴迷在书香之中。

《我的家乡》，是小学三年级时语文老师布置的作文题目，也是小庆和第一次学写作文的题目。小伙子毫不费力，一口气写下一千多字，家乡的山山水水、野趣巧遇由笔端泉水般汩汩涌出。畅快淋漓地挥洒完毕，就扔在脑后了。未曾料到，这篇在如今已成名的张庆和看来十分稚嫩、平淡的作文，老师竟给了很高的评语，并在全班作为范文朗读。那时教室里安静极了，前面和旁边的同学不时扭头看他，小庆和有点不好意思，心里却是美滋滋的。尔后，其他班级甚至高年级的老师也将这篇作文拿到他们班级去朗读、评析。自己的第一篇作文得到老师的嘉许和肯定，给了小庆和莫大的鼓励和启迪，一扇文学的大门向他敞开了，一粒文学的种子在心中萌动。虽然后来经历了两年的辍学，但离开学校的他从未离开过心爱的书本，再次坐进课堂里的小庆和写出的文章依然是班级里的范文。

正当张庆和雄心勃勃，立志在文学上有一番作为之时，“文革”到来了，学校停课，老师被批斗，图书被焚作灰蝶，知识的尊严荡然无存。这一切突如其来的变故让张庆和错愕而迷茫，正如他在后来的作品中所述：“愚昧和无知扬起的漫天尘沙迷蒙了我的双眼。从此，我不再读‘闲书’，不再‘胡思乱想’，与‘有所作为’彻底决裂，这一绝就是十四年。这十四年，正是我生命蓬勃、获取知识的美好年华啊！可惜，我失去了，永远地失去了！”

军旅生活重拾文学梦

1969年1月，张庆和穿上了空军军服。军旅生活是他人生的一个转折点，也是藏在心底里那颗不灭的文学火种重新燃亮的地方。新鲜的生活，俊秀的山河，让灵感不期而至，诗情瞬间爆发，一首四行小诗《胸怀朝阳卫祖国》一气呵成。他将这首小诗投到《青海日报》后，并没有太放在心上，更没有想到自己的作品会变成铅字，赫然印在1974年1月8日的《青海日报》上。这第一篇被公开发表的作品给了张庆和莫大的鼓励和信心，于是又一连写了四首小诗，其中两首又被《青海日报》发表了。然而这一时而起的激情并没有让张庆和继续写下去，激情过后又是几年的沉寂。

“文革”结束后，大环境回暖，知识重新受到尊重。经历了那十年知识枯竭期的人们，好似荒漠逢甘泉，如饥似渴地徜徉在知识的海洋中。那时候的张庆和已经是所在师最年轻的指导员了。晴好的社会氛围，让他又拣起了书本和纸笔。工作之余、节假日，大家都放松紧绷的神经，打牌聊天，他则一头扎进书本里，弥补逝去的青春读书年华。每每读到动情处，便诗情四溢，一首首清新典丽、情真意切的小诗跃然纸上，在旁人看来，这个指导员有些不务正业呢。闲暇之时，张庆和凝目深思，童年的生活、故乡的亲人和山川草木一桩桩一幕幕由心头起飞，栖落眼前，又凝结成粒粒文字如雨滴滚落，汇集成文学原野上的一条条潺潺流韵。这文思一发而不可收，诗歌、散文、小说皆有所涉猎，最终在辽阳文联吕乃国老师的建议和鼓励下专注于诗歌创作。这一段时期是创作激情燃烧最炽烈的时期，大量带有对乡土眷恋赞美的作品问世，如发表于《空军报》的《故乡土》，发表于《鸭绿江》杂志的《我身旁流着一条小溪》，以及发表在《解放军文艺》《解放军报》和《辽宁日报》等报刊的诸多诗作。

祖国好山河为他提供了写作题材

1987年，张庆和结束了历时近19年的军旅生活，告别了心爱的戎装，转业到了地方。因为他对文学的爱好和发表的一些作品，当时一些媒体和用人单位曾一度向他抛出了橄榄枝。空军创作室的石玉增老师，《空军报》副刊的窦志先主任，以及著名诗歌评论家张同吾老师更是向《人民建材报》社大力举荐。张庆和始终抱守着他的文学梦，一心只想做一个副刊编辑，而因另两家报纸和一家综合杂志都没有文学副刊，因此就与其无缘了。上天不负有心人，拿定主意要成全他的梦想，1987年8月，张庆和正式成为一名《中国建材报》（原《人民建材报》）的副刊编辑和记者，在文学的沃土上继续耕耘与收获。

新的工作给了他更多饱览祖国大好河山的机会，张庆和的足迹踏遍大江南北。山河的壮丽，草原的辽阔，乡村的炊烟，城市的灯火，无一不在拨动他心中的挚爱之情与感动。这一时期，他写出了一批优秀的作品，比如诗歌《窑炉班，成了一块风水地》《西柏坡话题》《梁山好汉》《其实，诗人不过是一棵草》等，比如散文《峭壁上那棵酸枣树》《海边，望着浪花》《面对草地》《仰望雪山》《坝上月》《荔波一棵树》《狼牙山远眺》《走向崇高》《武当山的水》等。这些作品，大多被《人民日报》《光明日报》《解放军报》《北京晚报》《北京文学》《诗刊》《中国作家》等国内近百家有影响力的报刊发表，有些还被一些省市、学校选作中考语文试题和模拟练习题应用。

说起对散文写作的涉猎，张庆和说1993年以前是绝少的，这其中还有一个缘由。张庆和1993年5月7日加入中国作家协会后，不久中国作协创联部在作家中发起一个散文征文，朋友劝他写写试一下，于是他写了具有浓厚思乡情怀的散文《秀月》，觉得不是很满意，一个月后那篇著名的《峭壁上那棵酸枣树》完稿投出，在那次比赛中获得三等奖，并被刊载于《文艺报》，继而《散文选刊》选载。自此情思文采如清泉汩汩奔涌而出，一批优秀散文随笔不断见诸首都数十家报刊。

有两件小事是必须记下来的。

作家黄国光先生在《一个摸黑写诗的人》中写过这样一件事：张庆和一家三代挤在50多平方米的房子里，他没有书房，爱人身体不好，晚上休息得比较早，睡觉又轻，有一点儿动静就会被吵醒，更不要说开灯写作了。所以，为了照顾爱人的身体，他也要早早上床休息。可是作家的灵感往往在夜深人静时迸发而出。庆和当然不想放过这稍纵即逝的灵感，怎么办？差强人意的环境往往能催生人的智慧，每晚睡觉前他都要在床头准备下纸和笔，以便灵感到来时好马上摸黑记下来，第二天再抄写整理。很多佳作就是在这样的夜深人静时孕育生成的。

那是一个夏初雨后的周日，张庆和与爱人骑自行车到郊外一条小河附近踏青。清幽怡人的景，淡爽煦暖的风，更有温柔贤惠的爱人相伴，突然觉得该写首诗才对得起此情此景，可不管怎么琢磨就是出不来感觉。第二天下班的路上，灵感倏然而至，可是张庆和翻遍身上也没找到一张纸片。他知道这时不能再骑车了，此前曾因为骑车时一门心思斟酌词句而摔伤过，于是只好推着车一边走，一边琢磨。走着走着，突然在眼前地上发现一个空烟盒，张庆和赶忙捡起来在烟盒背面记下了这首诗，就是我们后来在他的诗集《灵笛》中读到、曾被引以嘉评的短诗《夏日小河边》：“柳荫锯碎阳光/粉末满河道飘荡/诱惑在前方悄悄拐弯/蝉声兴冲冲织网/碧草欲挽留脚步/不小心惊动了芬芳”。

对现实社会和生活的忧虑，给了他写作的动力

作为一个编辑和记者，除了游历祖国的大好河山，更多时候是与形形色色的人与事打交道，再加上耳闻目睹之种种社会怪相，心情不免有些灰蒙蒙，有些迷茫了。但是消极不是一个有责任感的作家应有的心态，他拿起手中之笔，将心中的忧虑与正义感凝结成文字，一篇篇与反腐败有关的文章见诸报刊，如随笔《贪官预报》《"感谢"腐败》《贪官求生"三窍"》《当官的朋友这样说》《奴才对话》，诗歌《问题诗》《梁山好汉》等。除此之外还有《顾问》《扒手形色》《北图阅报》《遭遇出租车》等反映社会生活中一些百姓素养欠缺问题的文章。这些直白刺耳的文字必然是要引来非议的，这一点张庆和也早有预料。他在散文集《该说不该说》篇中曾如此表白："即使此小文，也许一些人看了会感觉不舒服，说不定也要弄出个什么说道来摁在言者身上呢。人心炎凉，无孽不有，由人家说去好了。相信被唾沫淹死者，是不敢腾涛踏浪的人；被手指戳断脊梁骨的，只是软骨病患者而已。"张庆和正是挺直脊梁踏行在浪涛之上的一名歌者。

求真、向善、寻美的人生态度，是他作品的主要成分

阴霾总是暂时的，它会让张庆和的心情一时走入低谷，但总能从中跳出，因为文学之光照在心里。对真善美的追求，对生活的热爱，让他总能将生活中的每一缕阳光收集起来，又将之编织成闪烁着爱与热情的文字，去照亮读者的心灵。在散文《哄哄自己》中，张庆和写

道："这世界的风霜雨雪太多。心一旦被打湿了，受潮了，只有自己把它搬到阳光底下去晒，才能寻找到温暖，才能不让它发霉，才能把角落深处的那个阴影驱逐。"月有阴晴圆缺，心情也时有波动，心情是"需要问候"的。散文《问候心情》告诉读者，"坏心情往往是由于好心情得不到应有的认可而改正归邪；坏心情也常常由于受到了应有的抚慰而变换了角色。所以，坏心情和好心情一样，都可能因时、因地、因人，因是否得到了理解和尊重而改变其方向"。再如散文《起点》《中秋望月》《心灵是一片土地》等，更是因其美妙的文字和深刻的内涵被多家媒体选载，其中《起点》一文还被引用在2012年昆明市中考语文试卷中。

如今，已经退休了的张庆和依然没有停止笔耕，陪伴小外孙的生活给了他另外一种体验和感受。迄今为止，他已写出一百余首儿歌，其中《小雨点要回家》和《娃娃·西瓜》还被人谱曲网上传唱。在当今儿歌质量良莠不齐的年代，一个作家、诗人能以主要精力去执笔儿歌，实在是孩子们的一大幸事。我们期待一本优秀的儿歌专辑早日面世，也期待张庆和有更多佳作泽润我们的心灵。

在人人文学虹韵文化艺术团举办的
张庆和《心灵在阳光月色下徜徉》空中诗会上的致辞

各位尊敬的老师、文友、朗诵艺术家，晚上好！

我是梁利萍，非著名写作爱好者。很高兴参与虹韵艺术团今天的诗会。

能够为张庆和老师的空中诗会致辞，我既荣幸又惶恐。荣幸，是因为我是张老师的学生和粉丝，对于老师的诗文素来仰视并加以学习；惶恐，是因为面对老师的文学成就与口碑，我何德何能冒昧致辞？

感谢张老师、艺术团和大家的信任，那就让我将致辞当作一次对老师诗歌的学习汇报吧。

很多年前，我买来张老师的诗集《灵笛》，淡灰色的封皮，雅致简洁，现在就放在我客厅书架上最重要的位置。那是我第一次系统品读张老师的诗歌，那灵动的文字、细腻的情感、令人称道的构思让我对诗歌有了新的认知和更深的热爱。

所以我要说，张老师的诗歌如山泉水。

首先，诗文有山泉的清澈。张老师所用词句绝无晦涩，不刻意求奇，无华丽辞藻；那洗尽铅华的文字、经过锤炼的诗句自有脱俗的美感。

第二，诗韵有山泉的跌宕。每首诗都是独一无二的泉，有着自己的行走节奏。有的如月光下的汩汩流淌，有的如卵石上一跃而过，有的如峭壁间奔涌而下。读一首诗，好似乘坐一叶小舟随文字的流水高低缓急，感受诗歌的韵律。

第三，诗风有山泉的质朴。诗人的每一个字、每一行诗句都来自心灵深处，发自肺腑，是清澈的活水，素而不俗，平而不凡。诗歌所表达的是人类最本真的情感，是离人性最近的真善美。

第四，诗品有山泉的真挚。含蓄的文字下，爱恨情愁表达畅快淋漓，爱也真，思也深，对丑陋的鞭挞入木三分。读张老师的诗歌，是在与灵魂交流，直面灵魂至深处。

诗好，人也好。张老师人如其诗，有着山的厚道和泉的通透。为师长，他毫无保留；为朋友，他热情宽厚；为诗人，他真性情、好文笔。

张庆和老师说，诗人，不过是一棵草，生灭枯荣全凭自己的灵性。张老师还说："诗人，在少有人迹的地方碧绿，用生命的巅峰舞蹈。"这不正是张庆和老师吗？这不正是我们每一位热爱诗歌艺术的人吗？来吧，让我们随着张庆和老师诗歌的灵性，一起用生命的巅峰舞蹈。

最后，祝愿张庆和老师的写作生涯如水之绵长久远，创作热情如泉之喷涌奔流。祝愿虹韵艺术团张庆和原创诗歌专辑空中诗会圆满成功。

2020年5月27日 于北京

谁知默默无言里　山是青青花是红

张文睿

诗人张庆和退休前的职业是记者、编辑，用行业术语讲：编采合一。

庆和老师曾经写过多少新闻作品？估计少说也得几十万字吧。

前些日子，听朋友讲，庆和老师数年前写的一篇报告文学被一家影视文化机构看中，买断了改编权。

让人惊叹的是，庆和老师在忙碌的记者生涯中，出版过五六部诗歌作品集，还有多部散文作品集。

什么叫笔耕不辍？

如果用一句古人的诗句赞美一下，可谓：谁知默默无言里，山是青青花是红。

2018年5月，庆和老师又一部散文随笔集《记忆不敢褪色》由长江文艺出版社出版，与读者见面。

全书分“那些人那些事”“那些文那些人”两辑，共收入55篇文章。

正如许多新闻作品背后都有若干故事，庆和老师在几十年编辑岁月中，有许多难以割舍的记忆与情怀，有若干飞来飞去的思绪与生活碎片。

勤于笔耕的庆和老师，贴着生活，饱蘸笔墨，记下了一段段的人与事……

譬如，在中国作家第五次全国代表大会分组讨论时，庆和老师与前辈作家曲波在同一个组。与曲波老人聊到电视剧《林海雪原》时，曲波说："那不是原著的意思。"当有人建议曲波前辈写《林海雪原》续集时，曲波说："没有续集。"

还说："续集是商人胡来。"

细读《记忆不敢褪色》全书，序文七八篇之多。

为普通作者作序，是一位编辑的美德与良知。

一个文学爱好者、一个作者，走在曲曲弯弯的文学小路上，多么希望前边能伸出一双温暖的手呀！

书中还有一组读作品记。

庆和老师的读书记，均属掰开揉碎了娓娓而谈那类。

朋友的书寄来了，或者打来电话，敬请给予指点。

或许，相当部分的人，大致上翻翻，泛泛的赞美一下就算完事了。

庆和老师对朋友们是负责的，让朋友们心存感激。

数年以前，我曾写过一篇文章，叫《诗人张庆和》，很想在这里转述部分段落：

庆和老师早年有一段军旅生涯，在空军。

到了这个时期后半段儿，庆和老师已经是一位很有收获的军旅诗人了。

此后，庆和老师有过二十多年的编辑生涯。他团结了一批著名的诗人、作家

特别是扶持了一大批无名诗人与普通作者。

庆和老师在许多业余作者心里，留下了温暖的记忆。

我和庆和老师往来十余年，庆和老师年少时的故事，是刚刚从《记忆不敢褪色》中读到的。

庆和老师是山东肥城人。“我们姊妹七个，一大家子人，主要靠母亲给人纺线织布才得以维持的……”

庆和老师两岁多那年，母亲病故了。

小学刚读完四年级，庆和老师就失学了。两年后学校免除了他的学杂费，才重新走进了学校的大门。

许多年后，庆和老师写下了这样的诗句：“我是一只晚飞的笨鸟，我的心对着希望歌唱。”

大约是八九年前，庆和老师博客的冠名就是“一只晚飞的笨鸟”。

这两年，庆和老师微信冠名叫“晚飞的鸟”。

在《记忆不敢褪色》一书中，庆和老师写了不少文学创作领域的朋友们，在分析评述其艺术成就之外，常爱说这个人是好人，那个人是好人。

非常坦诚地说，庆和老师就是个好人，一个善良的人。

无论是诗歌，还是其他门类的艺术创作，都很有可能像太阳一样

照亮自己，同时温暖着别人！

庆和老师就是那种照亮自己，温暖着别人的人！

我读张庆和

张琳璋

认识张庆和是在今年夏天的北戴河“作家创作中心”，他是携夫人同去的，好像比我们晚到几天，当时并没有特别注意。下午去海滨游泳，我们的队伍里突然多了一男一女他们夫妇两人，于是彼此便认识了。

那天海水很凉，海上有风，太阳却很好，所以我们犹豫了一刹，大家还是跳下水去，在里边扑腾。玩了一会儿，我感觉有些冷，便上了岸，这时发现庆和也上来了，他对我说海水很凉，便躺在沙滩上取暖。我看见一个身穿红花泳衣的女子不知什么时候也跟上来，双膝跪卧在他身边的沙地上，正笑吟吟地一捧一捧往他身上埋沙子。

大概是我们的距离太近的缘故吧，无意间，我看见他的夫人此时的姿态真是美极了！圆圆的面庞白皙而且红润，一双眸子很亮，闪烁着爱怜的光。她微微前倾着身子，轻舒玉臂，伸出纤手，捧那白沙，温柔地撒在庆和的身上、腿上、胸间，一直到晶莹的海沙把庆和的身体完全埋住……

我听见她柔情地问话："还冷吗？"庆和回答了一句什么，我没有听清，大概是好些了之类吧。

"好一个幸福的大男孩！"我心里惊羡道。这是我第一次阅读张庆和，在北戴河海滨浴场的沙滩上。他当时给我的感觉是，这是一位谦和的不善言辞的幸福的大男孩。

快活的休假，一晃十几天过去了，大家各自回到该回的地方，继续自己的生活。我回到开封家里不久，便收到庆和的来信和他的诗集。

对于诗，我是情有独钟的，从小就特别喜爱，特别喜欢读诗、谈诗，也偶尔写一些，当然在国内外的刊物上也发表过一些，也出版过一部诗集，但我始终不敢对人说我写过诗，就是发表，也决然不敢署真实姓名，因为我觉得写诗太难了，写出一首好诗就更难。

诗是什么？诗是诗家用心灵的甘露浇灌出来的花朵！心灵的甘露是什么？是眼泪，是鲜血，是生命，是爱情和仇恨，是活生生的真实！所以，"真"是诗的灵魂。倘若没有了"真"，诗就失去了灵魂。没有灵魂的东西，谁看？怀着对于诗的这种被那些年代扭曲了的成见，我翻开庆和的诗集，读他的诗篇。

我立即被那些满是灵性的诗行所吸引，我读见了一种淳朴的美真实的美狡黠的美，我惊讶于自己的发现：原来当今诗坛上，还有这样真实的佳品存在着！

是悬挂在人类面颊上的一颗泪珠
是建筑在心灵深处的一间小屋
是摇曳在文学山巅的一株鲜艳

是生命中难以排解的孤独
(《关于诗》)

这是庆和对于诗的理解。他把诗歌与人类的情感、心灵等同一体，水乳交融，不可分离。这个见解无疑是正确的。我特别喜欢他说诗“是悬挂在人类面颊上的一颗泪珠”里那个“人类”二字，这个涵盖非常准确，意为凡是人类存在的地方，就一定有情感，有情感就一定有诗。这四行诗句，应该是庆和的诗论，是他关于诗歌创作的指导思想，有了这个正确的思想指导，难怪他的诗歌作品，篇篇都那样充满人性美。

我的妻子
一个总是稀里糊涂的人
妻子很漂亮呢
当初有很多男孩追她
直追得气喘吁吁
汗水淋淋
可小子们谁也没有追上
她一扭身却撞上了我
撞得很疼呢
妻子说这是她前世“作孽”
(《妻子“问题”》)

这是庆和的爱情诗。读这些诗句，我好像看见诗人手里把玩着酒杯，得意地嬉笑着，跟我炫耀着他的爱情，他的甜蜜。用“稀里糊涂”描写妻子，用“很多男孩追她”烘托妻子，用妻子的抱怨“这是她前世‘作孽’”幽默妻子，这一切都围绕着“妻子很漂亮”展开，真是九曲回肠，一波三折，弯弯曲曲。这是欲扬之而故抑之，是诗家的“委曲”之笔。是“登彼太行，翠绕羊肠”（司空图语），意即用羊肠小道环绕太行山一样的“委曲”手法，来表现他婉转反复的心态。你看诗人写到他的妻子，他是多么地弯弯绕啊！这里，还有一层更“委曲”的意思在，即诗人用妻子的“稀里糊涂”“撞上了我”来进一步表现“我”的得意和满足，明里写妻子，实际是在写自己。这里又是一个“委曲”，令你读来不能不有艳羡之想。于是，在你正自艳羡的时候，他的炫耀妻子自我张扬的目的达到了。“委曲”，就是委婉曲折，它是诗歌创作的一个美学原则，张庆和把这个原则运用得很到位，所以这首爱情诗便具有了特别的魅力韵味。——这个躺在北戴河沙滩上享受爱情的大男孩的那一幕画面，实在可以做妻子“稀里糊涂”的注脚——他的诗的爱情的甜蜜，实在是源于他爱情的甜蜜啊！

历史是一位母亲
她生下的孩子
都取名叫日子
日子们
大都很普通很平常
有的却也很伟大很难忘
比如一九四九年十月一日
（《伟大的日子》）

这是庆和描写国庆节的诗句。国庆节，它是一个新的政权的诞生，所以它重大，所以它需要热烈，所以它往往表现激情。一九四九年十月一日新中国诞生以来，歌颂这一天的诗篇太多了，几乎每一年的这个日子都有一大批诗作出现在各种书籍刊物报纸黑板上，然而，却没有一篇如庆和这样写的。这样平平淡淡地开笔，又这样突兀醒目地突出，让人于那普通平常里突然发现伟大和难忘。于此，我们可以看见诗人的聪明睿智，更可以发现他独特的艺术风格。

地球被弄得太脏了
莹洁的秋月
才一下子黏住这多目光
（《望月》）

这首《望月》诗一共三节十六行，上边这三行是第三节，是这首诗的“诗心”。我特别喜欢它的造语平常而寓意深远。这是张庆和诗歌风格的又一种表现。“弄得太脏了”，这是口语，以口语入诗，非驾驭文字的高手是不敢为此的，而庆和的诗里这类情况很多，随处可见。这里，“弄得太脏了”这句口语前面冠以主语“地球”，立即得到升华，平平常常的一句口语立即被赋予了一种特殊的内涵，变得丰满了起来，有了一种特别的含义，并且为下边的诗句张目，引出“黏住这多目光”，把诗人对于那个“地球”的“脏”的愤慨尽数地宣泄出来了。

这个“脏”字，仅仅指的是生态环境吗？是不是还有别的意思在？譬如社会环境、语言环境、道德环境、文明环境、安全环境，等等。这种以物象（莹洁的秋月）喻道理（污染问题）的艺术风格，常常被诗评家们称之为“含蓄”。“含蓄”也者，辞短意长，含而不露之谓也。

读张庆和的诗，似这样平中见奇，平中见雅，平中见深刻的地方真是太多了。

——这，应该是我第二番阅读张庆和吧。

第三次阅读张庆和，是他的那些优美的散文作品。

张庆和的散文，跟他的诗歌一样优美，无论从形式到内容，都是玲珑剔透的美，他做到了形式和内容的完美统一，篇篇都是文以载道的艺术珍品。

他有一篇散文名叫《峭壁上那棵酸枣树》，我第一次读，就一口气卒读完全篇，非常喜欢。这是一篇用诗的构思诗的语言诗的韵律诗的情怀写的散文，所以它有着诗的优美和震撼。他用“峭壁”象征人生的艰难、环境的险恶、生存的不易；他用酸枣树象征生命的顽强、战斗的力量、精神的伟大。

“它高不足尺，阔不盈怀；干细枝弱，叶疏花迟。云缠它，雾迷它；风摧它，雨抽它；霜欺雪压，雷轰电击。大自然中的所有强者，几乎都在歧视它，虐待它。仿佛只有立刻把它从这世界上除掉才肯罢休。然而，酸枣树并没有被征服，它不低头，它不让步，于数不尽的反击和怒号中，练就了一身铮铮铁骨，凝聚了一腔朗朗硬气。”

这里，作家描写的是酸枣树吗？酸枣树的平凡的形象，是不是象征了我们这些普通的百姓和劳动人民？酸枣树的被欺压受凌辱遭磨难的遭遇，是不是劳动人民苦难历史的再现？酸枣树的不低头不让步的反击和怒号，是不是劳动人民的战斗精神？

分析这篇佳作，就创作论而言，这里我不想讲它的“风骨”和“情采”，亦不想讲它的“章句”和“夸饰”，尽管文章在这些方面有着很突出的特色，尽管有很多可圈可点的地方有待我们去欣赏去体味，我在这里只想谈一谈作家的“神思”。

神思也者，刘勰有个极为精练的说法，曰：“古人云，‘形在江海之上，心存魏阙之下。’神思之谓也。”刘勰在这里借用古人的一句话，来说明想象之于人是多么的丰富多彩。你看那人，身在民间，可是他的心却在朝堂之上，这就好比人们写作时的思维。写文章时的构思，他的想象可以飞翔到遥远的地方，可以思接千载，也可以视通万里，可以发出珠圆玉润的声音，也可以看见风云变幻的景象。刘勰说，这就是神思。其实，翻译成白话，神思，就是神奇的构思，就是作家构筑文章时的思考。

我们进入大山，置身悬崖峭壁之间，我们会看见那陡峭的崖壁上，到处都生长着不起眼的酸枣树，一丛丛，一簇簇，没有人会注意它们。人们的视线逡巡着去寻找的，往往是那一株两株的松树、柏树。那岁寒不凋笔直挺拔的松柏树，给人们一种挺拔倔强、坚强不屈服的精神力量，似乎只有它们身上才寄托着人们的某种意识和情感。而对于那低矮的落叶的枝蔓扭曲得不成材料的酸枣树，谁又能发现些什么呢？联想到什么呢？没有人去理睬它们，更不要说去讴歌它们。但是，诗人、散文家的张庆和却于那为人们忽略的角落里发现了它们，发现了它们的形象美、品格美、精神美。

“是为摆脱饥寒交迫的日子，你才无可奈何地跳下那悬崖？是为免遭那场被俘的耻辱，于弹尽粮绝之后你才义无反顾地投落这峭壁？

那一天，你确真跳下来了，像俯冲搏猎的那只雄鹰，像划破静寂的那颗流星……”

作家在确定了他所要描写的一个物象（酸枣树）和所要表述的一种精神（立意）之后，他的神思展翅飞翔。于是，本文的象征物便有了它特定的内涵：一棵在夹缝中生存，在磨难中挣扎，在逆境中巍峨的酸枣树的形象和它的精神，便由此生发开来。接着用几个排比段落，写人们从它的普通不起眼里看见了它的特别和突兀，从它的抗争呐喊里看见了它的勇敢和刚毅，从它的不鄙位卑不薄弱小不惧孤独里领略了它动人的风采。最后，以对那粒小得几乎为人们所不见的酸枣的讴歌收束全篇，完成了作家对于生活里一种美好的歌颂。

优美的文章源之于优美的构思，构思的优美决定了文章的优美。张庆和《峭壁上那棵酸枣树》的成功，我认为，首先是他“神思”的成功。

唐人刘禹锡在《董氏武陵集记》里有一句话，道是:“片言可以明百义，坐驰可以役万里，工于诗者能之。”读张庆和的诗与散文，我想，用“工于诗者”誉之，他是当得的。

我们会永远记住他们的

韩生华

3月5日清晨，朝阳四射，春风拂面。我和《卡尔巴拉岁月》一文的作者张庆和驱车来到河北冀东水泥股份有限公司，倾听读者对此文的感受。

这一天是周末。远处，冀东几条大型新型干法水泥生产线静静地冒着淡淡的青烟；近处，冀东招待所会议室里坐满了人，每个人手里都拿着一张2月28日的《中国建材报》，议论声、欢笑声汇成一片。

当张庆和出现在大家面前时，一双双热情的手伸过来，“感谢原国家建材局的领导还记着我们，策划了这次报道”，“感谢《中国建材报》大篇幅的精彩文章，让我们重温了那段历史”，“感谢报社记者的辛苦写作，让我们铭记了在卡尔巴拉的岁月”……张庆和被热情的场面包围着、感动着。

卡尔巴拉——为中国水泥工业发展积累宝贵财富

大家一落座，时任卡尔巴拉水泥厂总经理、现任唐山市人大常委会副主任杜金弘首先开腔了："20多年过去了，张人为、雷前治、蒋明麟等行业老领导还惦记着我们在卡尔巴拉度过的艰难岁月，真是非常感谢。20多年之后，回首再看当初奔赴卡尔巴拉的意义，认识更加清晰了。当时通过承担卡尔巴拉水泥厂承包生产劳务项目，要消化掌握先进技术、培养锻炼骨干队伍、学习现代企业管理经验的目的可以说完全达到了。"

"冀东先后有几百人在卡尔巴拉水泥厂工作过，他们回来后，为冀东从日本全套引进先进的新型干法生产线早日投产达标做出了开创性的贡献。去卡尔巴拉之前，我们对先进的水泥生产工艺知道得很少，20年后，中国已能以自有技术建设世界上规模最大的水泥厂，发展速度之快，与当初建材部领导的英明决策、与在卡尔巴拉水泥厂全体中国工作人员的艰辛付出密不可分。我也是《卡尔巴拉岁月》的策划者之一，稿子没发表之前就已经读过3遍。见报后，又读了两遍。每读一遍感受都会更加强烈。卡尔巴拉之行，虽然我们流过泪，也流过血，但此行为中国水泥工业发展留下了宝贵的财富。卡尔巴拉精神可歌可泣、可贵可敬啊!"

说此话时，杜金弘，这位卡尔巴拉水泥厂中方高级管理者的手在颤抖。3月2日下午，拿到刊发有《卡尔巴拉岁月》的《中国建材报》后，他立刻给刘臣、宋金岭等同志写了一封信，请他们"忙中一阅"，并派人迅速将报纸送给几位同志。他连连说，《中国建材报》记录这段历史，对去过卡尔巴拉的人是一种肯定，对没去过的人是一种激励，读自己行业的报纸感觉就是亲切。

卡尔巴拉——是心中无法拭去的情结

于九洲，时任卡尔巴拉水泥厂总经理助理，现任冀东水泥集团有限责任公司副总经理。刘臣，时任卡尔巴拉水泥厂中控室主任，现任冀东水泥股份有限公司副总经理。20多年前，他们是初出茅庐的“小牛犊”，跟随杜金弘在卡尔巴拉浴血奋战。如今，他们羽翼渐丰，是冀东的中流砥柱。

收到杜金弘派人送来的报纸，于九洲下班回到家一口气读完了4个版，心情久久不能平静。在卡尔巴拉时，他不但肩负着全厂部分管理职责，还是中外双方沟通的“桥梁”——翻译。当时中伊双方存在的问题他掌握得相对真实些、多些，读罢文章一幕幕往事再现。记忆最深的是刚去时，怎么也无法与伊方人员和睦相处，他们那种雇主的蛮横和居高临下的傲慢，让于九洲想到了当“逃兵”。后来，在与伊方人员既有合作又有斗争的过程中，双方建立了深厚的友情。于九洲动情地说，永远忘不了回国的时候，伊方负责生产的经理赛利一程又一程送他的情景。这些年，伊拉克战火纷飞，不知卡尔巴拉水泥厂怎么样了，不知赛利怎么样了，这是于九洲心中永远的牵挂。

去卡尔巴拉时，刘臣大学刚毕业一年多。当时只有二十几岁的他，去卡尔巴拉的目的只有三个：去外面的世界看看；得到“几大件”后好把媳妇娶回家；听说那里很苦，不服气，看自己是否也是条汉子。

20多年过去了，刘臣说，能在年轻的时候去卡尔巴拉接受锻炼，这是他一生的幸运、最大的收获。卡尔巴拉留给他的是这一辈子都用不完的精神财富。在后来的工作和学习中，无论遇到什么困难，都可以从容应对。因为想想卡尔巴拉，就什么也不怕了。卡尔巴拉，是刘臣战胜困难的精神法宝。刘臣说，2月28日的《中国建材报》他要永远珍藏好。

卡尔巴拉——是耳熟能详的故事

拿到刊发有《卡尔巴拉岁月》的这张报纸后，冀东水泥集团有限责任公司工会主席宋金岭、冀东三友水泥有限公司党支部书记梁绍弟、冀东水泥股份有限公司总经理办公室副主任王东卫等没去过卡尔巴拉的人，都开始忙起来了，借这篇文章发表之际，要广泛在冀东掀起一个学习和弘扬卡尔巴拉精神的活动是他们的共同想法，近期企业内部刊物将连载这篇文章，并要组织召开各种座谈会。

在冀东这样的大企业中，虽然去过卡尔巴拉的人是少数，但广大的冀东员工是赴卡尔巴拉人员的坚强后盾。卡尔巴拉已不是一个陌生的地名，而是每个人耳熟能详的故事。大家传颂着、传递着、丰富着冀东的企业文化。

宋金岭、梁绍弟、王东卫等回忆着当时厂里广大职工想方设法支援、支持前方的一个个动人故事。工会将家属的录像带、照片、食品等带给卡尔巴拉的前方“将士”，让远在卡尔巴拉的亲人不要牵挂家里人。说到这儿，刘臣说，他们在卡尔巴拉时，短短一盘录像带要放好几个小时，因为谁看到自己家人那一段时都要求倒过去再看一遍。杜金弘说，在卡尔巴拉，他最怕的就是过年过节，职工一想家，他那里就“乱套”了，好在厂里拍的录像帮了大忙。还有厂里带来的酒也是好东西，让大伙儿喝醉了，就回去睡觉，也就没人哭鼻子了。

宋金岭说，提起卡尔巴拉的故事，没有去过卡尔巴拉的人照样能说出一大串。正是看到了这一点，冀东的领导也经常用卡尔巴拉的管理方法、动人故事来激励职工做好工作、克服困难。王东卫说，读了《卡尔巴拉岁月》，对这次大规模劳务输出的目的、对奋战在卡尔巴拉前线的同事有了全方位的了解。卡尔巴拉是宣言书、是播种机，有了卡尔巴拉精神，我们战无不胜。《卡尔巴拉岁月》里提到的牺牲的司机匡玉生生前是梁绍弟的好朋友，读完这篇文章后，又勾起了梁绍弟对好友的怀念。他说，当年冀东全力以赴、周到细致的后方支持深得人心，是卡尔巴拉营造了冀东浓厚的人情氛围。

说起卡尔巴拉，无论是去过的，还是没去过的，话题总是奔泻而出。我们该返京了，大家拉着张庆和的手久久地不肯放松，一再地说：去卡尔巴拉的人是功臣，强大的后盾是功臣，记录了这段历史的报纸和记者也是功臣，让卡尔巴拉岁月永远铭记在我们的心里吧！大家还特意告诉我：谢镇江社长在评论文章中说“让我们永远记住他们”，请转告谢社长：我们会永远记住他们的。

幸福就是掬好一捧水

蔡志宏

是日，我读完《阳光月色抚红尘——张庆和其人其文》一书，不由得倾心倾意羡慕起庆和老师来，我觉得他应该算是一个顶顶幸福的人了。书中，大家对他众口交誉，不光赞美他的“文好”，更是盛赞他“人好”。人在尘世走一趟，能被这么多人真诚地说好，就算值了!

庆和老师的大名是在1993年进入我的眼帘的。15年来，经他的手发表的文字不少，得到的勉励不少，但一直没有面见他。一个有恩于自己的人却长期不得见面，欲了解他的心情是不难理解的。无论在报刊上，还是在网络上，凡有关他的文字我都会一字不落地看完。即便这样，我对他的了解仍是“鸿爪雪泥”。这次终于得到一本介绍他“其文其人”的书，我哪肯放过，一拿到手上就立即打开，巴巴地看起来。

随着书页一面面展开，“张庆和”三个字不再是一个木然的符号，而幻化成一个人了。这个人开始动了，开始行走了，他的高矮胖瘦，他的音容笑貌，他的人格魅力，全都清晰地呈现在我的视野中了。我的眼眶也随之一次一次湿润。我看见那么多人都在异口同声地说着两个字——“好人”！庆和老师的文学修养我早已了然。我在《人民日报》《光明日报》《解放军报》《工人日报》《诗刊》《文艺报》《中国作家》以及国内其他一些有影响的报纸、杂志和选刊上拜读过他的不少作品，还知道他的诗歌、散文被译成英、法文出版，见到过介绍“其文”的篇章，我顶多只是学习他的写作技法，而介绍“其人”的文章，却总能触动我内心最柔软的部分。我的思绪一次次飞到书外——思忖，思忖庆和老师这个人：他何以口碑如此好！

15年来，我虽然没有与庆和老师晤面，但通信是有的。通信久了，我的心里就有了一个“结”：我在1996年就离开了建材行业，庆和老师为何还一如既往关心我的文学创作呢？一段时间不见我的文稿就要问我，是不是工作太忙了？找了借口向我约稿，“逼”我创作。我有何德何能让他这般关心、提携我呢？他可是国家一级作家，又是著名编辑啊！就因为我当建材工人时，多次在副刊头条发过稿子，他认为我是一个搞文学的好苗子，不想让我夭折？在庆和老师的“威逼利诱”下，我又发表了不少作品。每每想起这些，都会让我既感激，又内疚！看了《其文其人》一书，我才知道他是多么地忙，他在百忙中，除了关心我，还关心了无数个人。

我花一天时间，细细读完了《阳光月色抚红尘》。掩卷时，我忽然觉得书名起得太贴切了。对于我，乃至很多人，阳光月色不就是指庆和老师吗？阳光象征温暖，月色象征美好，用温暖和美好关照他人，这样的人怎能不受人尊敬呢？从书中发现，庆和老师能写出“好文”，是因为他有精益求精的性格；能成为“好人”，是因为他总能细心周到地关照别人。一个人做好事不难，难的是长期做好事。庆和老师长期做好事，所以就得到了“好人”的美誉。

“好文”，让庆和老师得到了人们的佩服；“好人”，使庆和老师又赢得了人们的尊敬。这“佩服”和“尊敬”像莲花般的香艳包裹着他，叫他怎能不感觉幸福呢！如果庆和老师写作时，草率成篇，不精益求精，就没有“好文”；如果他对待别人只是三天的热情，就没有“好人”。没有“好文”亦无“好人”，庆和老师哪还称得上是幸福之人呢？！于是我体悟：为文也好，做人也好，一定要认认真真，就像掬一捧水，漏一滴不在乎，漏两滴不在乎，漏多了，一捧水也就没有了。幸福其实就是掬好一捧水。

仰视一种并不陡峭的高度

张文军

“海纳百川，有容乃大；壁立千仞，无欲则刚。”这是出自民族英雄林则徐题于书室的一副自勉联。它的含义：大海的宽广可以容纳众多河流，比喻人的心胸宽广可以包容一切；千仞峭壁之所以能巍然屹立，是因为它没有世俗的欲望，借喻人只有做到没有世俗的欲望，才能达到大义凛然（刚）的境界。所以说做人要能够听取别人的意见，这是强者的胸襟；做人也要坚持自己的原则，不附和别人，就像巍峨的高山，不因为花草的妩媚就去俯就它们，所以能刚强雄健。因此说，人不能受别人的怂恿而没有主见，如果你能做到这点的话就可以成为一个刚强的人了。无非是教育人们要放弃无谓的享乐欲，修身养性。张庆和散文集《哄哄自己》里的许多优秀篇章可以说就达到了这样的作用。这也是张庆和具有“水”的品格和“山”的韧性的真实写照。如果说文学艺术是大海，那么张公的散文就是这大海里晶莹剔透的浪花。浪花虽转瞬即逝，但它千变万化无法模仿，以它并不炫耀的永恒的自然美形成一种灵动而并不陡峭的高度！

因诗歌而闻名于文坛的作家张庆和，其散文比诗歌更具艺术力。《哄哄自己》是他出版的第一部散文集，是他半个多世纪以来的心路历程的再现，也是他十余年来笔耕不辍的结晶。这部散文集融个人经历、社会诸象透析、游历采风、生活碎片和人生感悟为一体，是一部艺术价值颇高的专著。如收录于该集的散文《峭壁上那棵酸枣树》《面对草地》《坝上月》《关于“水的职称”说明书》曾被不少教育部门和学校看中，并作为初、高中学生的语文阅读教材和考试试题使用。

“文以载道。”《峭壁上那棵酸枣树》是作者为应征创作的第一篇散文，也可以说是他的散文“处女作”，被中国作协创联部评为三等奖。先是在《文艺报》发表，而后被《散文选刊》转载，继之又被一个叫“尤铭”的人剽窃，并先后刊登于江苏的《新华日报》、福建的《青年博览》、上海的《语文学习》、山东的《现代语文》、北京的《课外阅读》等数十家家书报刊。张庆和其文之“正道”未能教育剽窃者尤铭之“背道”，一位是“有实名的道德文章”，一个是道貌岸然的“犹（尤之谐音）有虚名（铭之谐音）的伪君子”。无论如何，还是不能改变《峭》文的艺术影响力。由此看来，张公的笔力之雄健！如果作者没有一点多年蓄积的真功夫，没有一定艺术价值的文章岂能灼亮那么多教育界学者的慧眼！

这到底是怎样的一棵酸枣树呢？“……是故乡那座大山的悬崖峭壁上摇曳在我记忆里三十年之久的酸枣树；一棵在夹缝中生存，在磨难中挣扎，在逆境中巍峨的酸枣树”；“它高不足尺，阔不盈怀；干细枝弱，叶疏花迟。云缠它，雾迷它；风摧它，雨抽它；霜欺雪压，雷轰电击。大自然中的所有强者，几乎都在歧视它，虐待它。仿佛只有立刻把它从这世界上除掉才肯罢休。然而，酸枣树并没有被征服，它不低头，它不让步，于数不尽的反击和怒号中，练就了一身铮铮铁骨，凝聚了一腔朗朗硬气”；“它像大山的一名哨兵，时时坚守着自己的岗位；它像一位忠诚的使者，及时报告着八方信息；它是一面飘扬的旗帜，召唤着，引导着，冲锋着，战斗着，率领着大山里所有的草草木木们，从一个春夏秋冬奔向又一个春夏秋冬……”这哪是一棵普通的酸枣树？这是千仞峭壁上的“一簇令人刮目的风景”，“是划破静寂的那颗流星”，是“俯冲搏猎的那只雄鹰”！简直就是搏击于狂风怒号、波涛翻滚的大海上的那只海燕！我想这也是作为一个曾被遗弃于冰雪中，幼年丧母，在兄妹很多、极端困苦家境中长大而成为一名刚强的军人的呐喊与奋争！“它明知道自己成不了栋梁高树，却还是努力地生长着……它不像山前的桃树，山后的梨树，一个个娇生惯养地让人伺候、抚慰……而酸枣树，却默默地兀立着，不鄙己其位卑，不薄己其弱小，不惧己其孤独。与春天紧紧握手……向胜利者恭贺祝福……”这难道不是今天生活在优裕环境中而自暴自弃、意志薄弱者的楷模吗？

作为从军营成长起来的作家张庆和，是最能触摸到历史的脉搏的。“浪花呀/疾首顿足/使劲拍打岸的胸脯/哦大海在倾诉”，“浪花呀/疾首顿足/使劲拍打岸的胸脯/哦大海在恸哭”——这是他在其散文《海边，望着浪花》（散文集《哄哄自己》）中的引诗。发自肺腑的呐喊，涌自心海的情感何其感人！他望着“墙皮剥落的石堡，被高岭土死死堵住‘嘴巴’和被强盗的利刃砍断‘手脚’的岸炮；还有那座仿佛被挖掉眼球正木木地瞪着天空的销烟池”时恸哭；他望着“那个头戴顶戴花翎、面色凝重、右手抚须，一副威严端坐、大义凛然，曾经屹立在中国思想的制高点上，以变革求新的眼光打量世界的先贤明哲”，极力主张销烟而被朝廷罢官的民族英雄林则徐和“祭祀在这里为国殉难的英雄儿女”们恸哭；“苟利国家生死以，位卑岂敢忘忧国”——这难道不是“海纳百川”者的胸怀和“无欲则刚”者的坚韧吗？“浪花呀/疾首顿足/不停地拍打岸的胸脯/那是大海在叩问/是历史在嘱咐……”“清军将士对那场战争的胜利本是充满信心的……他们又哪里能想到，那些贪图安逸富贵、苟且偷安、屈膝求和的朝廷奸佞，如何容得下此等刚烈？所以，首先被出卖的正是这些国家忠良。以中华民族血液里的英雄气质灌溉养育的一批最优秀的男儿，一个个都倒在了挣扎、绝望之中。”面对那样强悍的侵略者，面对“朝廷里那些吮尽人民骨髓的昏庸的权力持有者”，面对“那个喂养着无数蛀虫的腐朽污浊的社会渊薮和那个极不合理的社会结构”，凡是有点良知的人岂能不哭？岂能不怒？历史是镜子，可以观古鉴今。而面对如今蔓延的腐败现象，我们是无论如何都不能麻痹的，毕竟历史的伤痕还在隐隐作痛啊！

“海潮退去了，岸边走来一群捡拾贝壳的少男少女……这是一群天真活泼的孩子呀！也许他们不会想到那段历史，也不会记起那场战争。”但愿大海浪花的叩问和嘱咐能唤醒他们沉醉的心灵！

一个苦难的民族终于从九死中重新焕发出了勃勃生机，正以她不可抗拒的力量顺应着时代潮流起锚远航！是什么力量使我们这个民族如此昂扬呢？当然是那些敢于革新敢为天下先的仁人志士。他们是国家的栋梁，是真正的人才！“千军易得，一将难求……深谙事理的人们懂得，在这充满激烈竞争和生死较量的世界上，实质上就是人才的竞争和较量，是人才的素质和能力的竞争和较量。”张庆和在《人才断想》（散文集《哄哄自己》）中如是说。“昏聩平庸者不爱才，因为他们满足于既得利益，不思进取，什么人才庸才，在他们看来，统统不过是一群吃饭睡觉说话走路的肉体而已。这便是许多人才被埋没的实质所在之一。”一个昏庸的人怎么会发现人才呢？一个只看中既得利益的领导怎么会爱才呢？在他们的眼里只有贪婪、只有榨取、只有金钱才是“选贤任能”的标准。这样的人还真不在少数。“层次浅俗的人不识才，因为他们缺少识才的本领，甚至会把黄铜当成金子，把珍珠视为鱼目，这也是有人把妖魔鬼怪错当成人才用之的原因之一。”常言道：慧眼识才。自己都那样浅薄，不具备识别真伪的能力，肯定就不会识才了。这样的人往往只注重人的出身，什么公子哥啦，高学历啦，亲属啦，以貌取人啦，标准是任人唯亲而非唯贤，任人唯能而非德才兼备。“有使命感、有责任心的人”才惜才，“唯有用才，是忧国忧民、大睿大智者们的一种美德……他们视任用人才为自己对人类进步和发展的莫大贡献”。所以，“敢于不拘一格降人才……”

比如《贪官求升“三窍”》（散文集《哄哄自己》）也是一篇不可多得的警示性、讽刺性的文章。诙谐幽默的语言，嘲讽和寓意兼容的解说令人反思。一些没有为官之道德和才能的人凭借“会靠、会演和会钻”的本领极尽所有之能事达到其目的，得到权力后就变了个人似的，想方设法、挖空心思搜刮民财，把“为人民服务”变成了“为人民币服务”。“如何治理腐败，消除贪官？最根本的还是要依靠人民自己救自己，靠真正意义上的民主，靠健全的法制措施并坚决施行之。”字里行间无不透着忧国忧民、改造社会的思想与品德。

当然，张庆和也是一位充满人间亲情的人。比如《我的爷爷》

《姐姐出嫁》《闩姑，你在哪里？》《秀月》和《石匠二哥》等篇章都弥漫着浓浓的亲情和人文关怀。读后感其平实的语言，真挚的感情流露，让人情不自禁地热泪盈眶。我们也可以看出，他是一位拥有慈悲胸怀而不怜悯的人，因为他总是以另一种积极的精神力量激励着人们走向生活的“莹洁与美好”！这也是一位优秀作家所具备的品格吧。

我与张庆和老师相识的时间虽然不长，但我通过与他的交往发现，他“人如其文，文如其人”，浑身都浸润着齐鲁大地人的亲切、真诚、谦和、善良、重情、低调、厚朴；而乐于助人更是他的精神体现。这些品质形成了一种并不陡峭的高度，我用一种不须昂首的仰慕之情沉浸在了他的人和文章里！我若昂首，他肯定会反感的。

我真的被他“哄”住了！

一本书与一个人

——浅议许庆胜《张庆和文学创作艺术》

邢海珍

张庆和是一位卓有成就的诗人和散文家，他以精短的诗文创造了引人瞩目的艺术高度，基础扎实，技艺纯熟，有许多作品产生了广泛的社会影响。有许多作家、评论家纷纷写书著文评论、赏析，对张庆和的创作给予了充分的肯定和推举。许庆胜新近出版的《张庆和文学创作艺术》一书，就是其中有规模、有质量、特色突出的优秀之作。

许庆胜是一位从事多种文体写作的作家，视野开阔，有较为深厚的理论修养，他的评论不是浮光掠影的泛泛之辞，而是深入剖白，解析文本与知人论世相结合，做到了多角度的审视与思考，为深入准确地理解认识张庆和的文学价值起到了引领和总结的作用。

《张庆和文学创作艺术》一书由60多篇评论文章组成，共分为三个部分，既有有思想内容的评析，又有对形式的鉴赏，但总体看主要是艺术创造的思维取向和艺术方式的归纳，不是严格的专著式的结构框架，而是集合式的文集，每一篇文章都可以是一个独立的存在。

其实作为一个作家，张庆和也是一个“复杂”的多面体，在多种文体的写作中随时随地发生变化，并且总是表现出富有个性的人文情怀和艺术特色。许庆胜对于张庆和创作艺术的论述不是流于过多的理性阐释，而是注重“点”的解剖，进而引申拓展，以揭示、辐射创作的深沉内质和艺术表现的全貌。书中的大多数文章都是针对张庆和的某一具体作品，从一个方面进行分析解读，得出自己较为恰切的结论。

在《“敞”亮草地诸物的深邃精神象征》一文中，许庆胜从海德格尔的“敞开说”理论联系到张庆和散文《面对草地》中的象征内蕴，通过对作品中“草”的植物性征与红军长征过草地的英雄主义精神的联系和挖掘，从文中所敞开的高尚情怀凸显出散文象征艺术的张力和感染效果，分析了文中“草地”的外物向作家内心“敞开”中所产生的魅力，列举了路、鲜花、草根等一系列物象并赋予其足够的象征性，强调了散文创造必须以足够的主观性才能激活客观事物的精神内蕴，使散文具有了应有的深度和思想力量。《关注底层生存的文学书写》是以《窝棚夫妻》一文为例来分析张庆和对于底层人困苦生存境遇的深切同情，对于张庆和一个作家的使命担当给予了充分的肯定。文中这样写道：“这种关注底层生存的文学书写就是一个作家的崇高社会良心、艺术良心的真诚体现以及强烈的社会责任心与使命担当，在当今的社会大背景下，的确是越来越少，越来越罕见了！”文章的篇幅虽然很短，但是论述透彻，富有深刻的精神质地。

书中有两组文章可以看出是作者的重头戏：一组是《评张庆和的爱情诗》11篇；另一组是《张庆和创作方式的特殊意义》9篇，可见张庆和爱情诗的写作以及创作方式的特殊意义，是许庆胜研究和关注的焦点。

在评价爱情诗的系列文章中，许庆胜对于张庆和诗中的伦理观念、价值取向、情感表达、心灵境界以及意象创造、艺术转化、诗性追求、形式的多样性等方面进行了较为系统的评析和论述，尤其对于深入理解张庆和爱情诗的创作技巧有着重要的点化和指导意义。作者善于运用西方的一些艺术理论来解释张庆和诗歌中的意象或情境表现，如在《朦胧情爱的积极捕捉与艺术转换》中所讲的要理性地对待爱，即使在痛苦与折磨中，也要把孤独、思念等情绪转换为诗意之美，把灵魂之光或心中的火花转化为美好动人的诗篇。比如作者以张庆和笔下的“相思”为例，分析了诗意转换的心理过程。作者这样分析张庆和的“相思”：“‘相思是个陷阱/跌进去无须哀痛/就当种子埋进泥土/肥沃里植下一颗生命/由它生根发芽/任它长叶长茎/花开/为春擎一束诱惑/果香/为秋添一道风景’（《那时候，有个心情》）。这就是高尚的‘相思’观，不把它当‘哀痛’，而作为埋进泥土的种子去‘添一道风景’！或许，正是张庆和先生的这种诗意之爱，使他最终获得了美满的爱情！最难得的是他吸收了相思的孤独、煎熬而自觉进行文学酝酿，转换成了美妙的朦胧情爱秀丽诗篇！”许庆胜重视主体心性在意象创造中的作用，点明了心理转换是诗意情境营造的关键环节。

在《张庆和创作方式的特殊意义》的系列文章中，许庆胜大致是从以下几个方面总结了张庆和在文学创作上的成功经验：一是，要善于发现自己。大胆地去做、去实践，要建立一种自信。要尽快动笔写，敢于投稿子。像张庆和写了诗就投到《青海日报》，又幸运地得到了发表，这就是发现自己。二是，要能够抓住灵感的机遇。张庆和推着自行车走路，想起一首诗，没有笔写下来，怕忘了，连车都不敢骑，一边走一边记，灵感被抓住了，诗就写出来了。三是，养成勤于动笔写的习惯。写作一定要勤奋，勤于思考，笔耕不辍，写起来，你的大脑才能愈加活跃，才能更会写，才能写得更好。张庆和喜欢夜里写作，但为了不影响别人休息，甚至不开灯，“摸黑写”，要勤奋，要坚持。四是，主动多学习别人的长处，进入自觉状态。张庆和在写作中向伯乐靠近，经常拜师学艺，作家编辑，文朋诗友，都是学习的榜样，不断地激励自己，不断地提升自己。五是，把握主要方向，尝试多种文体写作。在文学创作中，要先抓住一种文体，写好一种文体。而在有了相当的基础之后，也可以尝试其他文体。张庆和一开始写作，就是什么文体都写。有一位编辑告诉他先专注于写诗，他听了编辑的话，在诗歌方面取得了不错的成绩，他成了诗人。后来他又因工作之需，又尝试了多种文体写作，写了许多散文、随笔、杂文、报告文学等，都有不错的收获。当了诗人之后，又成了非常出色的散文家。

我想，就是在这些丰富、坦率的文字阐释中，许庆胜很好地归纳了张庆和的文学成就和写作经验，让我们读者从中受到了启发，看到了那些可资借鉴的成功做法，他的总结让后学者至少从张庆和的创作中看到了一些门径和路数。许庆胜对于张庆和的解读和评论是多角度的审视和思考，是在自我感怀和文本分析的结合中找到话题，既有理性的思辨，又有感性的观照，思路非常开阔，不只是论文议论的套路，而是采用了散文随笔的方式，所以读《张庆和文学创作艺术》的许多篇章并没有理论的生硬感，就像聊天和散步，是在比较自由的心性中去体验和感受，行文具有很强的可读性。

《苦难铸就的美学力量》，若从题目上看，好像是一篇论文的命题，但进入阅读首先感受到的散文式的情感和艺术氛围，是对一种阅读感动的描写。作者被张庆和作品中苦难人生经历的描写所打动，完全是文学的笔法，把读者带进了艺术情境之中，在感染的状态中去更深入地感知文本的魅力。文中有这样一段文字：

> 我想象不出张庆和先生是如何写出这一节的！我只知道我不得不一次次中断阅读，始终泣不成声，不住地擦拭眼泪！我为人世间的如此生命苦难与姐弟深情长叹不已！由此我联想到了不少被苦难泡大的作家，比如苏联作家高尔基，其母亲去世时他可能也就七八岁，比张庆和先生似乎还好一些！于是我想，是不是上天命定了让他们成为优秀作家而事先安排他们去经历这惨烈的人生苦难，然后再荣登作家宝殿？

作者完全进入了一种艺术化的情感状态，描写自我内心是如何感动的，把读者引入境界，在一种感动中达成开启理性认知的目的。许庆胜的思维很讲究开放性，文章的体制收放自如，无拘无束，可说是文思流畅、意趣盎然。行文的语言也是自如灵动，不是板着面孔说话，随和率性，多用口语的表达方式，给人一种轻松自由的感觉。文章的结构不拘一格，虽然不排除引经据典的“学问”气息，但多是顺势铺展、散点透视，有话则长无话则短，没有形式上的摆设，不走虚套的过场，做到了赏读、知识和析理的有机融会。

著名作家史铁生说过：“我常想，所谓小作者和大作家，其区别多半不源于外部经历的多寡，而在于内心世界的贫富，在于走向内心的勇气和捕捉心魂的能力。文字语言之于写者，以及线条色彩之于画者、音符节拍之于歌者，相当于一种捕具或显影剂，把纷纭缥缈的心绪、心思、心性以及由之而生的种种可能的图景捕来，使一个隐形的世界显现。”张庆和就是这样一位作家，他善于把内在的“心魂”通过语言之“网”来捕捉人生现实的“图景”，进而创造出一个深切、富有生机活力的艺术世界。他的诗文作品之所以让人感动，之所以引发许多人的关注，他的内心世界的强大使他的创造潜藏着巨大的能量，以致让那些体制很小的诗与文章具有了经久的感染力。

《张庆和文学创作艺术》一书对作家张庆和的文学创作成就进行了深入全面的总结，从不同侧面多角度地观照了作家丰富的创造成果和内心世界，清晰地呈现了一个作家的整体面貌，为更好地了解作家提供了较为详细的赏读和评价的参照。我们从中可以看出许庆胜学力的丰厚和精力、心力的投入，感谢他为文学的花繁叶茂所做的独特贡献。

2021年6月1日

一个人与一棵树

沈俊峰

许多人喜欢在植物世界里对应自己的影子，松树、白桦、水杉、银杏、芒果、石榴……甚至一棵野草。它们无言地表达了对应者的精神品格、情感和隐秘的内心世界。一棵植物，成为一个人的心性表达。

著名作家、诗人张庆和的最真实的影子，应该是他笔下的那一棵酸枣树。

1993年，张庆和创作了散文《峭壁上那棵酸枣树》。何时与酸枣树相视并打动他的第一眼，已无从考证，却注定了他与酸枣树一生的情缘。酸枣树结出的酸枣，无私地呈现给了其他生命，这是助人为乐抑或奉献他人的品性。

在首都作家群体中，张庆和心地善良、乐于助人是出了名的。常听他说“能助人一把就助人一把”，许多在文学创作中艰难跋涉的人，都得到过他的无私帮助；特别是他在做行业报副刊编辑期间，20多年时间里，发现并培养了一大批来自工矿企业的文学爱好者，仅行业内，就有近百人先后加入了省作协或中国作协。他是一个重感情的山东人，这让我想起《水浒传》中那些梁山英雄的仗义疏财。当然，庆和兄的热心与侠义是因袭了英雄重情重义的品质，与《水浒传》所传达的草莽精神毕竟有着天壤之别。

通过庆和兄，我认识了许多文友，包括许多文学大家。后来，我们大都成为诤友。这是不是应了那句“人以群分”的著名民间语言呢？“道不同，不相与谋。”人的本性如果相距太大，也不太可能亲近太多或太久，就像食草动物与食肉的虎豹豺狼不可能围着一张桌子把盏言欢。

庆和兄写道：“那是我亲眼看见的：那一年秋天，于不知不觉中，它竟结出一粒小小的酸枣。是的，只有一粒，而且小得几乎为人们所不见。那酸枣是春光秋色日月星辰的馈赠，是一片浓缩的丹霞云霓。亮亮的，红红的，像玛瑙，像珍珠，像一团燃烧的火焰，像那万仞峭壁的灵魂。”

峭壁上的那棵酸枣树，自有它向死而生的勇气和精神。

“那是一棵怎样的树呵！它高不足尺，阔不盈怀；干细枝弱，叶疏花迟。云缠它，雾迷它；风摧它，雨抽它；霜欺雪压，雷轰电击。大自然中的所有强者，几乎都在歧视它，虐待它。仿佛只有立刻把它从这个世界上除掉才肯罢休。然而，酸枣树并没有被征服，它不低头，它不让步，于数不尽的反击和怒号中，练就了一身铮铮铁骨，凝聚了一腔朗朗硬气。”庆和兄笔下的酸枣树，也是他人格精神的自我观照。

1969年年初，几经周折，不到20岁的张庆和成为解放军空军的一名高射炮兵。由于文化水平低，他很想利用空闲时间读点书。可是，那时的部队里，战士能读的书几乎没有。有一次，他去炊事班帮厨，在一堆即将被填进锅灶的乱草堆里发现了一本破旧不堪的书——《诗词格律解释》。他没舍得烧，拿了回去，闲暇时悄悄翻看。谁知一看就上了瘾，几乎把书中引用的古诗词都背了下来。他还想再看点别的书，就给他的小学老师、时下正在原兰州军区司令部当秘书的郭泗秀写信。郭老师理解他，支持他，给他寄了一本《青春之歌》，并且嘱咐，书不用寄回，但要保存好，尽量不外泄，如想看别的书，以后再寄……

张庆和从部队起步，不断学习进取，慢慢打磨，终于成长为一名著名作家、诗人，这其中经历过的风雨与磨砺，付出的心血和汗水，也只有家乡的那棵酸枣树才能知晓和理解全部了。

"一次次，它在风雨中抗争呐喊；一回回，它把云雾撕扯成碎片；它以威严逼迫霜雪乖乖地逃遁；它以刚毅驱逐雷电远避他方……它像大山的一名哨兵，时时坚守着自己的岗位；它像一位忠诚的使者，及时报告着八方信息；它是一面飘扬的旗帜，召唤着，引导着，冲锋着，战斗着，率领着大山里所有的草草木木们，从一个春夏秋冬奔向又一个春夏秋冬……"我更相信，这是诗人张庆和对自己人生经历和心灵磨难的诗意表达。因为他相信"春天来了/都相信不会再飘雪花/一切都绿了/我们的心/更绿得出奇……"

如果说是书改变了张庆和的命运，不如说是张庆和的一颗不倦追求的心改变了他自己的命运。作为那棵酸枣树的化身，爱情也是一份最坚强的灵魂的支撑。

2017年9月，张庆和与老伴刘伟应邀做客山东电视台，讲述了两人"三年写恋爱、九年牛郎织女生活"的情感历程。张庆和朗读了他的感人至深的《一封家书》，动情处，两人潸然落泪，紧紧相拥。那是一段很具有时代特色的恋爱。他在荒无人烟的青海高原守卫核基地，她在北京盼星星盼月亮般盼望着他童话一般会出现在面前。从第一次探亲见到她，到第二次再见面，中间竟然隔了两年半。那些日子里，他们有思有盼，却无比地坚定与忠诚。北京至青海，青海至北京，几千里的遥远，寄一封信需要一个星期。他们约定每周给对方写一封信。信成了他们恋爱过程的全部。两个人收获了爱情，也收获了一大摞信，可惜在相聚之后，那些信却都被销毁了，这真是一大遗憾。

在那些如落叶一般飘逝的漫长日子里，张庆和的心灵承受了什么样的淬火与新生呢？写信，让他喜欢上了写诗。成为一名诗人，不得不说这是生活给他的最真诚的赐予。你真诚生活，生活也就不会欺骗你。

这么多年来，张庆和有近千件作品在百余家报刊发表或转载，诗文作品入选中考、高考语文试卷、模拟试卷以及“年选”等不同版本图书300余种；出版了诗集、散文集《漂泊的心灵》《记忆不敢褪色》《哄哄自己》《灵笛》《娃娃成长歌谣》等十余部。其他的作品我不想多说，只想说说散文《峭壁上那棵酸枣树》。

这篇散文发表近30年了，各种抄袭、盗用仍然层出不穷、花样不断，据粗略统计，被抄袭、盗用一百多次。2006年，某省高考一篇满分作文，前两段完全引用了这篇文章，还附有名师点评。十几年后张庆和才知道此事，一笑置之，还祝贺那位学生。张庆和调侃说：“看来，这酸枣树一时半会儿还干枯不了，您看，除了网转的、谈读后感的，又发现几位诵读的，向所有喜爱酸枣树的朋友们致敬。”最近从网上发现，有两位黑人朋友用中文也视频朗读了《峭壁上那棵酸枣树》。

这是不是从一个侧面说明了，读者对张庆和作品的喜爱呢？“它明知道自己成不了栋梁高树，却还是努力地生长着；它明知道自己不可能荫庇四邻，却还是努力地茂盛着……从不需要谁的特别关照与爱抚，完全依靠了自己的力量，长成了那堵峭壁的生命，让人领略那簇动人的风采。”我更加有理由相信，庆和兄笔下的这棵酸枣树，是他奋斗与追求精神的化身，更是读者向往与自我激励的动力。

“转眼远离故乡三十年，我再没有见到过那棵酸枣树。”这是庆和兄1993年写下的句子，如今，又是近30年过去，想必庆和兄还是没有见过那棵酸枣树吧？但是，那棵酸枣树一直都在，在他身边，在他心里，也在读者心里。

一棵永远活着的诗意盎然的酸枣树。

“张庆和现象”给我们带来的文学提醒

——评论集《张庆和文学创作艺术》前言

许庆胜

与张庆和先生神交多年，最先熟知“张庆和”三个字是从文学刊物和报纸副刊的作品中，后来就是《检察日报》《法制日报》等诸多报刊上关于他的《峭壁上那棵酸枣树》等作品被剽窃的文学事件演化成后来的法律事件等，频生好奇。再后来，居京作家王耀东先生有一天突然寄给我一本散文集《该说不该说》，一看是张庆和先生的著作，激动中阅读完，立马就写了《苦难铸就的美学力量——读张庆和先生的散文随笔集〈该说不该说〉》。

6年之后的2015年7月初，在北京与同来参加会议的张庆和先生终于见了面。就在这次会议上，我又获赠张庆和先生出版不久的诗集《灵笛》。最令人感到温暖的是2015年12月20日在北京的“曲园酒楼”与先生的聚会，据说那里是当年毛主席给十大元帅授勋之后，他老人家款待元帅们的地方。那次，张先生还邀请了北京的几位颇有知名度的作家和诗人同聚，他们对张庆和先生的褒奖让我更增添了研究他的学术欲望；最重要的是在张庆和先生家里，我又获赠了《阳光月色抚红尘——张庆和其文其人》《星星照耀心空——张庆和其文其人之二》《云影霞光映秋色——张庆和其文其人之三》等诸多著作，每一本皆达300页左右，如此大规模的社会关注令我睁大了眼睛！后又获他赠寄的《写作没有技巧——张庆和诗文写作解读》以及发行量达数万册之多的散文集《哄哄自己》等。他对文学的执着追求，给了我足够量的文学提醒。他还荣幸地出席了中国作家第五次、第八次全国代表大会。最要紧的是他的作品被频频剽窃和被中考、高考语文试卷及模拟试卷广泛使用，实在是意味深长。这更彰显了他作品的优质特征，因而值得人们关注的“张庆和现象”已不能再被忽视，其久远的影响力应该值得我们去做更加深入的细致研究，所以就更坚定了我研究他的信心和力量。

于是，从那时起，强烈的文学责任感促使我夜以继日地陶醉在了《张庆和文学创作艺术》这部学术著作中，满足了“张庆和现象”给我带来的强烈文学提醒。但同时我也相信：“张庆和现象”一定会给中国当代文学以及众多的理论工作者、有识之士带来一种文学提醒，研究和关注者一定会越来越多。

2018年3月于山东莱芜

第四辑·读树

风骨铮铮神气朗朗

——《悬崖边的树》与《峭壁上的树》比较赏读

雷其坤

曾卓的《悬崖边的树》是诗歌，张庆和（此处该文署剽窃者“尤铭”）的《峭壁上的树》是散文。一诗一文，有异有同。

托树言志，借树抒情。托物言志，借物抒怀，是写诗作文的常用之法。《悬崖边的树》（以下简称诗），《峭壁上的树》（以下简称文）都没有直抒胸臆，而是托树言志，借树抒怀，塑造了树的生动形象。在作者的笔下，树不再只是自然的树，而是具有了深刻的寓意，树的形象让人联想到人的形象，树的精神象征着人的精神，写景状物就是为了抒情言志，一切景语皆情语。

命运相似，性格相同。诗与文中的树，一棵长在临近深谷的悬崖边，一棵立于悬崖峭壁上，均置身于贫瘠、险恶的环境。悬崖边的树，“孤独危险地站在那里/显得寂寞而又倔强，它弯曲的身体/留下了风的形状”，像一位饱经沧桑的孤独老人，历尽了生活的种种磨难。峭壁上的树，“云缠它，雾迷它，风摧它，雨抽它，霜欺雪压，雷电轰顶”，但它没有屈服，不低头，不让步，以数不尽的反击和怒号坚强而倔强地抗争呐喊，表现出笑对磨难的勇者精神。这悬崖边与峭壁上的树，在艰难困苦，孤独寂寞中顽强地生长、向上，更显强者风采，英雄本色。

昂扬向上，催人奋进。悬崖边的树，“静静地倾听远处森林的喧哗/和深谷中小溪的歌唱”，其实是诗人自身性格的写照。诗人曾卓曾经在政治运动中饱受磨难，作为一名战士，一名被搁置、冷落的战士，内心是多么的孤独和痛苦。但是，诗人决不沉沦，决不妥协，仍然以火热的心灵，饱满的激情去直面人生，直面历史，坚守信念，满怀希望和憧憬去追求光明和未来。它似乎即将跌进深谷里，却又像是要展翅飞翔……诗人在获得新生，重新被人接纳后心情是多么的喜悦！树的形象，象征了傲骨的诗人及无数蒙冤受屈的革命者。

峭壁上的树，顽强地活了下来，长成一簇令人刮目的风景。它明知道自己成不了栋梁高树，却还是努力地生长着。它不鄙位卑，不薄弱小，不惧孤独。与春天紧紧握手，与日月亲切交谈，更加热烈地拥抱世界。峭壁上的树，象征了这样一类可敬的人——先天不足，身居险恶环境，身微位卑，却有着铮铮铁骨，朗朗硬气，热爱生活，尽情地张扬生命。

诗与文感情真挚，昂扬奋进的强者之音，是动人心弦的生命之歌。

一诗一文，文体各异，各有特点。诗歌如舞蹈，散文如漫步。诗歌如白描，勾勒传神；散文如工笔，细致入微……仔细咀嚼，自可体味。

那一棵挺立的酸枣树

乔洪涛

散文读得多了，对散文的要求也便苛刻起来。尤其作为一名教师，向学生介绍一篇美文或者一本书的时候，总想着这些文章不仅要文字内容兼美，而且还应具有一定的说服力，给人的心灵以触动才好。翻读林林总总的各类散文读本，有时候一本翻完，竟然是雁过无痕，找不到一篇可以触动人心的文章。近日偶然从一个学生课桌上看到一本《中学生魅力阅读》高中读本，开始心中还在冷笑，想：“魅力”阅读不知道是不是真的会具有魅力，大概又是金玉其外吧？

我随手一翻，不想竟然很快被一篇文章吸引住了，这篇文章收录在高中春华卷“信念的坚守”主题单元里，名字叫作《峭壁上那棵酸枣树》。我家也在山区，山上的酸枣树随处可见，看这题目便觉亲切，继而又怀疑那微不足道的小植物难道也能做得起一篇文章？于是一字一句便读下去。读到一半时就让我激动得不禁拍案叫绝：真是好文！真是踏破铁鞋无觅处，得来全不费工夫啊！

这篇文章，其意也真其情也切，作者饱蘸感情之笔，以诗化的语言，倾情喷洒，将那棵站立在峭壁上的酸枣树挺立、不屈的形象跃然纸上，读罢使人动容，令人唏嘘。厌倦复思，细细想来，这篇文章之所以能够触动人心，原因有三。

其一，如火的激情。“文无章法，行云流水。”其实，一切堪称经典的散文，有一点是一致的，这就是作者必定融注了饱满的情感。任何一篇文章，包括论文，都要融入作者发自内心的真情实感方可动人。感情是贯穿一篇文章的内在线索，没有感情的造作之文只能是无花之树、无血肉之骨。《峭》文一拨当前散文无病呻吟的惯病，把自己一腔如火的激情在笔端尽情喷泻。这种感情是炽烈的：“历史感怀着你，岁月铭记着你。那一天，你确真跳下来了，像俯冲搏猎的那只雄鹰，像划破静寂的那颗流星。”这种感情也是真挚的、魂牵梦萦的：“转眼远离故乡三十年，我再没有见到过那棵酸枣树。不过我想，眼下风光正好，它生长得一定会很茁壮，很茂盛，一定是干粗枝旺，叶郁果丰。”这种感情还是崇敬的、膜拜的：“那是一棵怎样的树啊！它高不足尺，阔不盈怀；干细枝弱，叶疏花迟。云缠它，雾迷它；风摧它，雨抽它；霜欺雪压，雷电轰顶。大自然中的所有强者，几乎都在歧视它，虐待它，仿佛只有立刻把它从这世界上除掉才肯罢休。然而，酸枣树并没有被征服，它不低头，它不让步，于数不尽的反击和怒号中，练就了一身铮铮铁骨，凝聚了一腔朗朗硬气。”这棵酸枣树哪里是峭壁上的植物，分明是作者灵魂的寄托啊！

其二，字字珠玑。贾平凹曾经做过一个譬喻，说用美好的语言写文章就像拿红丝线串珍珠，那些珍珠一般精美的句子和词语像散落一地的珍珠。作者的本事就是如何组织这些珍珠，组织好了，才可谓字字珠玑。张庆和的这篇散文以“情”字为支撑，用珍珠般诗化的语言将此文推到了“以诗为文”的高度。以诗为文，说起来简单做起来难。这既需要作者火热的内心和感情，同时也要有高超的语言驾驭能力和准确的语感，铸炼语言并灵活使用语言，得心应手，才能斐然成章，传情达意。诸位且看：“一次次，它在风雨中抗争呐喊；一回回，它把云雾撕扯成碎片；它以威严逼迫霜雪乖乖地逃遁；它以刚毅驱逐雷电远避他方……它像大山的一名哨兵，时时坚守着自己的岗位；它像一位忠诚的使者，及时报告着八方信息；它是一面飘扬的旗帜，召唤着，引导着，冲锋着，战斗着，率领着大山里所有的草草木木们，从一个春夏秋冬奔向又一个春夏秋冬……”“那酸枣是春光秋色日月星辰的馈赠，是一片浓缩的丹霞云霓。亮亮的，红红的，像玛瑙，像珍珠，像一团燃烧的火焰，像那万仞峭壁的灵魂。”短句长句韵、复词叠章，譬喻、排比、回环往复，作者极尽其语言之能事，为我们描绘了一个五彩的画卷，为我们唱响了一首激情而又婉转的诗歌。

其三，经典形象。这篇文章之所以能够触动心灵，给人留下深刻的印象，感情和语言都是作者的手段，而这些手段使用的目的就是作者为我们刻画了一个挺立不屈的平凡酸枣树的形象。这让我想起以前读过的名篇《白杨礼赞》《一棵小桃树》《丑石》。那挺立的象征劳动人民的白杨树，那在风雨中不屈成长、忍辱负重的小桃树，那埋没在乡间相貌丑陋内心火热的丑石，不都是因为塑造了耐人品味、具有象征意义的人格形象而成为名篇的吗？因为文章中的那些形象能够让读者产生共鸣，因为那形象的坚韧、顽强、卑微、平凡，乃至朴素，都与我们普通的顽强生活的劳动者相似。在这篇《峭壁上那棵酸枣树》中，我同样惊喜于作者给我们塑造的这样一个酸枣树的形象——

“它明知道自己成不了栋梁高树，却还是努力地生长着；它明知道自己不可能荫庇四邻，却还是努力地茂盛着。它不像山前的桃树，山后的梨树，一个个娇生惯养地让人伺候、抚慰，动辄就使性子甩脸子给点颜色瞧瞧。也不像贪图热闹的杨树柳树们，一个个占据了水肥土美的好地方，便忘乎所以地摆首弄姿，轻飘飘只知炫耀自己。而酸枣树，却默默地兀立着，不鄙己其位卑，不薄己其弱小，不惧己其孤独。与春天紧紧握手，与日月亲切交谈。天光地色，尽纳尽吮。从不需要谁的特别关照与爱抚，完全依靠了自己的力量，长成了那堵峭壁的生命，让人领略那簇动人的风采。它真诚而没有嫉妒，它纯朴而从不贪婪；招手向路人致意问候，俯首向胜利者恭贺祝福，似乎是它的天职。”正是这挺立在峭壁上的酸枣树的形象感染了我，感染了我们，因而作者也为我们新时期的散文艺术画廊增添了浓墨重彩的一笔。当即，我便郑重地向同学们推荐了这篇文章。

剽窃是许多人的错

晏青

站在时代的风口，虽说旧时代的人民不平等的悲惨遭遇已经成为过去，可是新时代的一些伤口还裸露着，时时疼痛不已。如果说，旧社会对人民权利的剥夺是在大庭广众之下赤裸裸地制造出来的，那么现在权利的侵害则是在屏幕后，或大胆，或变相地迅速进行着。作家权利的被侵害就是其中很典型的例子。

近期网上说得很多的，就是《峭壁上那棵酸枣树》《面对草地》等文章的被剽窃（从网上得知，剽窃这两篇文章者，有担任领导的官员，也有在校的大、中、小学生；年长者四五十岁，最小的才十二三）。具体情况是，《峭壁上那棵酸枣树》被两次作为中考试题应用后，又被许多出版社选入书中，而且还不给作者署名，不给稿酬，个别署了名的却是剽窃者的名字。面对这一串串触目惊心的数字，不得不让人相信：剽窃之风何其盛啊！略微思考一下，这还真不是假的。你看看中小学生，左手挟着《××优秀作文选》，右手则奋笔疾“抄”；素质高一点的大学生以及许多学者，写起论文来，小则摘句裁章，大则整篇拷贝。一篇文章，更改一个标题，就成了自己的东西；一则优美的散文，可以改成一首诗歌，又署上自己的名字。剽窃的手段各种各样，真是让人瞠目结舌。这也许应了古人的一句话："天下文章一大抄。"于是今人也总是提及此言，心虚一点的还会加上一句:"看你会抄不会抄。""天下文章一般抄，看你会抄不会抄"，也就成了他们的挡箭牌和护身符，说起它，就像成了金刚不坏之身。你抄我的，我也要抄你的，抄过一域又一域，天下剽窃之风，由此而生。其实古人所说的看你会抄不会抄，讲的是合理借鉴前人的长处，而非现在的剽窃，今人是借扭曲之义，为自己寻找盾牌。

高速信息化的时代，在带给人们方便的同时，也给人以眩晕。思考似乎与生活无关了。坐下来思索，似乎不再适合潮流的发展，而会被潮流重重地抛在后面，于是只好以快速跑步的方式去生活，尽管气喘吁吁，尽管"衣冠不整"。浮华与虚妄也都迅猛滋生，虚妄中的人，也总是自欺欺人地做一些事情，诸如"剽窃"这种投机取巧的事情。前段日子，在一次会议上听到一个人说:"查询资料的时候，我想到的是互联网，在我写论文的时候，我想到的还是互联网。"互联网的信息固然是无边无际的，可是无边无际并不是让人不再去思考，机械复制，并且是许许多多人，反反复复地复制。这样下去，互联网上的东西，还会是真的无边无际，真正让人受益么？我想到了那一天，将会是我们捉襟见肘、烦恼不堪的时候。众所周知：文化的产生并不是由侥幸来充当主要角色，文明落定的基石并不是虚假。纵观历史，哪个脚步不是勤勤恳恳，踏踏实实，一步一个脚印前进的！

当然，也许会有人很委屈地说："不就抄一二篇文章么？那也犯什么法！"当我们翻开《宪法》多少章多少页第几条，明示于他的时候，他还会是一头雾水，而我们正当的理由在他面前也会显得很苍白。套用现在流行的话来说，这不得不说是宣传的缺席和法律的失语。国人对“天下文章一般抄”概念的扭曲历史悠久，根深蒂固，仅将法律的威严系于一张薄纸，而疏于对人们法律知识的教育和人们传统道德的培养，呼喊就成了无声的呼喊，行动也就走进了死胡同。

一部分人在流血流汗地搞创作，搞研究；另一部分人则大摇大摆地点击复制，直接进入“我的文档”。他们那种肆无忌惮的神情，宛如他们就是文化的主人。仔细想想，除了心思不正的侥幸的态度，他们的眼里一定还时不时地觑出对法律的藐视，仿佛在说:“不就那么一回事吗？能奈我何！”这时的剽窃者，倒有点像旧时的地主。不得不说，这是我们这个时代的尴尬。也许问题越说越大了，但是如果没有正确处理好的话，问题也许还会更大一些。况且在涉及人权的问题时，都不仅仅是小问题了。

如果要说该如何去看待这些东西，我想，“倡导教育”“提高素质”不该走入另一种迷途；“法制社会”“人权社会”，不该让它们仅仅是一个新造词。教育、素质、法律、人权，都是一个时代前进的脚步，这个时代需要的是踏踏实实。

31家出版社的35种图书

吴志实

看了朋友的文章，叫人气愤难平。我要说，今天真是“盗贼横行的时代”！而且还是有恃无恐。说出这种极端的话，不是我没涵养。正是以往我们太讲涵养、太过宽容，反倒怂恿了那些也算是有教养、有文化的人，做起鸡鸣狗盗之事竟毫无顾忌，为所欲为。事情还得从头说起。

看了日前的报纸，才知道朋友“惨遭不幸”。说来朋友是个极老实厚道的人，我想，要不是他“感觉受到欺辱”，他是不会写文章披露此事的。《一篇短文，选入30余种书刊我却不知道》（张庆和文），从这题目，就可见我的这位朋友有多宽厚。可他终于忍无可忍了。自己的劳动成果被人抄袭、剽窃、占有，如此遭人“强暴”，若还不言声，任其宵小之徒恣意妄为，那朋友倒霉，也是活该！于是我打去电话，支持朋友打这场“官司”，“哑巴”都说话了，作为朋友不能袖手旁观。

这里倒想说说我们的出版界和围着出版界以编书捞取外快的一帮“混混”们的行状。我所以这么不客气地讲话，是我也曾在出版界干过，多少也与为人师表的编书人打过交道。要说在十几年前，大家的日子尚且清苦，为孩子，也为自己想些生财之道，编编教辅读物也算情有可原。可今天的情况已经大变，这些教辅读物的弊端有目共睹。孩子书包里教辅读物比课本多，其积重难返之势愈演愈烈。近些年上下呼吁“救救孩子”，足见我们的教育被糟蹋到何种程度。可是尝到甜头的人，是不情愿拱手将自己的“一亩三分地”让出去的。那是多大的一块肥肉！以我的了解，为孩子编辑出版教辅读物，那是朝阳产业中的朝阳产业。朋友的一篇文章被31家出版社汇编进35种试卷、题库、练习册和赏析读物中，就足见其诱惑所在。为了从孩子身上赚钱，大家都急红了眼，利欲熏心至此，几可明火执仗，无视法律不说，道德良心都不要了。

如果说，朋友的文章被多个省市教育部门选中，作为试题、试卷和练习册，倘若不以营利为目的，我想朋友会为孩子做出奉献，也是他的光荣。可编这类汇编集锦的操作者和出版社恰恰是要挣钱，这性质就全然不同了。知识产权为何？朋友的文章是也。然而文章被编进出版的书里，朋友不仅未接到通知，未得到报酬，连署名都被删去了。如此做法，出版社或许会说责任应由“编者自负”。可作品在没有作者“授权委托”的情况下，合同又是怎么和编者签的？至此，编者在受到指责的同时出版社是不能逃脱干系的。

据朋友说，他的一篇文章被31家出版社出版和被汇编进35种图书中，还是“不完全统计”。他只是局部“调查”，而不是全国撒网。

以中国出版的繁荣来看，若再加上近万种的报刊，可以想见作者作品被剽窃、抄袭和占有的情况怕还要严重。因此，对那些无德文人（姑且这么称之）的行径，一经发现，绝不能手软。

善变·巧思·妙衬

——《峭壁上的树》赏读

王冉

《峭壁上的树》是一篇歌颂生命之力、富有蓬勃向上气息的散文，意境深远，主旨鲜明，语言凝练，处处给人美的感受。其艺术特色主要体现在善变、巧思、妙衬三个方面。

人称变换美。

文章起笔设疑，用拟人手法和悲壮语调诉说种子的不幸遭遇。“你才无可奈何地跳下那悬崖”“你才义无反顾地投落这峭壁”两句，以第二人称进行种种猜想，直接震撼着读者心扉。瞬间的下落，作者却用了慢镜头式的回放：“你确真跳下来了，像俯冲搏猎的雄鹰，像划破静寂的流星。”比喻性的描述中反复渲染悲郁而壮美的气氛，为后文种子的艰难生存做了铺垫。不出所料，“一道峭崖壁缝救助了你，一捧贫瘠的泥土养育了你”，从“生根、发芽、长叶”到“长成一簇令人刮目的风景”，不知经历了多少磨难，饱受了几多艰辛！读到此，人们不禁要问：这究竟是怎样的一个奋斗历程？于是，作者笔锋一转，巧妙过渡，以第三人称的方式讲述它如何抗争呐喊，不卑不亢地生长，直到“结出一粒小小的酸枣”。人称的前后变换，看似不协调不统一，实则错落有致，倾诉了作者内心的敬重与赞美，更给文章增添了几分凝重感。

行文流畅美。

不论是直接抒情，还是精彩描绘，作者巧用一条主线将这些散珠串起来，使文章行文流畅，表情达意生动。从第二段的“生根、发芽、长叶”，第三段的“高不足尺，叶疏花迟”，第四段的“努力地生长着”“努力地茂盛着”，到第五段的“竟结出一粒小小的酸枣”，酸枣树的成长经历，便构成行文的主线。在明确主线的基础上自由地抒情、议论，进一步丰富了酸枣树的形象，文章也显得有血有肉，真挚动人。

对比衬托美。

对比，是散文常用的一种写法。用对比的手法能更好地凸现描写物的特点，从而达到作者预先设定形象的目的，表现形象的意义。文中在写酸枣树的同时，写了桃、梨、杨、柳四种树，它们是如何表现的呢？

桃树、梨树，“一个个娇生惯养地让人伺候、抚慰，动辄就使性子、甩脸子给点颜色瞧瞧”；杨树、柳树，“贪图热闹”，“一个个占据了水肥土美的好地方”，“摆首弄姿”，“轻飘飘只知炫耀自己”；而酸枣树呢，“默默地兀立着，不鄙位卑，不薄弱小，不惧孤独”，“从不需要谁的特别关照与爱抚，完全依靠了自己的力量”，“它真诚而没有嫉妒，它纯朴而从不贪婪”。对比之下，桃树、梨树、杨树、柳树是如此浅薄、轻狂！这恰恰反衬了酸枣树不慕虚荣、甘于平淡的高贵品格，这也正是作者塑造“酸枣树”形象的意图。

《峭壁上的树》一文充分体现了作者构思精巧，手法多变，尤其是文章中折射出的人格魅力，更是催人奋进！

梳理《峭壁上那棵酸枣树》被规模剽窃的深层内在

许庆胜

以前从单位订阅的《检察日报》《法制日报》等报刊上读到过张庆和先生的散文《峭壁上那棵酸枣树》（又名《峭壁上的树》）被很多剽窃者剽窃的案例报道，很是好奇。去年8月，收到了张庆和先生从北京寄来的长江文艺出版社出版的《写作没有技巧——张庆和诗文写作解读》，其中220页吴志实的《文盗的无耻》和222页宴青的《剽窃是许多人的错》，因为有前期“好奇”的一直存在，我特别关注了这两篇，极力猜想其中的来龙去脉，但是两文的愤怒占了上风，使我的“好奇”更是陡升。现在读了年前张庆和先生亲赠的中国国际文艺出版社出版的《阳光月色抚红尘——张庆和其文其人之一》、中外名流出版社出版的《星星照耀心空——张庆和其文其人之二》《云影霞光映秋色——张庆和其文其人之三》等更多的有关资料，我的这种“好奇”才最终得到了大面积的满足与稀释。这种由引起文学界、学术界直至法律界、新闻界普遍关注的文学事件膨胀成了的社会事件，深层次地惹起了我强烈的文学学术研究与考察的兴趣，这篇散文到底为何竟让31家出版社35种图书以及个人频频剽窃［后来查知，署有剽窃者姓名或匿名选用《峭》文的图书和报刊抵达100家之多（网上更多），有的出版社和网站至今还选编署名“尤铭”的《峭壁上的树》］，而且规模如此之大，令人震惊。

如果说，剽窃者剽窃是外因的话，是他们的文德上出了问题，当然也是构成这个案件不可缺少和不容忽视的因素之一；但是我们觉得更关键、更重要的还是这篇散文的内在，就是这篇散文一定是太优秀了！优秀得让人垂涎三尺，从而铤而走险地抄袭与剽窃！古今中外的散文有多少？浩如烟海！他们为什么不去抄袭与剽窃？而单单的来抄袭剽窃张庆和先生的散文？而且不是一个两个，而是这么大规模地前赴后继地抄袭剽窃？照实估算，这种剽窃其实与刑事案件上的盗窃犯没有什么本质上的区别。由此类比，我们可以瞬间明了：那些盗窃犯有因为去偷没有价值的物件而为的吗？他们偷的一定都是价值到了一定位置的物件！那么张庆和先生的散文《峭壁上那棵酸枣树》被如此大规模的剽窃者剽窃，就可见这篇散文的价值重量了，因此对于这篇散文就更有重新评判研究的必要！我们虽然知识浅薄，但作为一种责任与一家之说，我们不妨进一步梳理一下。首先声明：就整个散文界而言，以酸枣树为选题成文的肯定很多，但可能都因为太平庸，没有特殊的创造价值，所以无人关注，也就更不值得“剽窃”了！而张庆和先生的这篇散文被规模频繁剽窃，猜想其中的根本动因可能就是由于他的艺术性一定是太优秀了！那么，他的艺术性创造应该体现在哪些维度呢？

为此，我们先廓清“艺术”概念的本质内涵。英国视觉、形式主义美学家克莱夫·贝尔（我国美学家李泽厚在他的《美的历程》中音译为克奈夫·贝尔）认为“艺术是有意味的形式”（见《艺术论》，克莱夫·贝尔著）。这句艺术定语从我在他的《艺术论》中与之相遇，这个定理式的语言符号便宝贵的深深藏进了我的心灵收藏夹里，因为他的确有效地揭示出了艺术运行的某些本质特征，较好地把艺术语言符号与一般交流媒介的语言文字的功用功能一定程度地区分开来了，对于论证艺术、剪辑艺术和更好的发展艺术确实有不同向度的启示与帮助。更准确和切实可行而易于实际操作的艺术概念界定，当属中国作家协会铁凝主席借小说主人公说的：“我坚信艺术表现就是一种转换。”（引自《玫瑰门》第332页，人民文学出版社2006年第1版）那么是一种怎样的转换？单就外物的相互转换而言，基本上在人；动物、植物（以上三者为有机物）、无机物等四个层面上互相转换，就宏观和最大量的转换可为两大转换维度——第一，外物人格化将外物转换为人；第二，人转换为外物。“最关键的是依据主旨的潜流重新安排物与物（或人）的新型关系，从而生发不尽的艺术美感和审美愉悦。”（见《幻化物与物之间的特定诗性关系》，载《莱芜文学》2011年第3期）。比如这篇散文中的“酸枣树”，它的非艺术的一般陈述式交流媒介语言，像生物学、植物学上对酸枣树的界定：“酸枣树属灌木科木本植物，很难成树，长到杯口粗细便自然干枯，由根部再生嫩芽。”还有老百姓互相询问的：“山上的酸枣树，你收割了吗？”等，都是陈述，只是一般生活信息交流，没有艺术展开，因为不曾艺术转换，这种实用交流语言只求交流生活信息为目的，语言只是交流的工具，人们在交流时只注意交流的内容，对交流载体的语言则不予注意，一旦达到信息交流目的，就会把语言弃之不顾。可艺术语言则是丰富自足的，它不是作为工具引人指向他物，恰恰相反，它本身就是目的，它通过词句的各种配置和加工把人们的注意力引向自身。

“酸枣树”，极为普通的酸枣树，功利性的世俗个体对它只是具备做成防御性的栅栏、烧火做饭等欲望需要，没有艺术审美特长的不会想到酸枣树的更多的人生意蕴，这就是艺术家与世俗个体思维上的差别，就是这种差别的存在，才区分了各自的文化身份与文化程度。整体观照张庆和先生的散文《峭壁上那棵酸枣树》基本上属于宏观转换上的外物人格化，即将外物转换为人的艺术创造维度，具体到这里就是不断自觉将“酸枣树”人格化理解与定位，再具体就是“植物”转换为人的知觉，是艺术家主观式，甚至是专制式赋予“酸枣树”的：“是为摆脱饥寒交迫的日子，你才无可奈何地跳下那悬崖？是为免遭那场被俘的耻辱，于弹尽粮绝之后你才义无反顾地投落这峭壁？”植物知识告诉我们，作为自然界一种普通植物的“酸枣树”，它只是自然生长，无所谓“饥寒交迫”不“饥寒交迫”，它会有“无可奈何地跳下那悬崖”的想法？那是根本不可能的！还有“免遭那场被俘的耻辱”，生着根而不能移动的它还去参加你死我活的战斗？“于弹尽粮绝之后你才义无反顾地投落这峭壁？”显然也是不可能的。这就是艺术，是艺术家将自己的人生理解移情给了“酸枣树”，没有艺术审美特长的世俗个体是不可能具备这种功能的！于是“那一天，你确真跳下来了，像俯冲搏猎的那只雄鹰，像划破寂静的那颗流星。”这又有了第二重艺术转换：又转换为“雄鹰”“流星”。“然而，你并没有死，一道峭崖壁缝救助了你，一捧贫瘠的泥土养育了你。生根，发芽，长叶……从此，你就在这里安家落户。日日夜夜，年年岁岁，终于顽强地活下来了，长大起来了，一直长成了一簇令人刮目的风景。”“这便是故乡那座大山的悬崖峭壁上，一棵摇曳在我记忆里三十年之久的酸枣树；一棵在夹缝中生存，在磨难中挣扎，在逆境中巍峨的酸枣树。”

“那是一棵怎样的树呵！”

如果说“它高不足尺，阔不盈怀；干细枝弱，叶疏花迟。”还是一种陈述的话，那“云缠它，雾迷它；风摧它，雨抽它；霜欺雪压，雷电轰顶。大自然中的所有强者，几乎都在歧视它，虐待它。仿佛只有立刻把它从这世界上除掉才肯罢休。然而，酸枣树并没有被征服，它不低头，它不让步，于数不尽的反击和怒号中，练就了一身铮铮铁骨，凝聚了一腔朗朗硬气”。“一次次，它在风雨中抗争呐喊；一回回，它把云雾撕扯成碎片；它以威严逼迫霜雪乖乖地逃遁；它以刚毅驱逐雷电远避他方……”这些社会性优秀意义转换，就一定是艺术家对它的主观赋予了。因为可能的意义还有：风雨雷电围着它不会是在做游戏？不会是强烈地热恋？这种诸多新型意义的强加还有很多！

“它像大山的一名哨兵，时时坚守着自己的岗位；它像一位忠诚的使者，及时报告着八方讯息；它是一面飘扬的旗帜，召唤着，引领着，冲锋着，战斗着，率领着大山里所有的草草木木们，从一个春夏秋冬奔向又一个春夏秋冬……”“它明知道自己成不了栋梁高材，却还是努力地生长着；它明知道自己不可能荫庇四邻，却还是努力地旺盛着。它不像山前的桃树，山后的梨树，一个个娇生惯养地让人伺候、抚慰，动辄就使性子甩脸子给点颜色瞧瞧。也不像贪图热闹的杨树柳树们，一个个占据了土肥水美的好地方，便忘乎所以地摆首弄姿，轻飘飘只知炫耀自己。而酸枣树，却默默地兀立着，不鄙己其位卑，不薄己其弱小，不惧己其孤独。与春天紧紧握手，与日月亲切交谈。天光地色，尽纳尽吮。从不需要谁的特别关照与爱抚，完全依靠了自己的力量，长成了那堵峭壁的生命，让人领略那簇动人的风采。它真诚而没有妒忌，它纯朴而从不贪婪；招手向路人致意问候，俯首向胜利者庆贺祝福，似乎是它的天职。”这是此篇散文中“物”的转换最稠密、最动人的部分，几乎调动了艺术家本人所有“状物达意”的积极元素！那“山前的桃树，山后的梨树，一个个娇生惯养地让人伺候、抚慰，动辄就使性子甩脸子给点颜色瞧瞧”等，其物理学的直观那是桃农、梨农追求经济效益的忙活，根本上不是桃树、梨树的过错；那“忘乎所以地摆首弄姿”的“贪图热闹的杨树柳树们”是被动的由人们栽种的，它们没有自我选择的权利，更不会去“轻飘飘只知炫耀自己”的，但如此艺术转换，其对比中的艺术创造，可见奇异！

再如：“那是我亲眼看见的：那一年秋天，于不知不觉中，它竟结出一粒小小的酸枣。是的，只有一粒，而且小得几乎为人们所不见。”这一句仍还算陈述的话，“那酸枣是春光秋色日月星辰的馈赠，是一片浓缩的丹霞云霓。亮亮的，红红的，像玛瑙，像珍珠，像一团燃烧的火焰，像那万仞峭壁的灵魂”。“见到它果实的那一刻，当初我还陡地生出一个奇怪的想法：小酸枣，或许正是那棵酸枣树苦修苦熬数十年而得道的一颗心吧！有了心它便会有梦，便会更加热烈地拥抱世界了！”“转眼远离故乡三十年，我再没有见到过那棵酸枣树。不过我想，眼下风光正好，它生长得一定会很茁壮，很茂盛，一定是干粗枝旺，叶郁果丰。长成了一个典型的男子汉形象，再也没有谁歧视它，再也没有谁欺辱它了。并且有很多小鸟常去它那里做客，和它一起歌唱。那歌声清韵悠扬，荡漾山谷。”（以上均选自张庆和编著《写作没有技巧——张庆和诗文写作解读》，长江文艺出版社2015年版）……其艺术转换的特异风貌仍可不断地令人叹服！

全文大都是诗的语言，而诗就是艺术的另一个别名，西方的艺术家有时就把“艺术”与“诗”这两个似乎存在分别的概念通用。比如狄尔泰认为：“正是诗（艺术）给处于世界已达夜半的人以温爱和柔情，给人生迷茫中的心灵提供了一个生存的支撑点。”艺术家“他需要像知觉人那样知觉万物。在他们的心目中花草鱼虫都是有灵性的。艺术家要有这样的‘特异功能’，要懂得鸟兽的‘语言’，要像理解人的表情动态那样‘理解’草木的形态与姿态，还要设身处地知觉环境对它们的刺激，比如‘树冻得瑟瑟地发抖’，‘猫觉得浑身暖洋洋的’。这样，一旦命笔，描绘才有魅力。”（《艺术家族与微观美学》，郭振华著）。也就是说，合格而优秀的艺术家在创作准备与创作过程中，要尽可能的“人化自然”或“自然人化”，从而有意识地去自觉捕捉客观外物艺术审美意义上的有益信号，上乘的艺术创作尤其需要如此。“万物就在我们的四周环绕，花草鱼虫，日月星辰，云雾山川，纷繁多样，它们的‘信号’也是多样纷繁，就看我们能否去积极地收集并充分地借用那些‘有意义的信号’，一旦发现、收集并借用了它们，我们的作品就会自然地神采起来。作为真正的诗人艺术家，我觉得这是责无旁贷的艺术义务，否则我们的艺术宝库会极度匮乏，会造成许多的不足与遗憾的。”（《陈钦成诗人诗歌研究》）

这里，针对张庆和先生的散文《峭壁上那棵酸枣树》，我们更要强调的是，这种艺术“转换”的新型诗意逻辑发现，并不是一般世俗过客甚至一般文学爱好者所能轻易具备的，这或许就是张庆和先生的散文《峭壁上那棵酸枣树》被频繁和规模剽窃的根本内在！

原载《北方名家》2016年第5期

“酸枣树精神”的文化符号

——读《峭壁上那棵酸枣树》

梁牧

收到《文情墨缘片片心——张庆和其文其人之四》一书，仔细读完后，我非常激动。意想不到的原因有二：一是，激动于张庆和的诗文引起的感动与共鸣仍是如此之多（已经是第4本了），这在当代中国文坛并不多见；二是，被人多次剽窃的《峭壁上那棵酸枣树》的共鸣余波仍然不减。作为一种弱小生命，在峭壁上仍能抗风击霜顽强生存，且长久引起如此大的社会群体赞美与情感共鸣，与陶铸“松树的风格”、茅盾“白杨礼赞”、雷抒雁“小草”等一样，这“酸枣树精神”的文化符号命名应该被确认和进一步甚至深层次地借用和激励。

为此我们不妨与茅盾的“白杨礼赞”、陶铸的“松树的风格”简单作比，就可明白“酸枣树精神”的特有文化符号意义了。

先看白杨树：“那是力争上游的一种树，笔直的干，笔直的枝。它的干呢，通常是丈把高，像是加以人工似的，一丈以内绝无旁枝。它所有的丫枝呢，一律向上，而且紧紧靠拢，也像是加以人工似的，成为一束，绝无横斜逸出。它的宽大的叶子也是片片向上，几乎没有斜生的，更不用说倒垂了；它的皮，光滑而有银色的晕圈，微微泛出淡青色。这是虽在北方的风雪的压迫下却保持着倔强挺立的一种树。哪怕只有碗来粗细罢，它却努力向上发展，高到丈许，二丈，参天耸立，不折不挠，对抗着西北风。”“它没有婆娑的姿态，没有屈曲盘旋的虬枝，也许你要说它不美丽，——如果美是专指‘婆娑’或‘横斜逸出’之类而言，那么白杨树算不得树中的好女子；但是它却是伟岸，正直，朴质，严肃，也不缺乏温和，更不用提它的坚强不屈与挺拔，它是树中的伟丈夫！当你在积雪初融的高原上走过，看见平坦的大地上傲然挺立这么一株或一排白杨树，难道你觉得树只是树，难道你就不想到它的朴质，严肃，坚强不屈，至少也象征了北方的农民；难道你竟一点也不联想到，在敌后的广大土地上，到处有坚强不屈，就像这白杨树一样傲然挺立的守卫他们家乡的哨兵！难道你又不更远一点想到这样枝枝叶叶靠紧团结，力求上进的白杨树，宛然象征了今天在华北平原纵横决荡用血写出新中国历史的那种精神和意志。”“白杨不是平凡的树。它在西北极普遍，不被人重视，就跟北方农民相似；它有极强的生命力，磨折不了，压迫不倒，也跟北方的农民相似。我赞美白杨树，就因为它不但象征了北方的农民，尤其象征了今天我们民族解放斗争中所不可缺的朴质，坚强，以及力求上进的精神。”（茅盾《白杨礼赞》）。

再看陶铸的“松树”：“我对松树怀有敬佩之心不自今日始。自古以来，多少人就歌颂过它，赞美过它，把它作为崇高的品质的象征。你看它不管是在悬崖的缝隙间也好，不管是在贫瘠的土地上也好，只要有一粒种子——这粒种子也不管是你有意种植的，还是随意丢落的，也不管是风吹来的，还是从飞鸟的嘴里跌落的，总之，只要有一粒种子，它就不择地势，不畏严寒酷热，随处茁壮地生长起来了。它既不需要谁来施肥，也不需要谁来灌溉。狂风吹不倒它，洪水淹不没它，严寒冻不死它，干旱旱不坏它。它只是一味地无忧无虑地生长。松树的生命力可谓强矣！松树要求于人的可谓少矣！这是我每看到松树油然而生敬意的原因之一。我对松树怀有敬意的更重要的原因却是它那种自我牺牲的精神。你看，松树是用途极广的木材，并且是很好的造纸原料：松树的叶子可以提制挥发油；松树的脂液可制松香、松节油，是很重要的工业原料；松树的根和枝又是很好的燃料。更不用说在夏天，它用自己的枝叶挡住炎炎烈日，叫人们在如盖的绿荫下休憩；在黑夜，它可以劈成碎片做成火把，照亮人们前进的路。总之一句话，为了人类，它的确是做到了‘粉身碎骨’的地步了。要求于人的甚少，给予人的甚多，这就是松树的风格。鲁迅先生说的‘我吃的是草，挤出来的是牛奶，血’，也正是松树风格的写照。自然，松树的风格中还包含着乐观主义的精神。你看它无论在严寒霜雪中和盛夏烈日中，总是精神奕奕，从来都不知道什么叫作忧郁和畏惧。我常想：杨柳婀娜多姿，可谓妩媚极了，桃李绚烂多彩，可谓鲜艳极了，但它们只是给人一种外表好看的印象，不能给人以力量。松树却不同，它可能不如杨柳与桃李那么好看，但它却给人以启发，以深思和勇气，尤其是想到它那种崇高的风格的时候，不由人不油然而生敬意。”（陶铸《松树的风格》）。

然而峭壁上的酸枣树与高大的白杨树、松树相较仍然不是一个概念。因为“它高不足尺，阔不盈怀；干细枝弱，叶疏花迟。云缠它，雾迷它；风摧它，雨抽它；霜欺雪压，雷轰电击。大自然中的所有强者，几乎都在歧视它，虐待它。仿佛只有立刻把它从这世界上除掉才肯罢休。然而，酸枣树并没有被征服，它不低头，它不让步，于数不尽的反击和怒号中，练就了一身铮铮铁骨，凝聚了一腔朗朗硬气”。

“它像大山的一名哨兵，时时坚守着自己的岗位；它像一位忠诚的使者，及时报告着八方信息；它像一面飘扬的旗帜，召唤着，引领着，冲锋着，战斗着，率领着大山里所有的草草木木们，从一个春夏秋冬奔向又一个春夏秋冬……”

“它明知道自己成不了栋梁高树，却还是努力地生长着；它明知道自己不可能荫庇四邻，却还是努力地茂盛着。它不像山前的桃树，山后的梨树，一个个娇生惯养地让人伺候、抚慰，动辄就使性子甩脸子给点颜色瞧瞧。也不像贪图热闹的杨树柳树们，一个个占据了水肥土美的好地方，便忘乎所以地摆首弄姿，轻飘飘只知炫耀自己。而酸枣树，却默默地兀立着，不鄙己其位卑，不薄己其弱小，不惧己其孤独。与春天紧紧握手，与日月亲切交谈。天光地色，尽纳尽吮。从不需要谁的特别关照与爱抚，完全依靠了自己的力量，长成了那堵峭壁的生命，让人领略那簇动人的风采。它真诚而没有嫉妒，它纯朴而从不贪婪；招手向路人致意问候，俯首向胜利者恭贺祝福，似乎是它的天职。”（张庆和《哄哄自己》）。

与白杨树、松树相比，峭壁上的酸枣树更象征了广大的人民群众以及那些默默无闻、辛辛苦苦、长年奋斗在基层的社会工作者。

在这里还想多说几句。汪曾祺说：“人生的第一次，往往需要勇气，但可能会有意想不到的收获。”刘震云说，作家能“在书里和电影里永远地活下去”，但这需要艺术家们的超常智慧，能够创造出特异并属于自己的新型艺术标志物，必须有自己的独立思考。张庆和创造的“酸枣树精神”，既不同于陶铸的“松树”、茅盾的“白杨树”以及雷抒雁的“小草”，既特立独行，也是一种发现与创造。铁凝说：“一个艺术家，如果能在传统中加进一点儿确属自己的新东西，已是成就斐然！”（《大浴女》146页，铁凝著，人民文学出版社2006年版）。由此我感到，张庆和所创造的“酸枣树精神”极有可能会与上面这些文化符号一样优秀，进而为社会广泛关注和应用。

他心里有棵“酸枣树”

——著名诗人张庆和散文随笔集《哄哄自己》读后

何小龙

作家张庆和先生已经出版了多部文学著作。每次出了新书，他都要赠送予我，让我欣慰、惊羡之际，不禁感叹：先生到了挂果、收获期啦！《哄哄自己》是他新近出版并再版的集子（据说《哄哄自己》前后已发行3万余册），读完这部书，引起我不少共鸣，于是，写点读后感，或许对于喜欢写作的人能有所启发和帮助。

我觉得，张先生如今之所以佳作迭出，这是他长期勤奋努力、观察思考的结果，正如画家谈及绘画时常说的“成竹在胸”，那是因为在他心灵的土壤里生长着一棵“酸枣树”以及累积着像“酸枣树”一样饱经风霜的储备，因而才能写出那篇散文名作《峭壁上那棵酸枣树》和后来的大量文学作品。

他心里有棵“酸枣树”，就是说他首先有丰富的人生阅历。对于一个作家来说，阅历就是创作的源泉，就是栽植作品之“苗”的营养基。先生出身于农村，家境贫寒，这也是他后来要当兵的原因吧，因为在20世纪六七十年代，当兵是农村青年唯一能够改变命运的途径，但这在当时看起来很贫困的以至于在先生身上烙下很深印记的生活经历，却蕴藏着许多“养分”供他汲取，于是，在不知不觉中，“酸枣树”的幼苗便在他幼小的心灵里扎下了根。如先生在《写作，在不知不觉之中……》中所写的：“那年我才几岁的样子，还没有上小学。记得是个秋月朗照的夜晚，父亲命三哥守看打谷场上的庄稼，三哥为了看电影，哄我‘顶班’，我就一个人望着谷场边月光映照下的一棵棵酸枣树找乐。那晚有些风，轻轻一吹，酸枣树的枝叶便一摇一晃的。也许酸枣树的叶片上有些夜露的缘故吧，当时我竟把它想象成了飞落在那上边的萤火虫，一只、两只……而且还在不断地往上飞落，那情景真是美妙极了……那是一段美好的记忆，它时常在我心灵的屏幕上闪现。在朋友的鼓励下，当准备参加中国作协创联部举办的一次面向作家的征文活动时，我便想起了那摇曳在我记忆里三十年之久的酸枣树。”当然，先生在这篇抒情散文里写的“酸枣树”，已经是升华了的“在夹缝中生存，在磨难中挣扎，在逆境中巍峨的酸枣树”。成为一个自强不息的强者的象征，这棵“酸枣树”上面，也已经重新长满先生阅历的“枝叶”、对人生的思考和感悟的“枝叶”，因而就显得那么生机盎然、挺拔高大了，成为读者心目中一道亮丽的“风景”。

如果说，扎根于先生心中的那棵“酸枣树”萌芽于他的童年时代，那么，它之所以能够茁壮生长，则得益于许多年军旅生涯的“灌溉”、人生风风雨雨的洗礼了。正是这段难忘的峥嵘岁月激发了先生的创作激情，开始写起了诗歌，一发而不可收，先是在军界产生影响，后来就闻名于全国，加入中国作家协会，他个人的命运也由此得以改善。所以说，“酸枣树”其实就是先生的影子，就是他不屈奋进的精神的写照！

他心里有棵“酸枣树”，就是说他有十几年诗歌艺术创作实践和经验的积累。文学是语言艺术。诗歌是文学皇冠上的一颗耀眼的明珠。因为写诗，先生具备了非常娴熟的驾驭语言文字的功力，这可是任何作家进行创作前必须要修炼的一门“功课”，作家水平的高低，其实就体现在驾驭文字的能力上。当我读先生文章的时候，有个最突出的感觉就是，先生是用诗的语言写散文和随笔的，行文充满诗意。比如先生在十年前写的《坝上月》：“月轮满载着惊异，满载着慰藉，从东山坡顺势奔来。那气势，浩荡荡不可阻拦；那声响，轰隆隆惊天动地……”把诗歌中的通感手法都用上了。

先生是京城名人，除干好本职工作外，平时难免要参加一些文学活动，也难免要写一些“应景”之作。但是，即便先生写这类文字，我从中并看不出“搪塞”“敷衍”的草率。这说明先生为人忠厚，为文严谨，从而印证出他品质的高尚。像书中这篇文章《拥着诗意入睡》，写的是到广东东莞参观东城区建设的经历。那天，他游览了高尔夫球场，走访了两家外资企业等，先生在行文时，只简要写了东莞市东城区的建设情况，而是浓墨重彩地描绘这个新兴城市给他的“诗意”感觉，这感觉得自于非常好的绿化环境和东城人的精神面貌：“沿着鹅卵石铺就的蜿蜒小径，一路走去，小草不时地攀扯裤脚，枝叶频频地拉拽胳膊……夜深了，一声鸟啼触动窗幔。那是清丽的响泉？抑或是启动灵感的按钮？”文中像这类充满诗意的语言比比皆是。因而，由于先生的构思之巧和语言之美，此文读起来并不枯燥，且是赏心悦目的。

他心里有棵“酸枣树”，就是说他是有血性和良知的，他的血性和良知赋予他的作品以灵魂，以底气。他敢于以笔作武器，鞭挞丑恶，抨击腐败，体现了他作为一名诗人和作家的强烈的社会责任感。在这本书里，先生专门收录了一辑杂文作品，有《杂文“杂说”》《杀“鸡”“猴”没看》《反腐不能只盯着“官”》《当官的朋友这样说》等。尽管关于反腐倡廉的文章，像爱情题材的作品一样很“热门”，但是，读先生的杂文，我还是感到很鲜活，总体感觉是，先生写的杂文，构思巧妙，语言洗练、活泼，没有给人那种端着架子、一副板着面孔教训人的样子。比如《杀“鸡”“猴”没看》就体现了这一特点：“更有喜爱幽默者言：这胡某（胡长清）不愧是‘大师级’的，就是死，也没有忘记再消耗掉一颗人民的子弹。”再比如《跑官者说》，是以“我”的口吻叙述的，读来滑稽、幽默：“哲人言，人的价值在于行走。我跑官，应视作是对哲人‘行走说’的一种努力实践，没什么可指责、可耻笑的。所以，我才敢于跑得那么理直气壮、肯于跑得这么气喘吁吁，善于跑得如此八门洞开……诸位哥们姐们叔叔大爷们，看在一个‘乞讨’者的份上，就可怜可怜我，抬抬你们的贵手，放我一马，让我走进那个享受‘快感’的境地吧……”把跑官者“精神萎缩”的嘴脸刻画得入木三分。

以上就是我读张庆和先生的散文随笔集《哄哄自己》的主要感受。当然，这样的评论是不够全面的，言及的也只是先生创作发表的大量作品的“一斑”而已，如有不妥之处，请先生见谅。

态度决定命运

——读《峭壁上那棵酸枣树》

杨芳侠

《峭壁上那棵酸枣树》这篇文章寓意深刻，发人深思，给人以心灵的震撼！它的价值在于启发我们去考虑许多平时没有认真思考过的问题。

这是一篇象征手法运用得近乎完美的好作品。作者用“峭壁”象征人生的艰难和生存考验，用“酸枣树”象征战斗不息的人生精神。作者借用“酸枣树”这个不屈而坚强的形象提出并回答了一个困扰我们的哲学问题——绝境逢生，还是向死？作者的回答是肯定的：活着，而且活出风骨，活出境界!

“是为摆脱饥寒交迫的日子，你才无可奈何地跳下那悬崖？是为免遭那场被俘的耻辱，弹尽粮绝之后你才义无反顾地投落这峭壁？”文章开篇作者就置酸枣树于无法回避的严峻的选择中。“那一天，你确真跳下来了，像俯冲搏猎的那只雄鹰，像划破静寂的那颗流星。然而，你并没有死，一道峭崖壁缝救助了你，一捧贫瘠的泥土养育了你。生根，发芽，长叶……从此，你就在这里安家落户。日日夜夜，年年岁岁，终于顽强地活下来了，长大起来了，一直长成了一簇令人刮目的风景。”紧接着，作者让人格化的酸枣树做了有力的回答！

“一棵在夹缝中生存，在磨难中挣扎，在逆境中巍峨的酸枣树。”就是这样一棵酸枣树，30年来，让作者难以忘怀！“它高不足尺，阔不盈怀；干细枝弱，叶疏花迟。云缠它，雾迷它；风摧它，雨抽它；霜欺雪压，雷电轰顶。大自然中的所有强者，几乎都在歧视它，虐待它。仿佛只有立刻把它从这世界上除掉才肯罢休。然而，酸枣树并没有被征服，它不低头，它不让步，于数不尽的反击和怒号中，练就了一身铮铮铁骨，凝聚了一腔朗朗硬气。”读完这些文字，我们眼前的酸枣树已经不是普通的毫不起眼的一种生长在北方的野生植物，而是一种让人敬畏的精神象征！

人生在世，免不了要遭受挫折和磨难。所谓苦难，是指那种造成了巨大痛苦的事件和境遇。作家周国平说：“人生的本质绝非享乐，而是苦难，是要在无情宇宙的一个小小角落里奏响生命的凯歌。”这也正是张庆和笔下的酸枣树要告诉我们的人生态度。虽然经历百般磨难，待到秋天，它还是结出一粒小小的酸枣。“那酸枣是春光秋色日月星辰的馈赠，是一片浓缩的丹霞云霓。亮亮的，红红的，像玛瑙，像珍珠，像一团燃烧的火焰，像那万仞峭壁的灵魂。”谁又能说那些酸枣不是一颗颗向善向美的跳跃着的心！不是悬崖峭壁上的一簇簇奇迹！

读这样的文章，能让人受到鼓舞和激励，从而有了克服困难的信心和力量。通过对现实中的一种生命状态的描述，从现实物象里抽象出一种我们急切需要的闪光精神。将生存问题提高到一种精神享受和含义深刻的象征境界。将读者的思触从现实上升到哲学层面，引导读者探索许许多多人生的根本性的问题。做到了诗与思、现实与象征的完美结合。

从这点上看，这篇文章在读者心中唤起的是一种光明的、向上的、健康的感情，引导人们进取奋斗，从而使人从怨天尤人，抱怨命运的泥沼中站起来，获得真和美的品质和力量。这正是我们所需要的文学，也是文学存在的理由。

读着张庆和的《峭壁上那棵酸枣树》，我想到海明威的《老人与海》、杰克伦敦的《野性的呼唤》、高尔基的《海燕》，想到鲁迅笔下的《野草》……

只有经历和咀嚼过痛苦的人，才能品味到人生的点滴幸福，并懂得珍惜。想想那些身在福中不知福，总是抱怨生活的人，我庆幸自己在人生的早年熟悉并懂得了酸枣树，在人生的中年读到这篇有关酸枣树的文章！

只因我给张庆和老师的散文《哄哄自己》写过一篇评论文章，他便从遥远的北京寄来他的散文集《他说你说我说》。这是我收到的来自文学，来自远方的最难忘的感动！那是一个秋日的黄昏，我从野外回来，手里还攥着一把给儿子采摘的酸枣，也就是那时，我收到张老师的书，翻开书读的第一篇文章就是《峭壁上那棵酸枣树》。那一刻，我感到张老师这篇文章好像是为我写的，这样想着，我的眼睛湿润了。

我出生在一个四面环山的小村庄，抬头永远只是窄小的天，低头是不规则的沟坡地，任何一点儿来自土地的收获都要付出艰辛的劳动，这是城里出生长大的孩子想象不到的苦。这生养我的土地同时也是箍紧自己的手臂，我抱怨过，痛苦过，可我还是平静地接受了这命运的安排，像悬崖上的酸枣树，默默地承受生活的考验和磨砺！看着酸枣丛中那一簇簇火焰样的果实，我想我也会收获这样的人生果实的，那不只是一份生命的馈赠，更是发自内心的感恩！

承受并坚守，用奋斗成就理想，这是一种人生态度，是我们每个人都需要的。面对悬崖上的酸枣树，我不写诗，我写不出，我怕我的文字太轻，而活着是多么庄重严肃的事啊！读着《峭壁上那棵酸枣树》，我想到从小家境贫困，独自创出一片新天地的作家张庆和，想起我的不爱做梦也不信任梦境的我的黄土地上的祖辈，想起我的过去和现在，想起悬崖上孤独却从不消极颓废的酸枣树，我感觉自己不一样了，仿佛有了坚硬的筋骨和不屈的锋刺。

每读一遍《峭壁上那棵酸枣树》这篇文章，如同从大地获取神奇力量的大地之子安泰，都会从里面汲取与命运抗争的力量。

我最后要说的是：最终决定命运的不是环境，而是我们的人生态度。

探究“那棵酸枣树”

——关于写作的切入点

张志荣

大自然，是文人墨客笔下写不完的华章，也是我们写作时取之不竭的素材源泉。自然万物，都在以其独特的“语言”为我们诠释着生命的内涵。刊载于《语文报·初二版》2008年第36期第6版的《峭壁上那棵酸枣树》（作者张庆和）一文，就为我们提供了一个绝佳的范例。下面我们就以此文为例，总结以“自然”为素材的写作方法。

怎样“添枝加叶”。

我们可以设想，作者创作此文的灵感，缘于某一日邂逅了这棵长在岩石缝隙间的酸枣树，作者为它顽强的生命力深深地震撼了（这样的邂逅，这样的震撼，我们亦曾有过）！那么我们可以假定，这一次“邂逅”就是本文最初的主干。在此基础上，作者展开了联想和想象，为主干“添枝加叶”。

1. 酸枣树是怎么长在悬崖峭壁上的?

树当然不可能直接插到崖缝里去，必定有一粒种子落在崖缝间，在这里安家落户。这粒种子，就可以作为文章的切入点。

2.种子是怎么“飞”到峭壁上去的？

作者展开了想象。他将种子想象成一位战士——这当然是有原因的，峭壁上顽强生存下来的酸枣树，难道不像是一名战士吗？我们现在先说那颗种子。作者想象，为了与饥寒交迫的日子抗争，抑或为了免遭“被俘的耻辱”，它纵身跃下悬崖——起笔不凡，奠定了酸枣树勇敢的战斗者的形象。

3. 酸枣树生长的过程中又遇到了哪些艰难险阻？

“虎父无犬子。”这颗勇敢投崖的种子长出的酸枣树，自然不平庸，没有一场轰轰烈烈的战斗，如何凸显英雄本色？它将与谁较量？云、雾、风、雨、霜、雪、雷电……这些自然界的“强者”，都是它生存的“敌人”，也是砥砺它意志的“伙伴”。在这样血雨腥风的战斗的洗礼中，它由一名饱受欺凌的弱者成长为铁骨铮铮的强者！

4. 在如此艰难的环境中成长起来的酸枣树，被赋予哪些高尚的品性？

作者没有忘记，写作的目的是塑造一个不仅顽强、勇敢而且具备“高尚人格”的酸枣树形象，以作为人类的楷模。“与春天紧紧握手，与日月亲切交谈”，天地日月之精华，滋养了酸枣树高尚的品质。它自强不息，无怨无悔；它真诚而没有嫉妒，纯朴而从不贪婪；它慨然大方，洒脱豪迈，成为高尚人格的象征！

瞧！经过这样“添枝加叶”的想象，一棵原本光秃秃的“树”现在已经“枝繁叶茂”，初具一篇美文的雏形了。那么，作者又是怎样赋予了这棵“树”以生命的鲜活，乃至于“摇曳在我记忆中三十年之久”的呢？接下来我们探究：

怎样“挥洒真情”。

怎样将胸中的激情淋漓尽致地挥洒出来？本文的抒情方法值得品味。

1.人称的转换。细心的人会发现，本文开头部分先用第二人称——“你”，然后又改用第三人称——“它”，这是为什么呢？开篇先用“你”展开描述，显得亲切自然，宛如“我”向“你”诉说衷肠，一下子拉近了作者和酸枣树的距离；第二人称的弊端是受到时间与空间的局限，而下文要写酸枣树漫长的成长和战斗历程，再用第二人称显然不方便。于是作者改用第三人称“它”行文，突破了时空限制，可以尽情挥洒，更充分地表达感情，同时以“它”来写，作者对酸枣树的感情也由“亲切”转为“崇敬”。

2.句式的妙用。本文运用大量排比句，以增强语势，酣畅淋漓地抒发对酸枣树的赞美之情；另外，整句与散句结合，整齐对称而又灵动活泼，不仅使文章读起来朗朗上口，情感的抒发也如恣肆汪洋般奔涌而来。

3.修辞手法、表现手法的运用。比喻，如“像俯冲搏猎的雄鹰，像划破静寂的流星”，生动形象地写出种子跃下悬崖的勇敢、夺目、义无反顾；拟人，如“酸枣树默默地兀立着，不鄙位卑，不薄弱小，不惧孤独”，赋予树以人的感情，人的意志，人的品性，极尽赞美之能事；写桃树、梨树、杨树、柳树，是为了通过反衬，赞美酸枣树的高贵品性。

《峭壁上那棵酸枣树》给我们的，除了高尚的品质，还有描绘“自然”的方法。看看你身边吧，也许一株草，也许一片叶，也许一只小飞虫，都在你面前闪烁着创作的灵感呢！

唯有攀上峭壁才能摘取带刺的酸枣

——关于《一篇短文选入三十余种书刊我却不知道》的法律思考

李恩慈　刘爱明

本文的题目寓意着两层意思。一是要想使用他人的作品，除法律规定以外，必须依法取得他人作品的使用权，并且要尊重作者的著作人身权和著作财产权，否则，就应该受到法律的制裁。二是维护作者的著作权，仍是一件任重而道远的事情。它首先是一个权利意识问题。漠视作者的著作权，甚至侵犯作者的著作权，并没有像盗窃行为那样引起人们心底的谴责和痛恨。在法治社会，法律是人们普遍依赖的维权工具。作家张庆和的一篇散文的遭遇，使我们不得不再次呼吁：必须依法维护作家的著作权。作家张庆和创作的散文《峭壁上那棵酸枣树》，曾在1993年中国作协创联部组织的一次全国作家散文征文活动中获三等奖，后来署以作者真名在《文艺报》发表。该报发表此文时，将题目改成了《峭壁上的树》，文字也略有删节。作者认为改后的标题有点“题不对文”，删除的句段也不尽合情，所以后来凡经作者授权选用《峭》文的文选，都一直坚持使用原标题《峭壁上那棵酸枣树》和原文。这里涉及著作权的署名权和修改权问题。署名权是表明作者身份，在作品上署名的权利，它是作者表明身份、伸张人格的一项重要人身权利，因此，只有作者才有权利决定是否在作品上署名以及以什么方式署名，即作者可以署真名，也可以署笔名，甚至可以匿名，同时也有权禁止没有参加创作的人在其作品上署名。署名在法律上具有重要的意义，它是确定创作者的重要依据。我国《著作权法》规定，如无相反证明，在作品上署名的公民法人或者其他组织为作者。修改权是指作者修改或授权他人修改作品的权利。作品是作者思想、观念和情感的表现，所以，为了能使作品完整和真实地反映作者意思，法律赋予作者修改作品的权利。一般而言，报纸、期刊虽然可以对作者刊登的文章进行修改，但这种修改不能是实质性修改，只能是作品个别的文字、标点符号等语法意义的修改。

作者在陕西某大学出版社出版的《初中生新标准阅读专题训练——（语文）中考总复习》一书中发现载有《峭壁上的树》一文，署名“尤铭”，文后且注有“选自《语文学习》2001年第10期”字样，《语文学习》于本文后又注选自《青年博览》。而作者从未使用“尤铭”这个笔名，也未向《语文学习》《青年博览》投寄过稿件。继而作者在《语文报刊》网上发现江苏省的《新华日报》也刊登了署名“尤铭”的抄袭件《峭壁上的树》。这显然是一种严重的侵权行为。行为人不仅侵犯了作家的署名权和修改权，而且侵犯了作家的复制权、发行权和信息网络传播权。上述三项权利均属著作财产的重要内容，特别是信息网络传播权，是2001年全国人大常委会全面修订《著作权法》时新增加的一项财产权——将作品通过网络向公众传播，属于著作权法规定的使用作品的方式，著作权人享有以该种方式使用或者许可他人使用作品，并由此获得报酬的权利。对于上述侵权行为，作者可以自己或委托律师依法追究行为人的民事责任及其行政责任。

事情还需往前追溯，一个偶然的机会，作者发现了北京某大学2003年出版的《2004年全国中考热点试题（语文）》一书中载有《峭》文，该文被湖南省长沙市做了“语文中考试题”，文章被全文引用，没有署作者姓名。按图索骥，作者竟查寻并购买到了全国各地31家出版社出版的35种载有《峭》文的图书。这些图书，有的叫“中考兵法”，有的名为“名师点拨”，有的书名是“中考攻略”……均全文引用了《峭》文，却无一为作者署名。这里涉及这样一个问题：上述图书及试题使用《峭》文，是否属于合理使用或法定许可使用的范畴呢？我们的回答：不是！对于这一问题可能作者本人也未能搞清楚。

合理使用和法定许可使用是对著作权行使的限制。限制著作权行使的理由是在保护作者合法权益的前提下，协调好作品的创作者、传播者和使用者之间的利益关系。所以，合理使用和法定许可使用都要符合一定的条件和范围，否则，仍可能构成对作者著作权的侵害。所谓合理使用，是指在法律规定的条件下，可以不经著作权人许可无偿使用享有著作权的作品。根据我国《著作权法》的规定，合理使用须符合以下四个条件：（1）一般应是非商业使用；（2）使用作品的方式必须符合法律的规定；（3）尊重作者精神权利和其他财产权利；（4）原则上只适用于已经发表的作品。根据《著作权法》第22条的规定，涉及《峭》文的合理使用方式，是该条第6项规定：“为学校课堂教学或者科学研究、翻译或者少量复制已经发表的作品，供教学或科研人员使用，但不得出版发行。”因为使用《峭》文的各种图书均是已经出版发行且都是具有浓厚的营利目的，所以，都不在合理使用范围之内。

法定许可使用，是特定方式使用他人已发表的作品，可以不经著作权人许可，但应向其支付报酬并尊重著作权其他权利的制度。根据我国《著作权法》规定，法定许可使用也须符合法律规定：（1）使用的对象必须是已经发表的作品；（2）使用的方式必须符合法律规定；（3）必须向著作权人支付报酬；（4）使用人不得损害著作权人的精神权利和其他财产权利。根据我国《著作权法》的规定，《峭》文法定许可使用的方式，主要是《著作权法》第23条规定：“为实施九年制义务教育和国家规划而编写出版教科书，在教科书中汇编已经发表的作品片段或者短小的文字作品、音乐作品或者单幅的美术作品、摄影作品。”这里的教科书指的是课堂教学所用的正式教材，不应包括辅助读物。而引用《峭》文的各种图书虽然是供中学生阅读，但都不是正式教材，而是辅助读物。因此，上述图书使用《峭》文，不属于法定许可范围。

综上所述，我们在排除合理使用和法定许可使用的情况下，就可以得出以下结论：上述30余种书籍都是侵犯作者著作权的行为，他们都应为作者署名，尊重作者的修改权，并应该支付相应的报酬。我们在分析了这一事件后，心头感到十分的沉重，我们为普遍的侵权而悲哀，为权利的失落而叹息。作为律师，我们愿意也应该为维护作者的著作权而奋斗，只有不屈不挠的奋争才能警醒民众的著作权意识，才能真正促进社会科学文化事业的繁荣与发展。

选自《法制文萃报》

武德品文：《峭壁上那棵酸枣树》

刘武德

原文

峭壁上那棵酸枣树

张庆和

是为摆脱饥寒交迫的日子，你才无可奈何地跳下那悬崖，是为免遭那场被俘的耻辱，弹尽粮绝之后你才义无反顾地投落这峭壁？

历史感怀着你，岁月铭记着你。

那一天，你确真跳下来了，像俯冲搏猎的那只雄鹰。像划破静寂的那颗流星。

然而，你并没有死，一道峭崖壁缝救助了你，一捧贫瘠的泥土养育了你。生根，发芽，长叶……从此，你就在这里安家落户。日日夜夜，年年岁岁，终于顽强地活下来了，长大起来了，一直长成了一簇令人刮目相看的风景。

这便是故乡那座大山的悬崖峭壁间一棵播曳在我记忆里30年之久的酸枣树；一棵在夹缝中生存，在磨难中挣扎，在逆境中巍峨的酸枣树。

那是一棵怎样的树呵！

它高不足尺，阔不盈怀，干细枝弱，叶疏花迟。云缠它，雾迷它；风摧它，雨抽它；霜欺雪压，雷电轰顶。大自然中的所有强者，几乎都在歧视它，虐待它。仿佛只有立刻把它从这世界上除掉才肯罢休。然而，酸枣树并没有被征服，它不低头，它不让步。于数不尽的反击和怒号中，练就了一身铮铮铁骨，凝聚了一腔朗朗硬气。

一次次，它在风雨中抗争呐喊；一回回，它把云雾撕扯成碎片；它以威严逼迫霜雪乖乖地逃遁；它以刚毅驱逐雷电远避他方……

它像大山的一名哨兵，时时坚守着自己的岗位；它像一位忠诚的使者，及时报告着八方信息；它是一面飘扬的旗帜，召唤着，引导着，冲锋着，战斗着，率领着大山里所有的草草木木们，从一个春夏秋冬奔向又一个春夏秋冬……

它明知道自己成不了栋梁高树，却还是努力地生长着；它明知道自己不可能荫庇四邻，却还是努力地茂盛着。它不像山前的桃树，山后的梨树，一个个娇生惯养地让人伺候、抚慰，动辄就使性子甩脸子给点颜色瞧瞧。也不像贪图热闹的杨树柳树们，一个个占据了水肥土美的好地方。便忘乎所以地摆首弄姿，轻飘飘只知炫耀自己。而酸枣树，却默默地兀立着，不鄙己其位卑，不薄己其弱小，不惧己其孤独。与春天紧紧握手，与日月亲切交谈。天光地色，尽纳尽吮。从不需要谁的特别关照与爱抚，完全依靠了自己的力量，长成了那堵峭壁上的生命，让人领略那簇动人的风采。它真诚而没有嫉妒、它纯朴而从不贪婪；招手向路人致意问候，俯首向胜利者庆贺祝福，似乎是它的本能。

那是我亲眼看见的，那一年秋天，于不知不觉中，它竟结出一粒小小的酸枣。是的，只有一粒，而且小得几乎被人们所不见。

那酸枣是春光秋色日月星辰的馈赠，是一片浓缩的丹霞云霓。亮亮的，红红的，像玛瑙，像珍珠，像一团燃烧的火焰，像那万仞峭壁的灵魂。

见到它果实的那一刻，当初我还陡地生出一个奇怪的想法：小酸枣，或许正是那棵酸枣树苦修苦熬数十年而得道的一颗心吧!有了心它便会有梦，便会更加热烈地去拥抱世界了!

转眼远离故乡三十年，我再没有见到过那棵酸枣树。不过我想，眼下这世界风光正好，它生长得一定会很茁壮，很茂盛，一定是干粗枝旺，叶郁果丰。长成了一个典型的男子汉形象，再也没有谁歧视它，再也没有谁欺辱它了。并且有很多小鸟常去它那里做客，和它一起歌唱。那歌声清韵悠扬，荡漾山谷。

赏析

我一生从事语文教学教研，又兼做了四舍五入等于九年的文学选刊执行主编，职业使我苛求于文学作品。但品读张庆和杰作《峭壁上的那棵酸枣树》，我不禁叫绝。我贸然评价，可与《白杨礼赞》媲美，可与《谁是最可爱的人》比肩，可与《荔枝蜜》并驾齐驱。

受微信空间制约，不能详评，只作略析。《峭》这篇美文有三大亮点。

形象感人。作品通篇将那棵酸枣树拟人化、人性化、人格化。且读第一段文字，写枣树跳崖，我脑中闪过古今中外壮士与烈女，闪过《狼牙山五壮士》，闪过《跳崖五烈女》。那棵酸枣树不正是壮士烈女的化身么？上天眷顾，枣树留活，英雄不死。生长在峭壁的酸枣树坚强可叹，壮士烈女“生的伟大，死的光荣”，令人感动得肃然起敬!

情感动人。问世上情为何物？直教人生死相许。这本指男女恋情。其实文情对读者心情的冲击何尝不如此？《峭》文字里行间所表达的深情、激情、豪情，同样令人动情，同样叫人爱得死去活来。空间有限，不寻章摘句。

语言醉人。形象靠语言塑造，情感靠语言抒发。《峭》文的语言用字字珠玑形容，怕一点儿不过分。我曾做过此文的文字游戏，取其一段，换几个词句，而后相比较，良心告诉我，还是原文语句居优。庆和兄的语言功力非一日之功啊!

我《品诗》六十、六十一都借用庆和兄的佳作，现在《品文》又用他的作品开篇。我操作前翻看了《著作权法》，没有此行为侵权的条款，于是我斗胆妄评，意在引玉。

习文者要讲“品格”　编选者要讲“严谨”

石英

《峭壁上那棵酸枣树》是作家张庆和10年前写的一篇散文力作。它在《散文选刊》1995年第4期选载之后我就读过，觉得它在取材、立意、角度、语言表现等方面均有出新之处，越品味就越觉其格调不俗。我觉得它最重要之点还不在于其坚忍不拔，不畏风摧雪压，雷电轰顶，与生存环境进行抗争，这方面也许在其他一些作品中不乏其意；我更看重它的是：“酸枣树”的生存条件较差，不似其他某些幸运的树种占有土肥水美的好地方；也自知成不了栋梁高树，不可能庇荫四邻。然而，它并不自惭形秽，更不自暴自弃；相反，它鄙薄那种摆首弄姿、炫耀自己的浅薄，也不羡慕那种娇生惯养、自我骄纵的幸运儿，而绝不鄙己之位卑，不薄己之弱小，不惧己之孤独，也不指望和贪图别人的特别赐予，重要的是能够有所建树，生命有所结晶。

终于，“它竟结出了一粒小小的酸枣。是的，只有一粒，而且小得几乎为人们所不见”。

我觉得，虽只有一粒，却是人生希望的象征。在某种意义上，它胜过千粒万粒，具有恒久不泯而永葆鲜活的意义。毫无疑义，这是作家的点睛之笔。

却没承想，就是这样一篇令人瞩目、明白署名的佳作，却明目张胆地遭到一个名曰“尤铭”的人的剽窃，而且竟然到处被转载，被使用，被作为范文导读青少年，乃至被作为“中考语文试题”，岂非咄咄怪事！

这一事实充分说明某些习文者品格之低下，以窃取他人作品据为己有而使自己“尤铭”（有名），不说人格、良心何在；另一方面，也说明某些编选者工作作风太欠严谨，致使窃誉者有机可乘。好在目前作家权益体制已趋向健全，法律可以给被侵害者以应有的保护。其实查证此事并不困难，总要使事实真相得以澄清，给真正的作者一个说法。我相信“假的就是假的，伪装应该剥去”。

2004年2月于北京

一篇散文被试题引用之后

《北京青年报》记者李湘荃

日前，读者张庆和向本报反映，他近日无意中得知，他于10年前创作的一篇散文《峭壁上那棵酸枣树》被全国各地31家出版社出版的35种图书刊载，除了一种图书署了其他人的名字，另外34种图书均没有署名。更让他为之感叹的是，没有一个编辑事先知会他，当然也谈不上稿酬的支付。

记者对此进行了调查采访，发现这35种图书都属“初中生语文试题集锦”类，张庆和的这篇散文无一例外被引用在“语文试题”中的“阅读理解”部分。那么，试卷引用著作权作品是否应该署名和付酬，将试卷汇集成书的出版社又该如何尊重原作者的权益？

一篇散文选入试卷和35种图书，作者从未得到通知只是偶然发现

张庆和告诉记者，他知道自己的作品被选作“中考语文试题”，纯属偶然。

“去年12月，宁夏作家季栋梁先生在电话里讲，听人说，他的散文《夏日田野上的追赶》被北京的一个区做了中考语文试题，不知是否属实，想托我找一份试卷看看，也好留个纪念。”

新年前夕，张庆和在书店发现北京某大学于2003年10月出版的《2004年全国中考热点试题（语文）》一书中果然有季先生的《夏日田野上的追赶》一文，是被海淀区（2003年）作为语文中考试题应用，当即便为他买下。顺便翻看时，张庆和竟发现了自己10年前创作的散文《峭壁上的树》（又名《峭壁上那棵酸枣树》）也被湖南省长沙市（2003年）做了“语文中考试题”。文章被全文引用，没署作者姓名。

既然做了试题，看看别的出版社还会不会有选用此文的呢？

张庆和利用了几个休息日先后去了西单图书大厦、王府井书店、海淀图书城附近的新华书店、崇文门教育书店和西四新华书店等几处正规的国有书店查找载有《峭壁上的树》的出版物。迄今为止，他已查寻并购买到了全国各地31家出版社出版的35种图书。

后来，张庆和从互联网上查知，《峭壁上的树》一文还被一些地区和学校作为了高中学生“期末语文试题”或“高考质检试题”应用。

“这些试卷和图书用了我的劳动成果，却没有一个作者、编辑通知我一下。而且，35种图书还只是我目前了解到的数字。”

绝大部分试卷和图书未经作者授权，没署名，没付酬，作者感觉受到侮辱

让他更没想到的是，这35种图书中有34种未给作者署名，唯一署作者名字的（陕西某出版社《初中生新标准阅读专题训练（语文）中考总复习》），署的却是一个叫“尤铭”的人，文后且注有“选自《语文学习》2001年第10期”字样。

张庆和说：“我从未使用过‘尤铭’这个笔名，也从未向《语文学习》投寄过稿件。”他继而又在语文报刊网上发现，江苏省的《新华日报》（2001年）也刊登了署名“尤铭”的抄袭件《峭壁上的树》。同时也看到，一位姓曹的先生还在某网站撰文，以《强者之魂的形象展示——“峭壁上的树”赏读》为题，评介署名“尤铭”的《峭壁上的树》。由此，张庆和判断，“我的散文《峭壁上的树》很可能已经被人剽窃了”。

“《峭壁上的树》曾在1993年中国作协创联部组织的一次全国作家散文征文活动中获三等奖，原题是《峭壁上那棵酸枣树》，后来经《文艺报》发表时，题目改成了《峭壁上的树》，文内也略有删节。但我更喜欢原标题，所以凡经我授权选用《峭》文的书籍，如山东、河北两省的‘中学生语文课外阅读’等，都一直坚持使用原标题和原文。入选这35种图书、包括被‘尤铭’抄袭的都是被改动标题的那一篇。”

“我辛辛苦苦创造的精神产品这么随便地就被人剽窃了，而且要不是帮朋友找他的作品，我还蒙在鼓里！”张庆和有一种被侮辱的感觉。

有观点认为，试卷是非营利商品可不付酬；另有观点认为，署名权起码该受到尊重

张庆和是中国作家协会会员，并且已在中国作协作家权益保障委员会登记注册。所以，在向本报反映的同时，张庆和也委托中国作协权益保障委员会，替他查究“尤铭”抄袭和追问35种图书为作者署名、支付稿酬事宜。他提出，发表使用署名抄袭者“尤铭”的《峭壁上的树》的报、刊、书、网，应为真正作者正名，要公开批评、制止“尤铭”的抄袭行为，并支付稿酬；所有31家出版社出版的35种图书今后无论以何种形式汇编、再版《峭壁上的树》一文时，必须为作者张庆和署名，已署了“尤铭”的，应予以更正。

记者翻阅了其中的一些书，发现较早用该文于“中考语文试题”的是黑龙江省哈尔滨市（2001年）。与试卷出题人员没能联系上，但北京市一个曾参与中考出题的老师告诉记者：“严格地说，试卷不能算是出版物，而且也是非营利性商品，所以不存在稿酬的问题。至于署名，《中华人民共和国著作权法》中似乎也没有这样明文规定；再说，出试卷的老师付出了劳动，也没有署名。”

中国作协作家权益保障委员会吕洁女士认为，出试卷是教研室的常见工作，而中考试卷的出题更属职务行为了，出试卷的老师可能没有署名，但组织出题的单位已经给了他们报酬，而他们的署名也通常以“某某教研室”等集体署名的方式出现。但在本案例中，该文的确是全文引用，而非出题人员原创。尽管法律无明文规定，但按《著作权法》的法律精神来说，应当尊重作者的署名权，不管试卷是否赢利。

“试题集锦”普遍忽略作品知识产权，作品入选“集锦”应联系作者并付酬

那么，当该文被“试题集锦”之类的书籍收编之后，出版者是否应该及时联系作者并支付稿酬呢？

记者查阅了《中华人民共和国著作权法》，其中第二章第二十三条规定：为实施九年制义务教育和国家规划而编写出版教科书，除作者事先声明不许使用的外，可以不经著作权人许可，在教科书中汇编已经发表的作品片段或者短小的文字作品、音乐作品或者单幅的美术作品、摄影作品，但应当按照规定支付报酬，指明作者姓名、作品名称。

为什么如此多的出版社在汇编使用《峭壁上的树》一文时，既未指明作者姓名，也未向作者支付报酬呢？

湖北某出版社的相关工作人员表示，他们曾按照相关规定试图联系作者本人并支付稿酬，但“摘自此前其他城市的试卷，那些试卷上没有署名，我们一时半会儿也找不到原作者是谁，对于这种图书的稿酬，我们通常的做法是将该书总稿费的一部分，存放在国家版权保护中心，以备原稿作者索要。像张庆和的这种情况，我们会立即支付他应有的稿酬。而且，我们欢迎像他这样的作者来找我们，因为存放在国家版权保护中心的那笔稿费应尽快找到它们的主人。”

中国作协作家权益保障委员会吕洁女士说，我们国家“试题集锦”或“习题突破”之类的书籍非常多，但意识到被引用作品的知识产权的不多。编写者占用了原作者的劳动，并从中赢利，就应该更努力认真地寻找作者，并支付稿费。

由作品被“无名”使用想到的

宋艳丽

最近不少媒体先后报道了这样一件事情：作家张庆和的一篇散文被国内30多家出版社收录在自己的出版物中，但为其署名者甚少。张庆和正在通过有关维权部门追讨自己的署名权及其他权力。说实话，作为一个图书编辑，我一直在关注着这件事情的发展，因为在我们编辑的图书中也收录过这篇散文。

那是去年10月，我们在紧锣密鼓地编审一套22本中考和高考的“功夫”教辅稿子，发现其中《中考语文现代文阅读》中选用的很多作品没有署作者的名字。审读书稿时，几个编辑都发现了这个问题。当时时间很紧，赶着将这套书赶上年底的广州订货会，如果一个个去查作者，势必会费力费时，延误图书面世的机会。怎么办？几个年轻的编辑说：“我看别人的教辅书好多都没有署名，要不就这样吧。”但老编辑不同意，说高教社就是靠质量、靠信誉发展到今天，尊重作者的署名权、著作权是我们的一贯传统，不能为了赶时间就破这个例。的确，我们在刚进高教社进行编辑培训时，也听总编辑讲过同样的话。于是谁都不再说什么，便分头去努力“工作”。

我作为高教社的一名策划编辑，负责平时和作者的联系，遂将每篇文章的篇目抄下来速递给该书的编著者，让她将选文的作者、出处等都尽力补上。编著者接到这个“命令”后有些吃惊，说她给其他出版社、文化公司写过不少书，人家很少提这样的要求。说归说，终究还是按要求做了。不料拿来后正在往稿子上抄写名字时，又发现了一个问题：某省“中考语文试题”题目中《峭壁上的树》（又名《峭壁上那棵酸枣树》）这篇文章署名有问题！有一个编辑提出，她曾经看到过这篇文章，记忆中的作者是张庆和，这次署的却是另外一个人，好像叫“尤铭”。是作者写错了还是编辑记错了？赶紧再和书作者联系。可这位老师的教学任务很紧，打电话总联系不上。后来还是另一个编辑灵机一动：为什么不去网上查查？于是就上网搜索这篇文章。接连查找了不同的网站，发现《峭壁上的树》多数是匿名，有的是“张庆和”，也有的是“尤铭”。为了稳妥起见，又咨询了其他人。凑巧正在合作的一位同行跟张庆和认识，他的回答印证了我们网上查询的结果。于是放心地为这篇文章注上了作者的名字。该书出版后，我们又和张庆和取得了联系，并赠送了样书，寄去了稿酬。

有人说图书出版是一种存有遗憾的工作，再严谨的编辑也可能会有所疏漏。但我们有一个宗旨不敢忘，那就是充分尊重作者的著作权，从根本上保证出版的严肃性和公正性。也正因为如此，看到前面所说的媒体所报道的消息时，我们也才感到了坦然。

珍惜你的权利[①]

有人认为，作者的作品如果未经同意被图书使用或者被报刊转载，是对其文章的肯定，也是扬名的机会，何乐而不为？这实在是一种悲哀，作者的声誉依赖的应是《著作权法》的保护。

前不久，作家张庆和在报刊上发出了“谁来保护中国作家的著作权”的诘问，引起了诸多关注。1993年，在一次征文活动中，张庆和创作的散文《峭壁上那棵酸枣树》，荣获三等奖；后来，署以作家真名在《文艺报》上发表。而一次偶然的机会，张庆和发现北京某大学出版社于2003年出版的一本教学参考辅导书中，这篇文章被湖南省长沙市做了2003年的“语文中考试题”（同时作者还发现，早在2001年，哈尔滨市也曾把《峭壁上的树》作为中考语文试题）。文章被全文引用，没有署作者姓名。按图索骥，他查出全国各地31家出版社出版的35种载有《峭》文的图书。这些图书均全文引用了《峭》文，却无一为作者署名，有的署名以“尤铭”（张从来未使用“尤铭”这个笔名），更别提给稿费了。根据《著作权法》，作者应该怎样讨回公道？被侵权后，谁来保护中国作家的著作权呢？就这些问题记者采访了北京

①《科学时报》记者：李芸；受访者：李恩慈、刘爱明（北京市兆亿律师事务所维权部律师）

市兆亿律师事务所维权部的资深律师李恩慈和主任律师刘爱明。

现实

记者：就你们接手的官司来看，像张庆和这样被侵权的现象近年来是不是很普遍？

律师：张庆和所遇到的情况属于著作权被侵犯，应该说，是现今比较普遍、比较严重的现象。且不说音像、软件市场盗版的猖獗，单是文字作品的抄袭、剽窃、未经作者同意转载、不付稿酬等就称得上是纠纷不断，特别是网络环境下，更容易出现侵权行为。而真正能拿起法律武器维护权利的所占比例并不大，是很少的一部分。像网上著作权侵权而提起诉讼的六位作家张承志、张抗抗等，北京大学教授陈兴良状告数字图书馆不正当使用自己的作品，以及张庆和被侵权的案件，他们之所以诉诸法律，与侵权行为严重、影响颇大不无关系。其实，现在很多“小儿科”的侵权行为都不了了之，权利人并没有很好地维护自身的合法权益。

侵权行为

记者：现在网站使用他人作品，既不经作者的同意，也不向作者支付报酬的情况很多，更有人认为“网上无侵权”，您怎样看待这个问题？

律师：目前，网络使用十分普及，网上信息量大，信息更换迅速，相对报纸、杂志、广播、电视而言，更容易出现侵权行为。有人认为，网上的信息庞杂，网站去逐个审查是不可能的，即使出现网站上的个别单位或个人网页的侵权行为也在所难免。由于在主观上没有任何过错，既没有“过失”更谈不上“故意”，所以，不应该承担民事责任，因而就提出了所谓的“网上无侵权”。

其实，网上存在着侵权行为，其侵权行为完全符合民事侵权的构成要件，因为在网络上传播作品，只不过改变了作品的传播方式（数字化形式），所以，完全应当遵循《著作权法》的有关规定，而且作为营利性机构和提供作品的组织，应该有审查之责。2001年全国人大常委会全面修订《著作权法》时新增加的一项财产权——信息网络传播权，就是针对这种情况制定的。

权利意识

记者：侵犯著作权是比较普遍的现象，为什么真正愿意拿起法律武器维权的却并不多呢？

律师：首先是权利意识的问题。著作权是一种法定的权利，其内容和权利的限制，都是由法律明文规定的，作者应该熟悉自己的权利并且要努力捍卫自己的权利，不应有任何漠视自己权利的意识。在我接触的作者中，有的认为，作者的作品如果被图书使用或者被报刊转载，是对其文章的肯定，也是扬名的机会，何乐而不为？这实在是一种悲哀。作者的声誉依赖的是《著作权法》的保护，比如报刊转载你的作品，却不向你支付任何稿酬；图书使用你的作品，既不征得你的同意，也不向你支付任何报酬；或者虽然刊登的是你的文章，但却面目全非，甚至被人剽窃，署了他人的名字……随着所谓名扬四海，你的很多著作权利也就随之丧失殆尽。所以，以放弃权利为代价而换取的虚荣就是对侵权的一种放纵，因此，作者首先应该懂得和珍惜自己的权利。

我国司法制度的不健全，也在某种程度上影响着权利人的权利行使。例如，无论侵权的数额多少，权利人都需依照法定程序，向法院提起民事诉讼，而诉讼的时间往往较长，有的案件甚至拖上个三五年才能解决，这种马拉松式的诉讼当然会让人望而却步。虽然司法机关采取了有关的简易措施，但仍不甚理想。国外有一种小额诉讼法庭，专门受理小额案件，程序简便，审理快捷，这种形式值得我们借鉴。法律程序和执法措施的便捷、及时和有力，是保护著作权的关键。

记者：是不是与打官司所支付的时间和人力成本太大也有关系？

律师：不少人的确有一种畏难情绪，尤其是侵权数额不大的案子，当事人往往认为，打这种官司，劳民伤财，得不偿失，所以不愿意求助司法救济。另外，按我国的法律规定，《著作权法》属于特别民事法，如果提起侵权之诉，即应遵循民事诉讼的“谁主张，谁举证”的证明原则，原告需搜集有关侵权证据，而这种案件搜集证据又颇为费时费力，所支付的时间和人力成本很大。

但著作权人在主张自己权利的时候，向法院提供有关侵权的证据是必要的，而且我国《著作权法》为了维护著作权人的合法权益，还规定了举证倒置的原则。同时，我国审判机关在审理知识产权的案件中率先实行了民法“填平”原则，也就是说，著作权人的侵权之诉如果胜诉，权利人除了可以获得因被侵权而遭受的经济损失，其为了进行侵权之诉而支付的律师代理费、调查取证费、交通费、食宿费等费用，都应由侵权人予以赔偿。所以，权利人不应有任何顾虑，应当勇敢地寻求法律的保护。

权利保护

记者：权利人被侵权后，如何来维护自己的权益？

律师：首先，为了切实保护著作权人的合法权益，我国2001年全面修订《著作权法》时，特别增加了有关诉前救济措施，这些措施包括两个方面：制止侵权措施和证据保全措施。权利人应该注意这些诉前的法律保护措施的运用。

其次，有几种法律解决的途径可以供权利人选择。第一是行政处理。当事人可以向著作权行政管理部门诉告被侵权的事实，著作权行政管理部门在查明情况后，可以采取责令停止侵权行为，没收违法所得，没收、销毁侵权复制品，并可处以罚款；情节严重的，著作权行政管理部门还可以没收主要用于制作侵权复制品的材料、工具、设备等。第二是向法院提起侵权之诉。人民法院审理案件，对于侵犯著作权的，可以没收违法所得、侵权复制品以及进行违法活动的财产。第三，权利人还可以委托律师进行必要的法律救济。例如，可以委托律师向侵权人发布律师函告或者律师声明，采取必要的措施阻断侵权行为。同时，无论是行政处理还是法院诉讼，当事人都应当聘请律师作为代理人，以便更好地维护权利人的合法权益。

原载《科学时报》2004年11月25日

附录：拿什么保护你——我的“酸枣树”

张庆和

2003年12月末，一次偶然的机会，我发现北京某大学出版社2003年10月出版的《2004年全国中考试题（语文）》一书中，自己10年前创作的一篇散文《峭壁上的树》（又名《峭壁上那棵酸枣树》）被湖南省长沙市（2003年）做了中考语文试题。文章虽然被全文引用，但没有署作者姓名。按图索骥，在短短的时间内，我查寻并购买到全国各地32家出版社出版的36种载有《峭》文的图书。这些书选用的大多是黑龙江省哈尔滨市（2001年）和湖南省长沙市（2003年）的中考语文试题。这些书大都没有为我署名，唯一署名的两本是陕西某出版社的《初中生新标准阅读专题训练（语文）》和海南某出版社的《时文选粹》（第三辑），但署名却都是“尤铭”。而我从未使用过“尤铭”这个笔名。事情发生后，我在委托中国作协作家权益保障委员会帮助维权的同时，也在报刊上披露了这一事件：谁来保护中国作家的著作权！

截至2004年10月27日收到某出版社的最后一笔稿酬和承诺书为

止，我委托中国作协作家权益保障委员会关于帮助查问散文《峭壁上的树》（又名《峭壁上那棵酸枣树》）被侵权一案，即宣告结束。39种出版物所涉及的32家出版社和一家杂志社（不含《语文学习》和《青年博览》两家文摘类刊物），都先后给了我一个满意或比较满意的处理结果。回顾此番维权的整个过程，可谓几多酸甜，几多感慨，几多欣慰。

维权——引起社会广泛关注

今年年初，从发现自己的散文《峭壁上那棵酸枣树》一文被人剽窃、被两次作为中考语文试题，连续多年被全国不少学校和地区作为中考、高考模拟题或练习题应用（在国家机关某部门工作的范党辉女士曾说，她1999年高考前就曾演练过这篇由南方流传来的散文阅读题），并被几十种出版物选用出版发行的事件披露后，立即引起文学界、新闻界和法律界等社会多方面的关注。

《中国新闻出版报》《检察日报》《北京青年报》《北京娱乐信报》《新民晚报》《文艺报》《广州日报》《中国国门时报》《四川法制报》《北京法制报》《中国建材报》等新闻媒体都在第一时间对此事件进行了较为详细的报道。有的还以突出的位置、醒目的标题予以处理。继而，《法制文萃报》《今晚报》《特区青年报》《北京晚报》《劳动午报》《鲁中晨报》《江苏法制报》《太原晚报》《武汉晚报》《南京晨报》《合肥晚报》《本溪晚报》《通辽日报》《科学时报》（仅以能查寻到的报纸为准）等媒体，或转载，或以评述的不同方式也对此事件予以关注。北京人民广播电台还以《一篇散文的漂泊经历》为题，专门采访、制作了一期30分钟的专题节目予以播放。《中国律师》杂志、刚创刊的《九州》文学杂志，都以大篇幅刊载了此维权事件的有关文章。

同时从互联网上也发现，全国乃至境外的一些网站，如新华网、中国网、正义网、中华文苑网、中国作家网、中华网、中国文坛网、中国经济网（繁体）、中央电视台新闻网、北京电视台新闻网、中国消费网、法律教育网、中国中小学教育网、中国法律资源网、出版参考网、北京律师网、文学会馆网（上海）、大洋网（广州）、天府新闻网（四川）、长江网（武汉）、太原新闻网（山西）、新华报业网（江苏）、法务网、西域军垦网、东北新闻网、合肥报业网（安徽）、安徽律师网、宁夏日报综合新闻网（银川）、西湖教育信息网（杭州）、知新好稿网、专家论案网（繁体）、世界华人文艺家网、中山市教育信息网、新浪读书、搜狐新闻、雅虎新闻、易文网、网易文化频道、千龙新闻、大华网、大道中文期刊网等，都对本事件给予了一定的报道。据不完全统计，目前已发现有关报道该事件的网站近百家，报纸媒体30余家。

正如一位出版工作者所言，诸多媒体的参与和支持，不仅使维权工作能够顺利进行，同时也是一次很好的《著作权法》的宣传和学习。无论对作者，还是对出版工作者，都是一件有益的事情。不应该认为这是小题大做，或是作者得罪了出版社等。

法律界对此维权事件也给予了一定的关注和支持。报道见诸报端后，先后有4位律师和我联系，并表示，如果起诉，他们将给予积极的法律援助。首都某大学法学教授李恩慈、律师刘爱明，为此还专门与我进行了一番对话，《中国律师》杂志（2004年第6期）拿出几个页码的篇幅，以“中国作家的著作权自有法律保护”为题，刊登了律师与作家对话的全部内容。从网站“北京律师在线”可发现，他们还把这一事件作为典型案例予以转发。有专家认为，这是我国几十年来一个很典型的案例：一篇文章被人剽窃，被两次作为中考试题应用，又被那么多的出版社选入书中，而且还不给作者署名，不付稿酬，个别署了名的却又是剽窃者的名字，应该说这是极为少见的。

对此现象，李恩慈、刘爱明两位法律界人士认为，要建立文明和谐的社会，尊重人的各种合法权益十分重要。在分析了这一侵权事件后，他们心情感到十分的沉重，既为当下普遍的侵权而悲哀，也为公民权利的失落而叹息。他们还撰文发出呼吁，希望“有关部门建立遏制侵权的法律制度，如对侵权者的公示制度、律师声明制度、便利小额诉讼的审判制度等”。

作为一名被侵权者，我为能得到他们的声援和支持而感到欣慰。

维权一事，也惊动了我们第一线的教育工作者。江苏省南通中学语文教研室的朱正连老师得知此消息后，曾致我一信（朱先生曾发表《同文异题之比较》，述论中考语文试题《峭壁上的树》一文）。朱老师在信中说：“作为一名中学语文老师，我由衷地谢谢你和你一样为读者写出如此美文的作家。教授学生学好本民族的语言是我们语文老师的责任。正是你们这些作家用自己的心血凝成的作品指引着学生的人生之路，指导他们如何去接近文学，认识文学，喜爱文学……所以说，你们虽然不在课堂教育学生，但你们同样起着一个老师有时不能替代的作用。要教育学生学好语文，我们语文老师不仅要教好语文教科书上的选文，而且通常还要广泛收集文质兼美的文章，或推荐给学生阅读，或作为阅读材料用在语文试卷上，以查考学生的阅读理解能力。这也是语文老师青睐这些文章的原因。由于语文老师这种教育的目的性使他们不可能带有任何的功利色彩和任何的牟利企图，因而也就没有考虑过作家的著作权问题。你的维权做法，可以说是给我们上了一课，这也是我在今后的教学工作中（包括提醒我的同事们）要注意的问题，自觉加强有关法律法规的学习和运用。”

朱正连老师的来信诚恳、真挚，也很有普遍意义。

在整个维权过程中，也始终得到了中国作协领导和诸多作家朋友的关心、理解和支持。中国作协副主席陈建功、书记处书记高洪波等领导表示，要支持作家依法维护自己的合法权益；杂文作家吴志实撰文，以“31家出版社的35种图书”为题（载《北京晚报》）并以一个老出版工作者的经历和良知，谈了对此维权事件的看法；还有一些作家朋友，他们对我的维权过程始终给以关注和支持，如石英、周明、张同吾、肖复兴、孙武臣、朱铁志、吴志实、孙德全、张延平、秦剑波、胡殷红、高红十、戴文妍、窦志先、王恩宇、黄国光、寇成茂、李凤祥、刘战英、苏鹏、华静、孙丽、邢云、马国仓、刘晓川、李兰颂、唐瑜、曹怀新、房连水、宋艳丽、王景山、季栋梁、王佩飞、谢绮珊、何光照、孙承、姚春才、周洪安、雨兰……他们或写来信件，或打来电话，或发来信息，或当面表示自己的意见。朋友们的鼓励是一种力量，使我更加增强了维权的信心。

维权——真的辛苦了权保会

我之所以起而维权，最初是得到了三个方面的鼓励与支持。

今年1月，当我发现自己的散文《峭壁上那棵酸枣树》被人剽窃，并被多家出版社无名、无酬使用后，曾和中国作协中华文苑网的总编辑黄国光先生通过一次电话。我原初只是想写个几百字的短文，申明一下，《峭壁上的树》作者是张庆和，而不是“尤铭”。黄总很支持，说你就赶快寄过来吧。并告知，中华文苑网刚发过女作家阎延文的一个维权声明。中华文苑网阅读者很多，遍布海内海外几大洲。

接着，我又两次去新华书店，此时已经查寻并购买到了十几种载有《峭》文的教辅图书。随之我又将此情况报告给了我所供职的《中国建材报》社社长兼总编辑谢镇江同志，并希望也能在《中国建材报》上刊登一下这个申明。谢社长很支持，说要放开写，能写多长是多长，发表时还要把《峭壁上的树》的原文附在其后。于是，我就开始动笔，一一如实道来。稿子写好后，谢社长又帮我修改，连标题都是他改定的。

与此同时，我还将被侵权一事报告给了中国作协作家权益保障委员会（以下简称权保会），咨询像这种情况，出版社是否属于侵权等。

记得接电话的是吕洁老师，她给我讲了一些《著作权法》的有关条文，并说依照《著作权法》，我完全有权利维护自己的合法权益。但要取证，要有购买图书的发票，而且一定要去新华书店购买，否则人家会认为买的是盗版书，会不认账等。

我都一一照做了。截至2月上旬，当我已经查寻并购买到32家出版社的36种图书后，便依照要求，将维权委托书和有关资料如数地送达权保会。在权保会，我第一次认识了张树英主任和吕洁老师。两位老师很热情地接待了我，也消除了我心里曾经有过的权保会门槛高的障碍。从此，权保会就为我的维权事件不停地忙碌起来。

30多家出版社，要一一给他们发函，来回函件还要逐件登记，有的还要反复打电话催问、解释。据我了解，大多数出版社都不错，对我国颁布的《著作权法》有一定的认识和理解，因而合作的也比较顺利。有两家出版社，起初我只是查寻到了他们出版的一种图书，但接到权保会的信件后，自觉查找，还主动支付了我根本不知道的另外两种书的稿酬，并很诚恳地向我致歉。还有一家出版社的做法也使人感动，他们在足额支付稿酬之后，又增加一倍，作为对我的一种补偿。所有这些，除了令我钦佩他们对作者的尊重和负责任，再无话可说，因为他们使用作品是出于无意呀。

但也有极个别出版社开始合作得并不好。几个月过去了，有的出版社对权保会的公函不理不睬，打去电话询问，佯装不知，说没收到过任何信函。于是权保会就重新再寄，仍没回音。这边便打电话问，那边依然说没有收到。权保会的信函是挂号寄出的，没收到应该退回才是。权保会便去邮局查询。结果，对方收件的日期，签收人的姓名，一清二楚，怎么说没有收到呢！为使问题妥善解决，权保会做出了很大的让步，直到该出版社接到第3次信函，才不得不支付了稿酬和寄来了承诺书。

还有个别出版社开始表现得更是难如人意。如哈尔滨某大学出版社，对权保会的函件一直不予理睬。当权保会打电话催问时，该社的一名副社长竟大吵一通，说他们没有侵权，是合理合法的出版行为，而且还两次摔掉电话。又如青岛的一家出版社，表现得也令人有些不解。竟言试卷是带有法规性质的文件，是根据《著作权法》第五条第一款之规定，使用的是公共信息等等。坚持自己没有侵权，只是为了息事宁人，才向我付酬致歉的。

权保会的同志不急不躁，耐心给这样的出版社宣讲这种做法违反了《著作权法》的哪条哪款。最终两家出版社还是提高了认识，双方意见基本达成一致。

是的，权保会的维权过程是辛苦的，他们无怨无悔地为我忙活着。

记得刚开始维权时，有人曾这样问我，像这种小文小事的，如此琐碎，人家权保会肯帮忙吗？现在我可以郑重地告诉大家，这忙权保会不但帮了，而且帮得一丝不苟。

期间也有人问我，权保会的积极性这么大，他们肯定有提成吧，要不他们的办公费和奖金怎么办？当初我也曾有过这种想法，不过我认为即使他们提成也是应该的，因为他们为此付出的劳动成本太大了。而结果呢，我们大家都误会了权保会，人家是分文不收，白尽义务，所讨稿酬，一分不差地全都交到了我的手中。

权保会太辛苦了，太可敬了！我不知该怎样感谢他们才好。权保会的无偿付出，也许我永远都难以偿还。从他们那里，我感到了一种职业的奉献精神，我触摸到了一种品质的优秀。所以，在此我也希望我们的广大作家一旦被侵权了，就不要再沉默，就去找自己的娘家人——作家权益保障委员会，他们不但会为我们做主，而且还能为我们讨回公道。

拿什么保护你——我的酸枣树

根据我所经历和了解的情况，在侵权和维权问题上，人们的认识并非都很清楚。据我所知，被选入同类图书中的还有不少作家的作品，有的署了名，有的没署名，有的甚至署错了名。比如把王宗仁错成了王家仁（《藏羚羊跪拜》），把徐迅错成了徐迟（《染绿的声音》）等。也有的作家认为，现在出书很难，只要人家给署名了，尽管没有经过授权，多少也起到了宣传推介作用，所以也就不想追究了，等等。

还在3月时，维权刚开始不久。一天，首都一家颇有知名度的出版社的责任编辑给我打来电话，说都住在一个城市，抬头不见低头见的，何必要这么认真！并明确表示：我们承诺，再也不用你的文章了，这一版（指《某某名题》）就撤下来。瞧这编辑的心思。

另有一家出版社的负责人曾在电话里对我说，你的那篇文章收在中考、高考辅导书里的不下百种，为什么只找我们呢？我说，我已经委托作家权益保障委员会查问此事，权保会已经启动了维权程序，那些出版社都要被问究的。

也有的出版社只把编书的人当成了作者，说早已经把稿酬支付了，找他们索要才合适呀，等等。看来，对《著作权法》的认识和理解差距还不小。从中也看得出，有些教辅书的出版可能是被书商操控着，出版社似乎已经失去了主动权。

从互联网上发现，有的网友对于我的维权一事也并不理解。有位网民说：一篇小文能讨几个银子，是不是缺钱花了呀！等等。

更令人气愤的是，我这边在维权，那边却有人在继续做侵权的事。从一些报纸媒体和互联网上发现，先后有数人在剽窃《峭壁上那棵酸枣树》一文。如四川一个叫“万玉忠”的人，把我的《峭壁上那棵酸枣树》更名为《峭壁上那棵银杏树》，发表在当地2004年7月5日的一家报纸上。抄文除把“酸枣树”改为“银杏树”外，其余几乎一字未动（此剽窃事件，我已同那家报社进行了交涉，该报社很重视此事）。

也是四川，还有一个叫“周明华”者，也是把《峭壁上那棵酸枣树》改作《峭壁上那棵银杏树》，发表在当地2004年7月14日的媒体上（此事件我亦与那家报纸进行了交涉）。2人剽窃的不同之处只是周明华把散文体改成了诗歌体，全诗共20行，窃文竟占11行之多。

在一个叫“开心枫叶”的网站发现，有人竟把《峭壁上那棵酸枣树》全文诗歌体化，上下排列成一棵酸枣树的模样，标题下的作者署名竟是“李某某”。一个名“康馨”的人也把《峭》文窃为己有，在“高三心情”的网站亮相。另有几个人，名字叫作“肖继勇”“黄宏”“朱丹丹”“俞云洁”者……他们不但把《峭》文窃为己有，而且把我数年前创作发表的随笔《问候心情》《哄哄自己》和散文《面对草地》也剽窃了（也许是因为喜欢这几篇文章，但也不能做侵权的事呀）。还有一些网站，似乎是在故意和我开玩笑，有的以“佚名”，有的却无名，全文转贴《峭壁上那棵酸枣树》或《峭壁上的树》一文。

这些剽窃者如影子，他们像鬼魂一样来去无踪。正如一位朋友所言，跟他们较真，能把你累死、气死。他们的侵权行为，怎样才能得到遏制呢？相信总有一天法律会理直气壮地站出来阻止如此行径的。

另外，至今年8月底，我已查寻到所有使用《峭壁上那棵酸枣树》（或《峭壁上的树》）一文的已达48家出版社的55种图书。鉴于这些图书都是在2004年5月以前出版，出版社并非“故意”，尽管我没有委托中国作家权益保障委员会再行查问，但我却真心地希望其中所涉及的另外16家出版社（共17种图书，均未为作者署名）获此信息后，能够尽快与我本人或中国作家权益保障委员会取得联系，以便解决好这些剩余问题。但愿这不是我的一厢情愿。

最后，我还要告诉曾经关心此番维权事件的广大读者朋友，那个叫“尤铭”的剽窃者已经查知，根据某杂志社提供的情况，“尤铭”是江苏省如东县某中学的一名学生。谅他年轻，我决定放弃追究和起诉。但我希望“尤铭”想成功一定要靠自已的努力奋斗，今后再也不要做这种投机取巧的事了。这样做是靠不住的，总有一天会露馅。

为感谢和回报那些支持、帮助我维权的人们，经我们全家商定，此番维权所得的4000元钱（已扣除购书费）将全部捐出，去帮助北京地区的一名品学兼优、却家境贫寒而需要帮助的中学生（此事正在委托办理）完成学业，助他（她）成才。

2004年12月 于北京

图书在版编目（CIP）数据

文情诗缘片片心 / 张庆和编. -- 北京：民主与建设出版社, 2022.4

ISBN 978-7-5139-3952-2

Ⅰ. ①文… Ⅱ. ①张… Ⅲ. ①当代文学—文学评论—中国—文集 Ⅳ. ①I206.7-53

中国版本图书馆CIP数据核字（2022）第161316号

文情诗缘片片心

WENQING SHIYUAN PIANPIANXIN

编　　者　张庆和
责任编辑　廖晓莹
封面设计　书香文雅
出版发行　民主与建设出版社有限责任公司
电　　话　（010）59417747　59419778
社　　址　北京市海淀区西三环中路10号望海楼E座7层
邮　　编　100142
印　　刷　三河市冠宏印刷装订有限公司
版　　次　2022年4月第1版
印　　次　2022年11月第1次印刷
开　　本　880mm × 1300mm　1/32
印　　张　12
字　　数　276千字
书　　号　ISBN 978-7-5139-3952-2
定　　价　59.80元

注：如有印、装质量问题，请与出版社联系。